徳田秋聲

21世紀日本文学ガイドブック⑥

紅野謙介・大木志門 編

はじめに

徳田秋聲について、川端康成はこのように評したことがある。

日本の小説は源氏にはじまって西鶴に飛び、西鶴から秋聲に飛ぶ。[1]

『源氏物語』、井原西鶴、そして徳田秋聲。こうした系譜のつなげ方に首を傾げる人は少なくないだろう。紫式部も井原西鶴も、高校の「国語」の文学史にも登場する古典的な名前ではあるが、秋聲がそこに並ぶのだろうか。

同時代の評論家であった牛田長江は、秋聲を「生れたる自然派(Born naturalist)」と呼んだ。[2] 生まれついての、という形容は自然主義が地味で、融通のきかないリアリズムを指す言葉のようになった現代において、とりわけ黴の生えた古くさい文学の代名詞のように聞こえる。まして、秋聲にはタイトルそのままの『黴』という小説すらあるではないか。日本ローカルのなかでもとりわけ片隅に生きるものたちに焦点をあて、波瀾万丈とはほど遠い人々の、地味な生と死を描いた作家である。では、川端の直観はやはり誤りか。林芙美子を支え、梶井基次郎や北条民雄、豊田正子を発見した、鑑識眼に優れたこの作家の社交辞令に過ぎないのだろうか。

時代はとうに秋聲を押し流してかえりみることはない。東西冷戦が終わり、アメリカ型の資本主義が世界を制したように思われてから十数年、二〇〇一年には、アメリカで九・一一の同時多発テロ事件、未曾有の世界貿易センタービルの崩壊があり、大きな衝撃を世界に与えた。それから一〇年、二〇一一年には今度は日本で三・一一の東日本大震災と大津波、そして福島第一原子力発電所のメルトダウンが起きた。科学技術への信頼に支えられていた戦後日本は、ここではっきりとその没落を印象づけられることとなった。

　他方、中東地域に発して世界化したイスラム原理主義をめぐる、長い長い戦争は今もなお終わることなくつづき、飛び火するかのように広がった燎原で憎悪と暴力が至るところでむき出しになっている。グローバル資本主義という言葉が跋扈したかと思えば、もうそれも限界だと言われる。新たな帝国の復活が叫ばれる一方、世界の多極化がより不確実性を増していると指摘される。東アジアの政治においても分かりやすい対立の構図は描けない。にもかかわらず、複雑さへの耐性が弱まり、分かりやすさで押し切ろうとする言説が増大した。

　こうした不透明な世界で、日本の近代文学の、なかでも徳田秋聲のような作家を読むことに果たして意味があるか。激しい変動と動揺のなかで、あまりに小さな世界を相手にしているのではないか。いったんは、そうだと言ってもいい。秋聲の描く文学は、二一世紀の大文字の政治でとらえられる世界にはまったくかすりもしない。しかし、だからこそ、秋聲は読まれるべきなのである。

　時事的なトピックがどのように変わろうとも、人々が生まれ、生きる糧を求め、確かな生活の場所を探し、移動し、歴史に振り回され、さまざまな変転をへながら死んでいく、そうした人間の生と死においては、かつても今もほとんど変わりはない。二〇世紀前半の日本社会は大きな変動と動揺の渦中にあった。近代以前の社会から持続するものと、変容したものを混在させながら、そのときも人はさまよい、枯れ葉のように時代に吹き飛ばされ、澱みに身をひそめてきた。それは百年たってもまだ変わっていない。にもかかわらず、ひたすら現在にとらわれて、心と身体を慌ただしく押し流されるままにしていくのか。それとも過去の言葉のなかに同じように生き死にした人々のすがたをたどりながら、歴史を重ねることで見えてくる風景に目をこらすのか。

少なくとも冷戦時代のような二元論的な思考は役に立たなくなった。イデオロギーにしても宗教にしても、はたまた自分たちの帰属する社会や共同体も拠って立つにはあまりに脆弱で、たよりにはならない。秋聲の作中人物たちがたたずむのは、荒んだ空気の漂う落ち着きのない土地である。たよるべき家族も知友もない。腕一本で生きていくほど、強さを持っているわけではない。弱さを抱えながら、ときに自分のささくれだった感情に振り回され、偶然に左右されながらさまよう小さな人々がそこにいる。

『源氏物語』から西鶴へ、そして西鶴から秋聲へ。この予想外の接続には思いのほか深い手応えがある。『源氏物語』や井原西鶴は、今や「国民文学」のカテゴリーに置かれている。秋聲はそうではない。しかし、秋聲へと接続されることによって、西鶴は分厚い封建社会の抑圧を生きたいかがわしい元禄期の戯作者の相貌を見せる。『源氏物語』もまた、禁忌や呪術の生きた時代に宮廷で働くひとりの女房がつづった、貴族社会に潜む危険な色恋と破倫の物語ではなかったろうか。

夏目漱石や森鷗外のような知識人とは異なり、学歴も洋行体験もないまま職人的な手仕事をこつこつと重ね、その積み重ねを通して文学をいまの形あるものにしていった作家、徳田秋聲。広津和郎や林芙美子、吉屋信子、宇野千代、尾﨑士郎、和田芳恵、野口冨士男、古井由吉、中上健次ら……、秋聲に親しみ、秋聲から学んだ作家の系譜は、その名前をあげるだけでも、ひとすじなわではいかない近現代文学の奥深い流れがあることを示唆している。これからその軌跡をたどり、現在の文学状況に向けた新たな評価の糸口を探っていくことにしたい。

■注

（1）　川端康成が一九四七（昭和二二）年に金沢の徳田秋聲文学碑の除幕式前日の記念講演会で語った言

葉。野口冨士男『徳田秋聲傳』（筑摩書房、一九六五年一月）で紹介され、川端も「『徳田秋聲』集解説」（『日本の文学9　徳田秋聲』所収、中央公論社、一九六七年九月）でこの発言について説明している。

（2）生田長江「徳田秋聲氏の小説」（『新潮』一九一一年一一月）参照。

二〇一六年九月　紅野謙介

目次

凡例

・作家名の表記は、戦前の文献では主に「德田秋聲」が、戦後は「徳田秋声」が多く用いられているが、煩雑を避けるため「德田秋聲」に統一した。
・秋聲作品の引用は、『德田秋聲全集』全四二巻・別巻（一九九七～二〇〇六年、八木書店）を原則とした。それ以外の引用の出典は、それぞれ本文中、注に示した。
・引用文の漢字や変体仮名は、原則として現在通行の字体に改めた。ふりがな、圏点は適宜省略し、また必要に応じて補った。それ以外は原文の通りとした。
・資料の引用に際しては、書名、新聞・雑誌名は『　』に、作品名、新聞・雑誌記事のタイトルは「　」に統一した。
・年代の表記は、原則として西暦を用い、必要に応じて（　）内に元号を補った。

徳田秋聲

1

第一部　作家を知る

1　徳田秋聲という作家

紅野謙介

1　秋聲とはだれか

徳田秋聲は、一八七二年二月一日に生まれた。

これまでの年譜では明治四年一二月二三日に生まれたと書かれている。どちらも正しいが、一八七二（明治四）年、あるいは明治四（一八七二）年と書くと正確ではなくなる。明治維新からわずか四年。日本は翌五年暮れまで旧暦を採用していた。つまり明治四年は一八七一年から七二年にかけてまたがった年になるからである。明治四年一一月二〇日で、西暦の一八七一年が終わる。翌二一日は一八七二年一月一日にあたっていた。したがって明治四年一二月二三日は、西暦でいえば一八七二年二月一日にあたる。和暦と西暦という二つのクロニクルに挟まれたそういう過渡期に生まれたということでもある。

この年、初めて実施された全国戸籍調査では日本の総人口はおよそ三三一一万人。明治末期には四〇〇〇万人にまでなるが、当時の日本社会の構成員は現在の三分の一以下の数であった。郵便制度が全国に導入され、学制の発布、初の鉄道開通もこの年にあった。まだ生まれたての国家は、海のものとも山のものとも分からない、極東アジアの小さな新興国に過ぎなかった。

同じ明治四年生まれの文学者には高山樗牛、横山源之助、国木田独歩、幸徳秋水、田山花袋らがいる。一八七二年ということでいえば島崎藤村、樋口一葉も同じ年となる。こう並べてみると、少なくとも後年のロマン主義、社会主義、自然主義の文学的担い手たちがこの時期に一斉に誕生していたことがわかる。

秋聲が生まれたのは、現在の石川県金沢市、当時の地名では金沢区横山町である。本名は末雄といった。父は徳田雲平。加賀藩の家老横山家の家人の家柄であった。廃藩置県までは七〇石取りの士族であったが、ようやく家督を相続したのが明治元年。したがって、武士の家業を失うまで三年もなかった。秋聲はこの父が五十代になってからの子どもである。しかも、母タケは四人目の妻である。タケは四百石取りの御馬廻役・津田家の末娘で、位からすれば津田家が格上である。しかし、タケの両親は早くに亡くなり、家督も養子による相続であった。雲平に嫁いだときにはすでに二十代半ばであるから、当時からすればかなりの晩婚である。しかも、雲平の先妻は三人ともいずれも若くして病没していた。この先妻たちとのあいだに、雲平には四人の子どもがいた。秋聲こと末雄は、雲平とタケの二番目の子にあたる。つまり、七人兄妹の六番目である。「末雄」と名づけられたのも無理からぬところがある。

子どもの数が多いのはこの時期の特徴であるが、経済的に楽なことではない。当時、幕藩体制の時代には武士の収入は藩から支給される俸禄によった。これが明治政府になって版籍奉還後、政府に一元化される。したがって、徳田家もまた俸禄あらため家禄を政府の大蔵省から支給されていた。しかし、明治政府の財政は最初から危機を抱えている。維新の功労者に与えた賞典禄と、家禄を合わせて「秩禄」というが、今でいうところの年金と公務員給与である。だが、収入の少ない明治政府にとって、この年金・給与制度を変えなければ財政破綻は必至の状態にあった。そこで断行されたのが「秩禄処分」である。一八七六（明治八）年のことであった。この改革の一つは家禄をひきつづき求めるものには「家禄税」を課して、軍事目的の課税を行った。つまり、年金や給与の上前をはねたわけである。もう一つが「家禄奉還」で、自主的に家禄を返上したものには事業や帰農のための資金を与えるという選択肢を与えた。士族授産の名目があるが、一時金を与える代わりに、長期の年金負担を減らす目的がある。

多くの士族は「家禄奉還」を選択した。やはり一時金とはいえ、金額が大きければ目をうばわれる。その資金で何かできないかと考えた。加賀藩百万石の城下町・金沢にはそうした士族がたくさんいた。一時的に多額の資金が投下された都市で何が起こるか。もともと文化資本の豊かな土地である。東の廓、主計町、西の廓、北の廓と新旧の茶屋が繁盛し、芝居小屋に人々が集まるようになったのはこのときを契機とする。消費の欲望にあやつられることによって、目の前の不安を紛らせたのである。秋聲の幼少期を過ごした金沢はそうした気分にあふれていた。徳田家も公債を買い、利殖を目指し、一時的な消費に浮かれるが、やがて、そのつけが長期にわたることになる。士族のなかでもやがて経済的に苦しい家が出て来る。かつて厳格であった士族の家で娘が芸妓になる、そんなケースも生まれた。秋聲の親族にも東の廓につとめに出る娘たちがひとりならず現れてくる。さまざまな学問、文芸を好み、藩主みずから能楽を舞った加賀前田家の伝統は、こうして次第に蕩尽と頽廃の匂いに浸されていったのである。

この金沢で秋聲の周辺にいて、のちに文筆家として立ったものが二人いる。一人はいわずとしれた泉鏡花（一八七三〜一九三九）である。鏡花はともに養成小学校、金沢区高等小学校に学び、のち、秋聲よりも先に東京で尾崎紅葉の門をたたいて、書生となった。もう一人が反権力、反軍を貫いたジャーナリストの桐生悠々(一八七三〜一九四一)である。桐生は、秋聲に遅れること一年で、石川県専門学校に入学してきた。この石川県専門学校は彼らの在籍中に学制改革により第四高等中学校となった。旧制第四高等学校の前身である。桐生は文学の面白さを秋聲に教えた。

結局、秋聲は一八九一(明治二四)年一〇月、父雲平が病没したのち、第四高等中学校を中退するのだが、入学後こそ成績がよかったものの、みるみる内に転落し、留年を余儀なくされた。桐生悠々らとともに文学熱に取り憑かれ、学業に身が入らなくなったのである。おりから東京では、尾崎紅葉、幸田露伴、二葉亭四迷、森鷗外らが次々と登場し、活躍を始めていた。活字による大量の出版物が地方にも押し寄せた。秋聲も『国民之友』(民友社、一八八七年二月〜九八年八月)、『都の花』(金港堂、一八八八年一〇月〜九三年六月)や鷗外が発行した『しがらみ草紙』(一八八九年一〇月〜九四年八月)といった雑誌を手に取り、やがて貪り読むようになった。こうした出版物によって遠く離れた場所が結び合わされ、同時にその隔たりも認識されるなかで、「中央」と「地方」が意識されるようになったのである。

当時の作家たちはみな若々しい。『二人比丘尼色懺悔』(吉岡書籍店、一八八九年四月)『伽羅枕』(春陽堂、一八九一年一〇月)などの「女物語」で注目を集め、人気作家となった紅葉は一八六八年生まれ。秋聲が第四高等中学を退学した一八九一年、紅葉はまだ二三歳の若さである。秋聲とは四歳しか離れていない。露伴は紅葉の一歳上。二葉亭が少し年かさであるが、それでも一八九一年にはわずか二七歳。鷗外は二九歳で、意気軒昂、筆力旺盛、しかも、論争に長けて盛名をとどろかせていた。いずれも二〇代。もちろん、いまとは単純な比較はできないだろうが、とはいえ、秋聲自身、同じ二〇代を迎えていた時期でもある。文学が面白くなればなるほど、そわそわしたむず痒さを感じたにちがいない。年配作家で人気のあった饗庭篁村や須藤南翠もまだ三〇代半ばに過ぎなかった。新聞、雑誌、そして書物の流通がそうした同時代を生きているという感覚をもたらした。

しかし、秋聲という作家が興味深いのは、そうした同時代の文学モードに乗り損ねてしまうところにある。高等中学を中退したのち、桐生悠々とともに上京した秋聲は、尾崎紅葉を訪ね、入門を乞う。だが、原稿の未熟を指摘されて拒否されている。今度は坪内逍遙を訪ねて、博文館などいくつかの出版社に原稿を持ち込むが、まったく相手にされていない。結局、一年後には尻尾を巻いて帰郷する。以後、いくつかの地方新聞社にもぐり込むものの、長続きせず、金沢、大阪、長岡などをうろうろしている。ようやく先に入門していた鏡花の紹介を得て紅葉に弟子入りを許されるのが、一八九五(明治二八)年。最初の上京から三年もの時間がたっていた。

当時の作家育成は、徒弟制に近い。人気作家となった尾崎紅葉のもとには、多くの門下生が集まった。紅葉自身は、山田美妙や石橋思案、広津柳浪、巌谷小波らと「硯友社」という結社をつくり、同人雑誌『我楽多文庫』(一八八五〜八七年)を発行して、頭角をあらわした。その後、吉岡書籍店の「新著百種」シリーズ(一八八九〜九一年)など、多くの叢書類の発行に協力し、春陽堂や博文館などの出版社と連携することで地歩を固めた。総じていえば、男女の色恋をめぐる物語を軸に、経済や社会風俗をからませて読者の関心を呼びさまし、手に汗を握るように巻き込む小説技術を駆使した。とりわけ『読売新聞』紙上での新聞小説などで中心となった紅葉のもとには、多くの門人希望者が現れた。なかでも柳川春葉、小栗風葉、泉鏡花の三人、そして遅れて入門した秋聲がやがて紅葉門下の四天王と言われるようになる。当初、かれらの仕事は、原稿の注文が殺到した紅葉のために、翻訳や翻案を通して下書きとなる原稿を提供し、紅葉との合作、あるいは紅葉補というクレジット、また場合によっては作者を紅葉の名前にして発表することだった。尾崎紅葉とは、紅葉オリジナルの創作に苦心する一方、「紅葉工房」という集団の別名でもあったのである。

徳田秋聲は、ここで作家修業を始めた。

2　硯友社から自然主義へ

秋聲が評価されるようになった最初の小説は、「藪かうじ」(『文藝倶楽部』一八九六年八月)である。被差別部落出身であることを隠した貧しい兄妹を主人公に、追いつめられていくうちに近親相姦に陥るストーリーである。日清戦争後に輩出した深刻小説、悲惨小説といった、マイノリティに注目し、あえて過剰な設定のもとに悲劇を用意する物語があったが、そうした趣向に通じる短篇である。題材のめずらしさはあるが、とりたてて優れているともいいがたいデビューであった。

一九〇〇(明治三三)年一月初め、硯友社の新年会が開催されたが、このとき集まったものは百人を超えたという。それほど大きな勢力になっていた。硯友社は初期のグループ名で、すでに紅葉、小波、思案らはそれぞれに一家をなしていた。なかでも筆頭が尾崎紅葉であった。紅葉は、明治期最大手の雑誌王国をつくりあげた博文館、文芸出版社として活躍した春陽堂の双方の出版社とも親密な関係を維持した。しかも、文芸新聞の特徴を打ち出していた『読売新聞』との専属関係を結んでいる。秋聲はその門下生の末席につらなった。「藪かうじ」を発表した『文藝倶楽部』も春陽堂の雑誌である。新聞雑誌メディアが次々に生まれてきたとはいえ、まだ数は多くない。博文館や春陽堂、そして『読売新聞』などに関わる紅葉は、大きな位置を得ていたのである。

四天王のなかでも他の三人に比べて、秋聲は今一つ際立つところまでいけずにいたが、この一九〇〇年には『読売新聞』に「雲のゆくへ」(八月二八日～一一月三〇日)を連載し、翌年九月には春陽堂から初の単著として刊行した。こうしたことをきっかけに、つづいて新聞連載の話も来るようになった。順調にも見えるが、ただし、新聞連載ものとしてのジャンル小説の範囲を出ていない。しかし、徐々に原稿の注文が来るようになり、秋聲はようやく作家として生計を立てられるようになった。そうした一九〇三(明治三六)年一〇月、師である紅葉が胃がんで亡くなった。享年三七歳の若さであった。

同じころ、秋聲には長男一穂が誕生する。その前年、友人の三島霜川と一緒に家を借りていたときに、出入りしていた家事手伝いがいた。あるとき彼女を助けるために娘がやってきた。やがて、秋聲はこの女性と関係する。小沢はまというその女性と事実婚の状態になった秋聲は、扶養家族を抱えて生活の困難に向き合う。はまは一八八一(明治一四)年の生まれ。秋聲とは九歳差である。すでに嫁いだ経験もあり、のちに『黴』のなかで秋聲は「素人とも茶屋女」ともつかぬ女だったと書くことになる。したがって、恋愛のロマンティシズムはない。その前までは、吉原の遊女となじみを重ね、彼女に執着していたものの、突然、彼女が姿を消したことで、「憑物が落ちたやう」になっていた(のちの自伝小説『光を追うて』の一節)。ふと結びついた男女の関係は、子どもの誕生によって抜き差しならぬことになる。師の病とその死、そしてみずからの生活上の転機が秋聲に訪れた。

師匠という存在は後ろ盾であるが、物心ともに制約でもある。その死は弟子たちを困難につきおとす一方、自立を促し、解放することにもなる。生活費を稼ぐために、秋聲はよりいっそう執筆に没頭した。はまを正式に妻として迎え、一穂の出生届も出したのが、紅葉没後の一九〇四(明治三七)年三月のことである。この年の暮れから秋聲が書いた新聞小説に『少華族』(初出『万朝報』一九〇四年一二月九日~〇五年四月一五日、春陽堂、一九〇五年九月・一一月)がある。秋聲としてはめずらしく「華族」階級の家庭を描いたものだが、単行本になったとき、その「自序」でこう書いている。

有体に言へば、余は未だ当今の所謂る新聞小説体の作品に於て、真率なる人生の描写説明を試み得べしとは信ずる能はず。そは筋を立つること愈よ巧妙なれば自然を離るゝこと愈よ遠ければなり。

秋聲は、「新聞小説」は「已むを得ざる一種の事情が絡まるが為」に「筋」中心になるという。これは「長篇小説一般の弊所」だという。だから、本来は「我が西鶴、仏のモオパッサン」のような短篇小説に「真摯誠実なる人生の説明」を見る。この『少華族』にしても、また自らの信ずるところからは「背く」ことが多い。しかし、いずれ「実質あるものを公にする」と。真情あふれる所信表明かもしれないが、興味を持ってこの本を買った読者からすれば肩透かしを食らったような身勝手な宣言でもある。こういう自作解説は師匠が生きている間は書けなかったろう。しかし、ここには秋聲の転換を考えるいくつかのヒントがある。

秋聲のいう「筋」とは物語のストーリーのみならず、プロットや構成を含めた包括的な意味で用いられている。たしかに紅葉は、物語の「筋」に最大限の力を注いだ。『多情多恨』（春陽堂、一八九六年七月）のような心理描写にも長けてはいたが、『三人妻』（同、一八九二年一二月）にしても『金色夜叉』全五巻（同、一八九七〜一九〇二年未完）にしても、登場人物、場面設定、その構成の妙味があって、新聞小説としての絶大な人気を博した。秋聲はそれを学び、踏襲したのだが、それでは「真率なる人生の描写説明」には届かないと感じていた。秋聲が物語構築の才能に欠けていたとも考えられるが、一般的な小説論でいっても、たとえば読者の関心を惹きつける複雑なシチュエーションにすればするほど、その合理的な結末をどうつけるか、作者は腐心しなければならなくなる。物語の終わりは、小説の全体をあらためて意味づけ、価値づける枠組みの役割を果たす。苦し紛れの終わり方が「デウス・エクス・マキーナ」（機械仕掛けの神）と批判されるのは無理矢理に主人公の死や障害物の除去、協力者の唐突な登場など、偶然の収束を持ち込むからである。秋聲にはそれが「自然を離るゝ」ことに思えるようになった。

ここに「仏のモオパッサン」の名前が出されている。短篇『脂肪の塊』（一八八〇年）や短篇集『メゾン・テリエ』（一八八一年）で知られるギ・ド・モーパッサン（一八五〇〜九三年）を引き合いに出し、他方、日本の古典からは井原西鶴の名を出すことで、短篇小説が小説技法の可能性を広げるものとして宣揚されているのである。短篇小説にもストーリーやプロットは不可欠である。しかし、長篇小説のような物語の展開や意味づけの制約からは解放される。書かないことの効用が活かせるからである。

文学上の自然主義については、すでに小杉天外が『はつ姿』（春陽堂、一九〇〇年八月）や『はやり唄』（同、一九〇二年一月）の序文でその意義を提唱していた。しかし、その後の『魔風恋風』全三巻（同、一九〇三〜〇四年）などを見るかぎり、女学生の風俗やその転落を取り入れた「筋」は秋聲のいうところの「新聞小説体」を制約とするどころか、むしろ、そこに創作の情熱を注ぐ結果となった。数多くの新聞小説を手がけた秋聲はもちろんそのことを簡単に否定したりはしない。しかも、「紅葉工房」の出身であることは、外国文学についても貪欲に吸収し、翻案を取り入れるとともに、複数の作者によるアイデアや下書きの提供も受け入れ、合作や代作を辞さないという職業スタイルともなった。文学という職業は「已むを得ざる一種の事情」と無関係ではいられない。文学、とりわけ小説は近代化を進める日本の文化産業の中心になろうとしていた。歌舞伎や能狂言とは異なる新しい演劇を推進するには、小説との蜜月が欠かせなかった。『少華族』は新聞紙上の完結前に、早くも高田実、河合武雄らによって上演された。やがて開始される映画産業においても同様である。しかし、求められはしていても、市場としてのスケールはまだまだ小さい。職業としての文学を成り立たせるには、新聞、雑誌を問わずに原稿を書き、単行本を数多く出していかなければ家族を養うことはむずかしかった。一代の人気を誇った紅葉も二軒あったとはいえ、生涯、借家住まいである。女中がいて、雇いの車夫がいて、食費交際費が多かったとはいえ、印税収入はたかが知れていたのである。

秋聲は、こうした紅葉門下として育った経験をもとに「筋」に比重を置いた長篇小説を手放さず、その向上を目指すとともに、一方で短篇小説の技術を磨くのに力を注いだ。日本における自然主義文学の隆盛は、島崎藤村『破戒』（私家版、一九〇六年三月）、田山花袋の「蒲団」（『新小説』一九〇七年九月）などの短篇を嚆矢とするといわれている。秘密を抱えたものの葛藤と苦悩、破廉恥な性欲に悩む中年男性の悲哀など、そこではそれまでの文学が維持していたヒロイズムや高潔さから離れ、むしろ無力や弱さが強調された。「真率なる人生の描写説明」はそこに浮かび上がるように見えたのである。

花袋もまたかつて尾崎紅葉の門をたたき、その助言により江見水蔭に指導を受けた硯友社の系譜にある。彼らの活躍は、秋聲の意欲を奮い立たせたにちがいない。一九〇六年から七年にかけて秋聲は、長篇新聞小説のかたわら、短篇小説の創作に集中した。試行錯誤をくりかえしながら完成したのが、『秋聲集』（易風社、一九〇八年九月）、『出産』（左久良書房、一九〇八年）、『秋聲叢書』（博文館、一九〇八年）、『我子の家』（春陽堂、一九〇八年）などの短編小説集である。のち「自然派作品中の尤として迎へられ、作者の地位是に於て確定す」（「年譜」、『現代小説全集』第一三巻所収、新潮社、一九二六年六月）と評される短篇集である。いずれも一九〇八年にまとめられ、博文館、春陽堂の二大出版社、そして易風社、左久良書房という新興の小出版社から出した。偶然というだけでなく、この絶妙の選択のなかに、徳田秋聲の時代が来たことを印象づける出版であった。まさに自然主義文学との密接な関係がここから始まった。

同じ一九〇八年には、秋聲は中篇の新聞小説にも挑戦した。「新世帯」（『国民新聞』一〇月一六日〜一二月六日）である。それまでの「筋」を中心とした新聞小説とは異なり、小さな物語はあるが、むしろ、ささやかな生活のなかでもつれた男女の気分や感情を巧みに描いた小説で、創作的な可能性を押し広げてみせた。この延長線上に「足跡」（『読売新聞』一九一〇年六月三〇日〜一一月一八日、のち単行本に際して『足迹』と改題）が生まれた。女の半生記を描く秋聲独特の小説の始まりを告げる長篇である。短篇の書き手という新たな顔とともに、巧みな通俗的なストーリーテラーであると同時に、生活感に即した男女の葛藤と頽廃をリアルな感触をもって描く「芸術的」な新聞小説の書き手としては、秋聲は一気に注目を集めることとなった。

3 文学の勃興期

秋聲の活躍した一九〇〇年代から一九四〇年代へという二〇世紀前半、日本は江戸に開花した出版文化の上に、大量印刷、大量複製による活版印刷の隆盛期を迎える。新聞雑誌という定期刊行物は、日本語の活字によって、この日本の社会総体を写すかのような窓となり、初期にはリテラシーの低い世代や階層に対しても、新聞や雑誌を音読する声によって、潜在的な読者を掘り起こした。やがて、世代が交替するにつれ、教育制度の整備によって、共通日本語の読み書き能力を等しくもった人々が増大する。彼らは、知識や情報だけでなく、物語を読むことを通して得られる一体感、共生感を快楽とするようになる。それまで貸本屋が運んでくる戯作や読み物、旅回りの芸人や僧侶が語る物語や話芸に喜びを見出していた人々が、活字による小説読者へと徐々に変貌していったのである。

新聞や雑誌は新たな読み物としての小説に読者獲得のきっかけを見た。雑誌に創作欄が設けられ、新聞に文芸欄が用意され、新聞小説が載る。毎日、連載する新聞小説は、一回ずつは短くとも、その連続を意識したプロットを用意することで、先へ先へと夢中になって読み進める読者を生み出し、その評価が新聞購読者数の変化にまで関係した。一九一〇(明治四三)年頃には、これまでにも名前のあがった『東京朝日新聞』『大阪朝日新聞』『読売新聞』『国民新聞』のほか、『大阪毎日新聞』『東京日日新聞』『時事新報』『万朝報』『都新聞』などの各新聞が東京や大阪を中心に発行され、一定の部数を得ていた。さらに各地で地方新聞が雨後の筍のごとく数多く生まれた。それらのほとんどが新聞小説を連載し、文芸記事を載せるようになっていったのである。

秋聲の著作年表を見ると、彼が小説を掲載した地方新聞がどれだけあるか分かる。ちょっと名前をあげてみよう。『山陽新報』『福岡日日新聞』『九州日日新聞』『海南新聞』『京都新聞』『秋田魁新報』『北国新聞』『岩手日報』『満州日報』『朝鮮新報』『九州日報』『北海タイムス』『京都日出新聞』『函館日日新聞』『札幌毎日新聞』『信濃毎日新聞』『新潟新聞』『新愛知』『樺太日日新聞』『小樽新聞』『名古屋新聞』など。秋聲と同じ時代を生きた作家、たとえば島崎藤村と比べてみても、掲載紙の数は尋常ではないほど多い。しかし、地方紙、地方新聞という言い方、またそのイメージは現在とだいぶ異なる。

一九二一(大正一〇)年一〇月から『新聞及新聞記者』(同社)という業界誌が創刊され、やがて『日本新聞年鑑』となっていく。その二二年版の「全国新聞業況総覧」を見ると、大阪市内での『大阪毎日新聞』の発行部数は一五万一二六〇部、『大阪朝日新聞』が一二万五五〇部となっている。現在からみれば決して多い数字とはいえない。これに対して大阪市内で販売されている東京の新聞の部数は最高で『万朝報』が三二〇〇部、『時事新報』が二七六〇部、『読売新聞』が二三二〇部と、千部単位に過ぎない。他の地域を見ても、たしかに東京や大阪の新聞が入り込んではいるが、それぞれの地方の新聞が発行部数の首位を維持していた。たとえば金沢では、『北国新聞』が約二万五〇〇〇部に対して、『大阪朝日』『大阪毎日』がそれぞれ約三五〇〇部、『新愛知』が約三〇〇〇部、東京の新聞はそれ以下にすぎなかった。つまり、東京の新聞を読む地方人はほんのひとにぎりだったのである。

中央と地方の絶対的な格差が生まれていくのは、やはり一九二〇年以降の部数拡大をへたのちに東京、神奈川を襲った関東大震災以後のことである。東京の新聞社が壊滅的な打撃を受け、これに応じて、『大阪毎日新聞』や『大阪朝日新聞』など東京以外の大新聞社が東京の系列新聞社を吸収しながら業界再編成を進めた。一九二四(大正一三)年には、『大阪毎日』は一一一万部となり、百万部を超える部数にまで拡大した。しかも、各社の拠点を再び復興した帝都東京に移していった。こうした背景を受けて、いわゆる「全国紙」という概念が登場し、これに対するマイナーな「地方紙」という対比が出来上がったのである。

秋聲が登場し、活躍する時期はその少し前にあたる。つまり、東京、大阪というローカルな地域の新聞のみならず、各地方のローカルに根ざした新聞にも、まんべんなく依頼に応じたのが秋聲だった。しかし、その数はやはり多すぎる。題名を変えただけで転載したものもあるだろうし、場合によっては著者に知らされないうちに掲載したものもあった。代作や共作もあっただろう。その意味では、依頼する側も、またされる側も創作のオリジナリティや法的認識も十分に確立していない時代であり、このあとさまざまなトラブルと交渉をへて、変化していったのである。

雑誌に関しても、二〇世紀前半は覚醒から勃興に向かう時期にあった。たとえば、一九一〇年代には、『太陽』『文藝倶楽部』『文章世界』(博文館)、『新小説』(春陽堂)といった明治期の出版社が出す雑誌のほかに、『帝国文学』『早稲田文学』『三田文学』といった大学を母体とした雑誌が刊行され、数を増やしていった。とりわけ『早稲田文学』『三田文学』は、アカデミズムの枠にとどまらず、創作に大いに力を入れ、学生たちから作家を輩出することになる。西本願寺系の宗教雑誌から出発し、やがて一八九九(明治三二)年に改題して宗教色を脱していった『中央公論』(中央公論社)は、それまでの『太陽』に代わる新たな総合雑誌として大正期の論壇を動かし、同時にその創作欄を新人作家の積極的な登用によってにぎわせた。一九〇四(明治三七)年に創刊された『新潮』(新潮社)はその後も長く刊行され、文芸雑誌の老舗となっていくが、そもそもの前身である『新声』は『秀才文壇』『女子文壇』(秀才文壇社)といった雑誌と同じく、若者たちの投書・投稿を促し、それによって支えられた雑誌であった。文学を目指す新しい年代の層が澎湃として広がりつつあったのである。

新聞よりも、スタート段階の資本が少なくてすむ雑誌は、中小さまざまな出版社の挑戦するところとなり、数多くの総合雑誌、文芸雑誌、投書雑誌が刊行された。取り扱うジャンル、年齢、性別に応じてさまざまな雑誌が発行されたのが、日本の雑誌ジャーナリズムの特徴である。この時期は女性読者向けの雑誌が始まったときにもあたる。『婦人画報』(一九〇五年創刊)、『婦女界』(一九一〇年創刊)、『婦人公論』(一九一六年創刊)、『主婦之友』(一九一七年創刊)、『婦人倶楽部』(一九二〇年創刊)などの女性雑誌は、新たな読者を開拓。ほとんどの雑誌が文芸欄を用意し、読み物としての小説を掲載した。原稿料を上げていく契機をつくったのもこれらの雑誌である。ときに多くの読者からの投書・投稿、懸賞小説などのイベントをしかけていった。そして同人雑誌も登場する。法的な規制はあるにしても、同人が会費を集め、原稿を持ち寄り、印刷製本発行するという一連の作業を自分たちの会計で行う。それほど活版印刷は技術を磨き、容易に、そして手の届く範囲の経費で発行できるようになったのである。

文学はまさに新しい活字メディアに求められ、それに応じて読者との関係を結ぶ重要な媒体となった。そのなかで秋聲も期待に応えていったのである。『黴』(『東京朝日新聞』一九一一年八月一日〜一一月三日)や『爛』(『国民新聞』一九一三年三月二一日〜六月五日、新潮社、同年七月)、『あらくれ』(『読売新聞』一九一五年一月一二日〜七月二四日、新潮社、同年九月)がこうしたなかで書かれた。松本徹によれば、『爛』は、妻はまの親類の友人の妻をモデルとし、『あらくれ』のお島は、やはり妻はまの弟の同棲相手を素材としているという（全集別巻所収の松本編「年譜」による）。モデルの詮索はともかくとして、二〇世紀初頭の日本において市井に暮らす庶民の男女の生活とその底に澱むものをここまで深く描いた小説は他にない。

いつの時代でもそうだが、職業としての文学を貫き、かつまた水準以上の質を維持することはむずかしい。まして、この時期、文学は圧倒的に需要の声が大きかった。漱石のような専属契約をもたず、鷗外のような医師・軍官僚としての本職のない秋聲の場合、養う家族・親族が多ければ多いほど、さまざまな困難に直面する。秋聲はその困難ななかをすり抜けていった。

4 通俗小説の変革

しかし、いかに『足迹』『黴』『爛』『あらくれ』が優れた小説であったとしても、拡大する新聞雑誌の読者が満足したわけではない。増えつづける読者はどれが優れた小説かを理解しているわけではない。漱石は『東京朝日新聞』の文芸欄を通じて、質の高い読者の育成を目指したが、内部からも足を引っ張られて種を蒔くことで終わった。小説の質をあげることは、作者の技量だけにとどまらない。これを読み、理解し、評価する読者層が増えないかぎり、優れた小説はその一作で終わる。

秋聲は、『あらくれ』連載途中、あるエッセイでこう書いている。

僕の考へに依ると通俗小説と純正な芸術上の作品との区別は早晩合一される時があると思ふ。そして、其の時が即ち普遍性のある大きな芸術の現はれる時であると思ふ。

（「屋上屋語」、『新潮』一九一五年三月）

これまでの通俗小説では読者は満足できなくなってきている。外国文学の翻訳の流行はそのことを示している。通俗小説のなかから「大きな芸術」が出現するときが必ず来るというのである。

大方が秋聲による通俗小説の嚆矢としてあげる「誘惑」（『東京日日新聞』『大阪毎日新聞』一九一七年二月一一日〜七月五日、新潮社、同年六月・八月）の連載は、こうした計画のもとに書かれた。同じ一九一七年四月から『婦人公論』に連載される「秘めたる恋」（〜一八年五月、新潮社、同年七月）にしても、同じような意図に基づくものだろう。「誘惑」の掲載予告（一九一七年二月六日から四日連続掲載）で、秋聲は次のように従来の通俗小説へ挑戦状をつきつけている。

この小説は三人の母の手を転々する子供の運命を中心として起れる世態と人情の波瀾を描くのですが、色々の意味に於て新聞掲載の通俗小説に聊か《いささか》一新紀元を画したい希望を以て筆を起さうと思ひます。在来の新聞小説の多くはその名は家庭小説でありながら、徒に《いたづら》低級な読者の感情を唆ることにのみ力を用ふるために不健全な感情の誇張や厭味な感傷を強ふるやうな挑発的なものが多いやうに思はれます。通俗小説には無論筋の面白味が主にならない訳に行きませんが、家庭小説と云ふ以上は一般読者の興味を惹くと同時に今少し程度の高い時代に適応したものでなければならぬと思ひます。

『大阪毎日新聞』は、明治中期から『己が罪』『乳姉妹』など「家庭小説」の代表的な作家である菊池幽芳の活躍の舞台であった。すでに二〇年近く、「家庭小説」によって人気を得ていた菊池は、秋聲の前にも「毒草」を連載していた。いわば、「家庭小説」の王国に、秋聲は乗り込み、口上をあげたと言っていいだろう。この小説は、「家庭小説」の基本的な物語設定を踏襲する。すなわち、由緒のある家に生まれながら、私生児であったために養子に出され、その養父母の離縁によって、ふたたび実の父のもとにひきとられた娘美都子を中心人物とする。父が結婚した義理の母智慧子が現れ、そのあいだに生まれた異腹の妹も登場する。美都子が悪しき元養父のために、ふたたび裕福な上流家庭の実父のもとに引き取られる。養母お粂は久江家の使用人となって美都子を見守る。そこに美都子の実母にあたる沢子も出て来る。実の母子関係に、二つの義理の母子関係がからみ、それまでのジャンルにおける役割分担、いわゆるキャラクターをどこまで解体するか。秋聲の苦心はそこにあった。したがって、ここには類型的な悪役は登場しない。それぞれに自分の感情を重んじながら、それが複雑にからまることで予想外の方向に物語が展開する。その物語のプロットと、登場人物ごとの感情表現に留意したのがこの小説である。

結果的に、この小説は好評のうちに迎えられた。その反応は演劇や映画にすぐ現れた。『誘惑』は、まだ連載完結前の一九一七年六月一日から歌舞伎座で新派公演として、真山青果の脚色、伊井蓉峰、河合武雄、喜多村緑郎、花柳章太郎の出演で上演された。同じ六月一〇日には、日活向島撮影所の映画にもなって公開されている。監督が小口忠、脚本が桝本清、出演が横山運平、五月操らだった。『誘惑』はひきつづき大阪浪速座、大阪楽天地、京都明治座などでも上演された。スケールはまだまだ小さかったが、新聞小説から始まって演劇、映画という翻案変形のコースを歩んだのである。

もちろん、秋聲の殴り込みが反発を買ったことは間違いない。人気があったにもかかわらず、「誘惑」は未完成のまま、一四五回で中断し、そのつづきは単行本でということになった。『大阪毎日』内部からのそうした嫌がらせも、結果的には出版とそれによる二次創作に拍車をかけ、より多くの読者確保へとつながった。以後、秋聲は、新聞小説、婦人雑誌などにおいて、通俗小説の量産に向かう。

私自身の経験から言ふと、芸術的作品を新聞で書くことは一番都合の好い仕事なのだが、読者受のする通俗小説となると、可成《かなり》苦しい努力となつてくる。言ふまでもなく、此場合の努力は全人格的のものではなくて、読者の興味を如何に繋ぐかと云ふことが問題になつてゐるので、自己を没却してプロットや何かを作ることは然う楽なことではない。

（「自分の経験を基礎にして」、『新潮』一九一九年二月）

ここで秋聲は、小説の技術について「楽なことではない」と語る。それは言い換えれば、通俗小説においてもたえず技術を考えていた。いや、通俗小説こそ、技術を必要としたということの表明でもある。

秋聲は、実際に多くの小説の入門書、作法書を出している。小栗風葉や柳川春葉らとの共著『小説作法』（新潮社、一九〇六年五月）を初めとして、『会話文範』（同、一九一一年六月）、『人物描写法』（同、一九一二年九月）、『明治大正文章変遷史』（文学普及会、一九一四年五月）、『小説の作り方』（新潮社、一九一八年二月)、『小説入門』(春陽堂、一九一八年四月)、『小品文作法』(止善堂書店、一九一八年五月)などがそれである。もちろん、このなかには秋聲本人の執筆によるものか、疑問なものも多い。[1] しかし、そうだとしても、こうした入門書、創作作法書の需要に応えて、具体的な小説の技術を示すことを、この作家は進んで実践した。小説は技術である、技術を抜きにして小説はありえない。秋聲はそう認識していたのではないだろうか。

かくして秋聲の通俗小説の変革はつづく。『誘惑』以後、『地中の美人』(日吉堂本店、一九一八年四月)、『秘めたる恋』(新潮社、一九一八年七月)、『路傍の花』(新潮社、一九一九年三月)、『女こゝろ』(日吉堂本店、一九一九年九月)、『結婚まで』(新潮社、一九二〇年一月)、『妹思ひ』(日本評論社出版部、一九二〇年六月)、『凋落』(大文館、一九二〇年七月)、『闇の花』(日本評論社、一九二一年五月)、『あけぼの』(文洋社、一九二一年六月)、『断崖』(日本評論社出版部、一九二一年一〇月)、『惑』(一書堂書店、一九二二年一月)、『離るゝ心』(金星堂、一九二二年三月)、『何処まで』(新潮社、一九二二年五月)、『呪詛』(玄文社、一九二二年一〇月)、『灰燼』(金星堂、一九二二年一一月)、『萌出るもの』(近代名著文庫刊行会、一九二二年一二月)など、いずれも新聞雑誌に連載された小説群である。真山青果らによって脚色されて上演され、映画化されたものもここにはある。関東大震災まで秋聲の連載小説は、まさに大きな商品価値を持ったのである。

これまでしばしば通俗小説の起源として、久米正雄『蛍草』(春陽堂、一九一八年一一月)、菊池寛『真珠夫人』前後編(新潮社、一九二〇〜二一年)が言及されてきたが、むしろ、それ以前の『誘惑』に始まる秋聲の長篇小説も含めて考えるべきだろう。[2]「誘惑」が連載された『大阪毎日新聞』は、その少し前に文芸部に薄田泣菫が入社することによって、文芸記事に変化が生じていた。薄田がそこで専属契約をしていくのが芥川龍之介と菊池寛である。「真珠夫人」の連載はこの『大阪毎日』であり、「誘惑」の成功をへて、久米は『時事新報』に「蛍草」を連載する。「蛍草」が終了したあとに『時事新報』紙上をにぎわすのが、秋聲の「路傍の花」である。[3] 少なくとも、結果的にこうした連携が成り立った。硯友社から作家デビューしてきた秋聲にとって、小説の読者を拡大することと、読者の質をあげていくことは不可分の関係にあった。小説とは紛れもなく書く技術の産物である。その技術をあげることで、いかに「自然」な「人間」たちを描くか。秋聲は、そこに日本の近代文学の、地に足をつけた進路を見ていた。期せずして、久米、菊池寛らとともに、秋聲は大衆小説の出現前夜を整えていたのである。

5　私小説と虚構の「私」

一九二〇(大正九)年一一月、田山花袋・徳田秋聲誕生五十年記念祝賀会が有楽座で開かれた。劇場で作家のこうした祝賀会が開催されるのも珍しいが、入場券を発売し、一般聴衆を迎えたのは、文壇関係者も驚かせた。久米正雄が司会をつとめ、島崎藤村、吉江孤雁、長谷川天渓、正宗白鳥が講演し、歌曲の独唱とバイオリン演奏があった。このとき記念出版として『現代小説選集』一巻が編まれ、三三人の作家が寄稿。新潮社から刊行されている。その晩は築地精養軒で夕食会が開かれ、作家、文壇や出版関係者約二〇〇人が参加するという盛大な宴会となった。[4]

その翌年、二一年には島崎藤村の同じような記念祝賀会が開催。同時に、この年、菊池寛が小説家の相互扶助や著作権保護を名目に互助団体「小説家協会」を設立。秋聲もその発起人に加わった。のちの

「日本文藝家協会」の前身である。職業としての文学は、こうして作家たちの組織をつくるまでにいたった。秋聲はそのとき菊池寛に呼応し、作家と現実社会との接点に立とうとしたことに注意しなければならない。

一方、秋聲は短篇小説を手放すことなく、よりいっそうの洗練を示す。「花が咲く」(『改造』一九二四年四月)、「風呂桶」(同、八月)の二篇は、広津和郎によって「厳正な客観的技巧の底に、それに煩はされる事なく、作者の主観が生々と脈打ち始めてゐる」と評された。[5] ここで秋聲は、当時、日本の文壇に現れた「私小説」の書き方を取り入れた。私小説は、正確にいえば、小説の一人称の語り手、あるいは三人称の場合は視点となる人物について、作者その人と重ね合わせるように促す書き方であり、またそのように受容する読み方によって成立するジャンルである。一九一八(大正七)年頃より、「私は」という一人称を名乗る語り手が登場しながら、その「私」が何者であるか、作者と重ねる以外、極端に情報が省略された小説が増え、そのことがしばしば批判の対象となった。広津も属した同人雑誌『奇蹟』(一九一二年九月~一三年五月)のメンバー、葛西善藏や相馬泰三らの短篇や、やはり同人雑誌『白樺』(一九一〇年四月~二三年八月)の武者小路実篤や志賀直哉の短篇にも同じような傾向があった。さらにそれは近親姦を告白した島崎藤村『新生』(上下巻、春陽堂、一九一九年一月、一二月)の岸本捨吉という視点人物の設定においても共通し、さかのぼるように『桜の実の熟する時』(春陽堂、一九一九年一月)や『春』(自費出版、一九〇八年一〇月)のような自伝小説の書き方ともつながっていた。

それは、東京の狭い人間関係から成り立つ「文壇」、精緻になって充実した新聞雑誌の文芸欄・文芸記事、文学に自分たちの時代の表現を見出し、生の哲学とした一定数の読者の登場といった条件がそろうことによって本格化した。しかも、一人の作家において、初めて通俗小説と私小説が共存したのである。それぞれが想定する読者はレベルが異なっている。通俗小説は新聞読者であり、婦人雑誌・講談雑誌の不特定多数の読者を対象とした。それに対して私小説は『改造』や『中央公論』、『新潮』『文藝春秋』などが発表媒体とされた。「私」が何者であるかを十分によく知っている限定された読者を相手に、老境に入った作家が感じる死の予感と倦怠、にもかかわらず襲う激しい苛立ちと暴力的な怒り、そしてあっけないほどの虚脱感などが語られた。生活の細部に潜む情感、振幅の大きい感情の揺れとその反動のようなとりとめのなさを描いて独壇場の世界を作り上げた秋聲にとって、短篇小説もまたよりいっそうの深みを増す形式となったのである。

文壇の中心に位置し、しかも、俗事から逃げない秋聲のありようは、若い書き手にとっても近しい存在だったにちがいない。島田清次郎もその一人である。金沢出身の島田は一九歳で『地上』第一部(新潮社、一九一九年六月)を刊行、ベストセラーとなって「天才作家」と騒がれた。しかし、以後、四部までこれを書き継いだが、次第にその奇矯な言動が目立ち、スキャンダル事件まで引き起こした。一気に凋落した島田を、しかし秋聲はかばい、「解嘲」(一九二五年)などの小説を通して一貫して弁護している。山田順子(本名ユキ、一九〇一～六一年)が秋聲の前に登場したのもそういう人間としての評価を背景にしていたと思われる。

秋田県本荘の裕福な廻船問屋に生まれ、すでに二児の母でもあったこの弁護士夫人は、夫の増川の事業投機によって経済的危機に陥り、自信のあった文才をたよりに小説家への転身を図った。三木露風の紹介状と大部の原稿をもって現れた彼女は、あたかも「牡丹花のやうな艶やか」[6]さで秋聲を魅了した。

そして秋聲の斡旋により、山田順子は『流るるままに』(聚芳閣、一九二五年三月)を刊行する。注目を集めるとともに、刊行の前月には夫と協議離婚した。(7) このときすでに聚芳閣の主人で、劇作家でもあった足立欽一と恋愛関係もあった。やがて、装幀を担当した画家の竹久夢二とも交際。これは当時の新聞にもゴシップ記事にもなった。夢二と別離後は、いったん秋田に戻り、横手の歌人で県会議員との恋愛も体験した。

一九二六(大正一五)年、まだ松の内もあけない一月二日、秋聲のもとでは、長年連れ添った妻はまが脳溢血で倒れ、あっという間になくなった。享年わずかに四六歳。二人の間には七人の子供がいたが、長男一穂こそ二二歳で成人しているものの、四男雅彦は一一歳、三女百々子はまだ八歳に過ぎなかった。はまの葬儀は盛大に行われ、秋聲は人目をはばかることなく、深い悲しみにくれるすがたを示したという。周囲は秋聲の体調を気づかい、はまの命日に会合を重ねることになる。「二日会」とそれは名づけられた。やがて、この集まりが「あらくれ会」(のち「秋聲会」)となり、同名の同人雑誌『あらくれ』(一九三二年七月〜三八年一一月)発行にまでつながっていく。中村武羅夫、安成二郎、吉屋信子、川崎長太郎、林芙美子、尾崎士郎、岡田三郎、榊山潤、宇野千代などがそこに集った。

しかし、妻の死の直後、二五歳の順子を連れた五六歳の秋聲のすがたが東京のあちこちで見出されるようになった。一九二六年四月四日の『サンデー毎日』記事が二人の関係に言及。さらに『東京朝日新聞』も「秋聲氏と結婚のうわさ」(四月一六日)など、記事に取り上げるようになった。ただ、秋聲はそれを隠すべき秘密としていたわけではない。すでに記事になる以前の三月には、妻の死と順子の登場にふれた短篇「神経衰弱」を『中央公論』に発表している。以後、毎月のように、「折鞄」(『改造』同年四月）、「過ぎゆく日」（『中央公論』同月）、「質物」（『文藝春秋』五月）、「子を取りに」（『婦人公論』六月）、「逃げた小鳥」（『中央公論』七月）、「元の枝へ」（『改造』九月）と、順子にふれた短篇を書いていた。週刊誌の四月四日号ということは、この時期、すでに前月末には雑誌は書店に並んでいる。秋聲の小説を読んでいけば、両者の関係が見えてきたはずだ。ゴシップ記事はむしろそれを後追いしたのだと言えなくもない。このことは、いわゆる「順子もの」がジャーナリズムの好奇のまなざしをむしろ前提にしていたことを示唆している。

ついたり離れたりをくりかえした末、一九二八（昭和三）年一月に順子との関係を清算するまで、秋聲は創作を同時進行的につづけた。もちろん、それで「順子もの」が終わることはなかった。二人の関係が終了したものの、秋聲はその経験をずっと反芻するように、今度は終わった出来事を振り返って、小説を書きつづけたのである。

小説の素材を多く与えた妻はまの死は、秋聲を人生上の危機のみならず作家としての危機にも立ち会わせたと言っていいだろう。しかし、その危機を、秋聲は山田順子との関係において乗り越え、むしろ、そこで繰り広げられる関係の渦を新たな関心の対象に切り替えたのである。老境に入ったわがままな作家と、性的な魅力で男たちのあいだをすりぬけてきた若い「女弟子」との、ついたり離れたりのくりかえしは、作家の成長した長男や次男、まだ幼い下の子どもたちにもそれぞれ影響を及ぼした。さらに順子の元夫や愛人も無関係ではすまなかった。順子自身の子どもたちをも交え、関係はますます複雑になった。低くみれば、それは愚かしい痴話げんかに過ぎない。しかし、その反復は無数の表情を見せ、感情のもつれは際限なく絡まり、同時に愚かしさと深さとをともに体現するようになる。ふてぶてしいまでの開きなおりと、大胆な省略、読めるものだけが読めばいいとでもいうかのような突き放し方で、それは可能になった。

その少し前、一九二一(大正一〇)年には、物理学者にして東北帝大教授であり、同時に「アララギ」系歌人でもあった石原純が、妻帯者であったにもかかわらず、同門の原阿佐緒との恋愛に落ち、これが表沙汰になって、大学を辞職した事件があった。そのときすぐに改造社と岩波書店が援助を申し出て、なかでも改造社の企画した物理学者アルバート・アインシュタインの招聘と全国講演会ツアーで石原は当面の生計を立てることになるのだが、この事件のときもジャーナリズムの好餌となった。震災前には有島武郎と波多野秋子との情死事件もあった。マスメディアは文学者のスキャンダルを待っていたと言っても言いすぎではないだろう。円本ブームで多額の収入を得た作家たちは、芸能人なみの好奇のまなざしで眺められることになったのである。

順子の華やかな男性遍歴をあげつらえば、いかにも妖婦のようにも見える。しかし、大木志門が『徳田秋聲の昭和──更新される自然主義』(立教大学出版会、二〇一六年三月)で調査と考察を試みているように、山田順子という女性が担ったポジションは必ずしも未曾有のことではなかった。

秋聲自身、しばしば、新聞などのゴシップ的な記事に抗議し、反論を書いた。だが、順子の家出を報じた新聞の見出しを踏まえて、あえてその出来事を描いた小説に「逃げた小鳥」という題をつけるとき、それはもうリアリズムの小説というだけにとどまらない。新聞に代表される通俗的なのぞき見のまなざしをいったん組み込みながら、投げ返すことが目論まれた。小説のかたちを通して探究され、再構成されたもうひとつの「私」がそこにいる。いいかえれば、どうなるか終わりの見えないまま、書き継がれた同時進行的な秋聲の私小説は、秋聲を敬愛した葛西善蔵の私小説の方法を取り込みながら、そのときどきの気分や感情、欲望によって動いていく人間の不安定なすがたを捉えようとしたのである。

6　秋聲の一九三〇年代

第一次世界大戦がヨーロッパの芸術に変化を強いたように、関東大震災をへて、日本の芸術表現も変化を促されることになった。文学においても言葉と対象を的確に結びつけることができるというリアリズムの前提にある確信が揺るがされた。「新感覚派」と呼ばれた横光利一や川端康成らの表現は、ただ新奇を競うだけのものではなく、言葉による再現の技術を相対化するものであったはずである。プロレタリア文学は、五感を駆使した身体的な知ではとらえきれない「社会」という政治的経済的な構成体をとらえることを目指していた。モダニズム文学として総称されるこうした文学の動向は秋聲にも及んだ。どのような表現が現代をとらえるのにふさわしいのか。文学の市場が広がる一方、模索と試行錯誤がつづいた。

この時期、いったん順子との関係が切れ、秋聲は作家的な沈滞期に入る。むしろ、文学外で秋聲の周辺はにぎやかになる。一九三〇(昭和五)年には安部磯雄、片山哲の率いる社会民衆党の金沢支部から第二回普通選挙への出馬依頼があり、一時は秋聲も本気で検討した。社会民衆党は第一回選挙のときに菊池寛が立候補して、落選した無産政党である。秋聲は供託金を工面するなど、立候補に前向きであった。作家たちの政治意識が高まったことと、円本による収入は立候補を可能にするような経済基盤が生まれていたのである。しかし、最終的に党本部の承認が下りず、また金沢在住の次兄からの説得もあり、立候補を断念した。

ダンスにこりはじめるのもこのときからである。近所の知人の医師が習いたいというので、飯田橋国際社交クラブで教える玉置真吉を紹介し、ともに習うことになる。この年には玉置を囲む「玉真会」を作り、みずから会長になるとともに、村松梢風や国枝史郎らも加わり、アマチュアとはいえプロはだしの会にしていった。

身内では、三男の三作が一九三一(昭和六年)に亡くなった。脊髄カリエスで長年、闘病していたが、まだ一九歳の若さであった。白山の花町で芸者をしていた小林政子と知り合ったのはその少しあとである。小石川の白山は新興の花町で、政子はいったん結婚で芸妓から身を引いたが、破れてふたたび座敷に出るようになった。そこで秋聲と知り合った。のちの『縮図』の銀子のモデルである。翌三二年になると、政子との関係が深まり、政子は芸者を一時廃業。秋聲の世話をしながら徳田家で寝起きを共にするようになった(のちにふたたび芸者置屋を開業する)。八月には金沢の次姉きんが危篤の報が届いた。電報を受け取ってすぐに上野を発ったが、臨終には間に合わなかった。他方、自宅の敷地内にアパート(フジハウス)を建築。すでに六〇歳を超えて、家賃収入も入るようにするなど、自分の死後、遺された家族の経済を考え、思慮深く工夫をこらしていたと思われる。

こうして、秋聲の文学上の活躍がふたたびめざましくなるのが、一九三三(昭和八)年からである。この年、『婦人公論』に通俗小説「黄昏の薔薇」(一月～一二月)を連載。偶然の多い通俗小説の恰好ながらも、秋聲的な優柔不断な登場人物たちがみずからの意思と複雑な関係のあいだでそれぞれの人生のゆくたてを余儀なくされていくさまが描かれている。モダンな風俗を背景に、声楽家を目指すヒロインを中心にした華やかな物語の一方で、自分で人生を切り開くことのできないその他律性、頼りなさにおいて、むしろすぐれて現代的な小説になった。

通俗小説が冴えてくるときは、同時に短篇も生き生きとするときになる。この年、秋聲は「町の踊り場」(『経済往来』三月)、「和解」(『新潮』六月)、「死に親しむ」(『改造』一〇月)などの私小説を発表。金沢の姉の死、そしてフジハウスに入居していた泉斜汀の急死と不和であったその兄鏡花との和解、ダンスをともに習った医師の発病と死の覚悟などが取り上げられた。川端康成は、なかでも「町の踊り場」をめぐって「作家振つた目をどこへも向けやうとしてゐ」ない「解脱の境に遊ぶ心」があるとして、「努力よりも怠慢の妙味」と評し、「ゆゑ知らず頭の下がる」思いがすると絶賛した。(8) 死を扱いながら、軽やかでユーモアさえ漂わせながら語られるそれらの短篇は、高い評価を得て、秋聲の復活を強く印象づけることになった。

一九三四(昭和九)年、秋聲と「文芸懇話会」発足をめぐって印象的な場面が広津和郎によって記録されることになる。「文芸懇話会」は文学者の親睦団体という名目で設立が目指されたが、実際には「新官僚」と呼ばれた内務省官僚・松本学による文化政策・思想統制の一環としてあった。三二年から三四年にかけて松本は内務省警保局長をつとめるが、その時代はもっとも共産主義運動への弾圧が厳しく、治安維持法違反による検挙・起訴件数は例年にない夥しい数にのぼった。松本は、思想的には「日本主義」を掲げ、個人主義・民主主義・自由主義の否定と、階級的対立を排除した「邦人一如」を主張した国家主義の提唱者でもあったからである。その松本がムチの代わりにアメとして差し出したのが国家による文学の保護を目的とした「文芸院」の設立であった。

統制を求める政府との交渉を求めていた菊池寛や山本有三は、この申し出に乗り、秋聲も参加を求められた。同年三月二九日に開催された会合で、松本警保局長は、明治以来の文学の国家的な意義を説き、その親睦団体の発足を言祝ぎ、国家による保護育成に言及した。その直後、すでに「文芸院」反対の意思を表明していた秋聲はとつとつと語った、「日本の文学は庶民階級の間から起り、庶民階級の手によつて今日まで発達して来たので、今頃政府から保護されると云はれても何だかをかしなものでその必要もないし、それに多事多端の今日日本の急がしい政府が文学を保護しようなどといふ余裕があらうとは思へません」と。最高齢の現役作家によるこの痛烈な一言によって、「文芸院」ではなく、無難な「文芸懇話会」の名称にふさわしい空気へと転じた、広津はそう感じたという(9)。

文学をめぐる環境は変わり始めていた。こうしたなかで生まれたのが長篇小説『仮装人物』(『経済往来』のち『日本評論』一九三五年七月〜三八年八月、中央公論社、三八年一二月)である。ここで秋聲は、ふたたび「順子もの」に取り組み、総括を行う。しかも、自然主義リアリズムを体現した作家という過去を背負いながら、しかし、リアルに徹すれば徹するほど「真実」が見えなくなるという逆説の表現に挑んだ。週刊誌や新聞でとりあげられたゴシップもすべてがすべて嘘というわけでもない。否定する「私」がいるが、果たしてそれが「真実」なのか。少なくとも、ここには老境にいる作家の円熟はない。むしろ、現代の芸術的前衛たちに伍する、若々しい人間探究の情熱であり、同時に冷めた鋭利なまなざしが働いていた。

一九三〇年代、秋聲を囲んで、「あらくれ会」という作家たちの交流会が生まれたことはすでにふれた。のちに秋聲研究で名を馳せる作家の野口冨士男は「あらくれ会」についてこう回想している(10)。

昭和七年に発足した徳田秋聲を中心とする「あらくれ会」という親睦団体があって、私も昭和一〇年ごろから末席に加えられたが、会員のメンバーは阿部知二、井伏鱒二、岡田三郎、尾崎士郎、上司小剣、小金井素子、小城美知、小寺菊子、榊山潤、田辺茂一、徳田一穂、豊田三郎、中村武羅夫、楢崎勤、舟橋聖一、三上秀吉、室生犀星、山川朱実の諸氏であった。馬場先門の明治生命本社地階にあったマープルというレストランが月例会の会場で、会合には近松秋江、武林無想庵、田村俊子などがゲストとして招待され、帰りにはタクシで銀座へ出て資生堂のパーラーへ立ち寄った。

二葉亭、漱石、鷗外はすでに亡い。自然主義作家でも田山花袋は亡くなり、島崎藤村は『夜明け前』以降も長篇を書き継いだが、内省的で、他に心を開くゆとりをもっていなかった。志賀直哉、武者小路実篤は白樺派や同じような志向の芸術や社会運動のサークルになじみ、職業的な文学者たちとの交流は限られていた。菊池寛が一方の雄であり、文藝春秋という出版社をもって強い存在感を放っていたが、それゆえの利害があらわになる危険性があった。広津和郎や宇野浩二、室生犀星がわずかな例外だったと言えるかも知れない。その三人からも敬愛され、交わりを欠かさなかったのが徳田秋聲である。秋聲はこの時期、例外的な老大家として、別格の位置にあった。

それにしても「あらくれ会」に集まった作家はなかなかに多士済々である。この時期、雑誌『あらくれ』では、数多くの座談会や時評欄があり、秋聲も参加しているのだが、そうした経験は文壇人としてのただの身過ぎ世過ぎではなかったはずだ。秋聲なりに、若い作家たちが直面している文学の現代的課題を感じ取り、分厚い職業的な殻にこもることなく、その課題を乗り越える工夫を展開したのではないか。

『仮装人物』は、「順子もの」の私小説を書いていたときから八年を経過している。そのあいだに、秋聲は同時代の太宰治にも匹敵するような文学の変容をみずから演じてみせた。秋聲は若いときから、みずからの弱さについて口にしていた。体質的な弱さ、なまけものであること、不決断であること。それらは近代文学が男性ジェンダーの発想法によって支配されていたときには、つねに下位に置かれる理由のひとつでもあった。しかし、不可避的に社会の変容が押し寄せ、消費経済に覆われた都市に本格的な資本主義が機能し始めたとき、その弱さは単にひとりの作家の資質に還元されるものではなくなっていた。いやおうなく、私たちは自分たちの弱さに直面し、みずからの意思ひとつではどうにも解きほぐすことのできない複雑な網の目のなかにいることに気づかされた。その弱さを自覚しながら、どのように生きて行くか。秋聲的な人物たちはそうした普遍的な問いを支えることになったのである。

7　終わりと始まり

戦争が、秋聲の周辺に迫るようになった。次女喜代子と作家寺崎浩の結婚披露宴を開いたのは、一九三六（昭和一一）年二月二六日である。陸軍の青年将校たちによる軍事クーデター、いわゆる「二・二六事件」が起きたのはその日の早朝であった。民間右翼と連携した青年将校たちは、一五〇〇名近い兵士を率いて高橋是清蔵相、斎藤実内大臣、渡辺錠太郎陸軍教育総監などの私邸、公邸を次々と襲撃、彼らを暗殺し、軍内部の主導権を握るとともに、天皇を中心とした軍事政権を樹立しようとしたのである。結局、昭和天皇自身がこの反乱に憤り、四日をかけて鎮圧されるが、首都東京はこれによって厳戒態勢に置かれた。秋聲が気にかけていた次女の結婚をめぐる祝宴は、不幸にもそうした事件と重なったのである。

「あらくれ会」のメンバーの一人であった尾崎士郎は、短篇「菎蒻」(『中央公論』一九三七年四月)で、その日の出来事を書いている。尾崎の妻の親族が民間右翼と関わりを持っていたため、早くにクーデターの情報を得たのである。不安を押し殺したような重苦しい空気のなか、内幸町のビルのレストランで披露宴は開かれた。しかし、仲人の役をつとめるはずの菊池寛は、姿を現さなかった。メディアの寵児となっていた菊池は右翼から攻撃される危険性があったからである。秋聲が立っていたのは、すでにこうした時代であった。

秋聲は、ファシズムのみならず左翼もふくめて、情報統制や政治統制を嫌悪した。しかし、その一方で、権力に対する全面抗争が不可能であることも理解していた。あくまでも個々それぞれの局面において、交渉し、係争していくしかない。だからこそ、秋聲は求められれば、あれほど批判し、警戒していたにもかかわらず、帝国芸術院にも参加し、日本文学報国会においても役割分担を拒まなかった。資本主義の過剰な功利志向にも批判をもらし、一九三七(昭和一二)年、近衛文麿の内閣が組まれたときには支援の声もあげた。その近衛内閣によって日本は総動員体制による総力戦に突き進むことになる。秋聲の政治意識は、権力批判をふくむ一方、日本型ファシズムに対峙したとは言えない。とはいえ、秋聲のまなざしは、戦争にかかわりなく、そのなかでもつむがれていく日常のありふれた生に向かっていた。最後の長篇小説、未完に終わった「縮図」がそれを物語っている。

「縮図」の『都新聞』連載は、一九四一(昭和一六)年六月二八日からである。挿絵は内田魯庵の息子で画家の内田巌が担当した。晩年の連れ合いとなった小林政子をモデルに、貧しい靴職人の家に生まれ、花柳界で生きることを余儀なくされた女の半生を描いた小説である。掲載が始まったときから、政府および軍部は介入してきたという[11]。「この非常時に花柳界を描くとは何事か」。物語設定や挿絵にも注文がつけられるなか、九月一五日、第八〇回で連載は打ち切られた。八一回分の原稿も出来ていたにもかかわらず。

九月一三日の「社告」には次のような一節がある。

徳田秋聲老の「縮図」は、追従を許さぬ毅然たる文学道への信念を以て、秋聲文学に一つの高峰を加へつゝありましたが、作者病気のため十五日紙上を以て一先づ打切ること丶なりました

この三ヶ月後、真珠湾攻撃を手初めに日米間の太平洋戦争が始まる。日中戦争の長期化をへて、日本の中国侵略に批判的にイギリス、アメリカ、フランスは中国へ軍事支援を重ねるなど、日本との対立を深めていた。これに対して日本はドイツ、イタリアとの三国同盟を結んで、ヨーロッパで始まった戦争に連携したが、アメリカは石油輸出の全面禁止などの経済封鎖で応じた。日米間の緊張は抜き差しならないほど高まっていたのである。

しかし、日本の政治外交が「非常時」であったとしても、人々の暮らしは切れ目なくつづいている。花柳界も社会の片隅で確実に存続し、機能していた。「花柳界を描くとは何事か」とほんとうに内閣情報局が考えていたのだとすれば、政治家や軍人もしばしば花柳界を利用していたにもかかわらず、やは

り政府・軍部は職業に貴賤があるという意識を抜け出ていなかったのであろう。

もちろん、みずから好んで芸妓となる女たちがいるわけではない。貧困のなかから脱出するために、いま置かれている境遇を変えるために、多様な職業への機会を閉ざされた女たちは、芸を身につけ、ときとしてみずからを商品として差し出すことも覚悟して、花柳界へ入った。一方、明治維新以後、大日本帝国のもとに強化された男性家父長制社会では、女たちの人生の選択肢は限られていた。どのように豊かな家庭に生まれたとしても、女であるかぎりは、妻になることと母になることを不可避的に義務づけられ、自明のものとされた。そしてその妻と母になることは、多く、自分では選ぶことができず、家族親族の決定によって配偶者とされた男性に、みずからの身体を供することだったのである。自分の性を自分のものとすることができない。このジレンマに陥った女たちは、ときとして荒れくるい、家を飛び出してさまよった。「あらくれ」を初めとして、秋聲が描き続けたのがこうした女たちである。そしてその集約的なあらわれが花柳界に生きる女たちであった。

「縮図」の連載を打ち切った政治的な力は、まさに男性家父長制の原理そのものだったと言えるかもしれない。その原理のもっとも暴力的な形式が、当時の軍隊であり、戦時国家というものだった。秋聲は検閲によって削除を指定された原稿を保管していた。勝つにせよ負けるにせよ、いずれ戦争は終わる。そのときのことを秋聲は考えていたのである。しかし、残された時間はあまりなかった。

一九四三(昭和一八)年一一月一八日、秋聲は五ヶ月ほどの闘病生活ののち、永眠した。肋膜に癌ができていたのである。享年七三歳。三ヶ月ほど前には、島崎藤村も亡くなっている。ともに自然主義文学の栄光を担ってきた正宗白鳥は、秋聲の葬儀でこのような弔辞を読んだ。「君の文学は坦々として毫も鬼面人を驚かすやうな事なく、作中に凡庸社会を描叙しながら、そのうちに無限の人間味を漂はせたり。熟読翫味しますます味はひこまやかなるは君の文学の特色なり」と。

生の終わりは、しかし、残された文学がさらに読み直されていくことの始まりでもある。没後、単行本として企画された『縮図』は、一九四四(昭和一九)年一一月、翌四五年二月と、二度にわたって空襲により印刷後の製本中に焼失したが、一部のみ残った見本刷をもとに、敗戦後の四六(昭和二一)年七月、小山書店から刊行された。こうして『縮図』は、未完ながらも、残された原稿を加えて戦後の読者に届けられることになった。

それから七〇年の歳月が経っている。広津和郎、川端康成ら、秋聲につづいた世代の作家たちの評価もさることながら、古井由吉、柄谷行人、中上健次といった現代文学の担い手たちも徳田秋聲にしばしば言及し、その価値を語りつづけている。映画監督であり、同時に三島由紀夫賞を受賞した小説家でもある青山真治は、二〇〇三年に短篇映画「秋聲旅日記」を監督した。

秋聲の文学をまとめた全集としては、生前の非凡閣版の全一四巻・別巻一(一九三六〜三七年)を初め、戦後の文藝春秋新社版(一九四八〜四九年)、乾元社版(一九五二年)、雪華社版(一九六一〜六四年)、臨川書店版(一九七四年)があるが、とりわけ没後の全集は当初の計画通りに進まず、ほとんど途中で中断していた。しかし、それも一九九七年より始まった八木書店版『徳田秋聲全集』は、第一期一八巻、第二期一二巻、第三期一二巻・別巻一という、合わせて四三巻にもなる大規模な個人作家全集となって、二〇〇六年に結実した。秋聲作品の大半は収録されているが、それでもすべてではない。大量の地方紙連載小説や通俗小説、代作の可能性のある小説が存在するからである。しかし、この全集によって、ほぼ秋聲の輪郭はたどることができるようになった。この巨大なアーカイブに分け入って、その文学的水脈を探る旅が始まったのである。

■注

（1）たとえば『小説の作り方』以降は加藤朝鳥の代作によるものだと、松本徹編「年譜」（全集別巻）は指摘する。その可能性は否定できない。

（2）小林修「解説　通俗小説に聊か新紀元を」（同全集第三三巻、二〇〇三年一一月）「解説　通俗小説への意欲——芸術を民衆の前に——」（同全集第三六巻、二〇〇四年五月）などを参照。これに対して、山本芳明のように長田幹彦を抜きにすることはできないという主張もある。山本「長田幹彦の位置——大正文学を長篇小説の時代として〈注釈〉する」（『日本近代文学』六九集、二〇〇三年一〇月）参照。

（3）宗像和重「解説」（同全集第三二巻、二〇〇三年九月）を参照。

（4）高見順が『昭和文壇盛衰史』（文藝春秋新社、一九五八年三月・一一月）の冒頭にすえたのも、この祝賀会である。その華やかな盛会に「文壇」の成熟を見る一方、瓦解の始まりを見ようとしたからである。最近ではこの祝賀会に注目した論文に金子明雄「〈文壇〉のハッピーバースデー——ディスプレイとしての花袋・秋聲誕生五十年祝賀会」（『文学』二〇一六年五月）がある。

（5）広津和郎「先輩諸氏の精進」（『報知新聞』一九二五年四月二四日〜二八日、『広津和郎全集』第八巻所収、中央公論社、一九七四年二月）。

（6）徳田秋聲「白木蓮の咲く頃」（『改造』一九二七年一月、同全集第一六巻所収、一九九九年五月）。

（7）この夫・増川才吉は、順子と離婚後、べつの女性と再婚するが、地元の銀行より三万円を借り出して失踪。のちに上海で詐欺で逮捕、北海道へ護送された。順子は増川の連帯保証人となっていたため、一時、債務を負った。こうした経済問題が秋聲とのあいだにも関係したと思われる。

（8）川端康成「三月文壇の一印象」（『新潮』一九三三年四月、『川端康成全集』第三一巻所収、新潮社）。

（9）広津和郎『続年月のあしおと』（講談社、一九六七年六月、『広津和郎全集』第一二巻所収、中央公論社、一九七四年三月）。
（10）野口冨士男『私のなかの東京――わが文学散策』（文藝春秋、一九七八年六月）。
（11）頼尊清隆『ある文芸記者の回想――戦中戦後の作家たち』（冬樹社、一九八一年六月）。

2　作品案内

紅野謙介

1　『秋聲集』

徳田秋聲は、雑誌に短篇小説も書いていたけれども、『少華族』(上下巻、春陽堂、一九〇五年九月、一一月)などのような「新聞小説」の書き手として注目された。読み物としての長篇小説の作家とみられていたのである。ところが、秋聲の作家性に光が当たるのは、短篇小説からであった。一九〇八(明治四一)年から翌年にかけて、秋聲は突然、短篇作家として開花した。このわずか一年足らずのあいだに、秋聲の短篇集は、四冊も刊行された。『秋聲集』(易風社、一九〇八年九月)、『出産』(佐久良書房、一九〇九年四月)、『秋聲叢書』(博文館、一九〇九年二月)、『我子の家』(春陽堂、一九〇九年九月)の四冊である。それまで書き続けられていた短篇を集めたものではあるが、これらの短篇集によって、徳田秋聲は、尾崎紅葉門下の読み物作家から、すぐれた短篇小説家と見なされるようになったのである。

『秋聲集』には、「犠牲」「二老婆」「発奮」「甥」「小軋轢」「裏の家」「罪へ」「かくれ家」「あの女」「診察」「夫恋し」「背負揚」「独り」「絶望」「倦怠」「小問題」「老音楽家」の一七篇が収められた。つづく『出産』では、「出産」「数奇」「四十女」「北国産」「晩酌」「日向ぼっこ」「さびれ」「入院の一夜」「糟谷氏」「大祭日」「旧知」「リボン」「盲人」の一三篇、『秋聲叢書』では、「気まぐれもの」「愚物」「ひとり棲」「濁らぬ水」「みち芝」「春の月」「みだれ心」「里の心」「藪かうじ」「お静」「見え坊」「老骨」「思はぬ罪」「通訳官」「古巣」「学士の恋」「狂学士」「一念」「肖像画」「花園」「観海寺の五日」「危機」の二二篇、文庫サイズのような小ぶりの『我子の家』では「我子の家」「祭り」「新店」の三篇が収められた。いずれも過去一〇年近くにわたる短篇小説の集成であった。

では、具体的にその一つを見てみよう。『秋聲集』に収録された短篇のなかから、評価の高かった「二老婆」(『中央公論』一九〇八年四月)を例にあげてみる。

この小説は題名のとおり二人の老婆、お幾とお栄という老女を主要人物としている。語り手は「自分」という人称を名乗る青年画家で、田舎から妻を迎えて借間住まいをしていた一年前の冬の出来事を回想している。舞台は「新花町」とあるので、湯島新花町。いまの文京区湯島二丁目のあたりである。お栄は「自分」たちが二階に間借りしている借家の主で、「五十余の婆さん」である。一年前に連れ合いを亡くし、わびしく売り食いをしている。わずかな収入は「自分」たちの部屋代だが、一向に働こうとせず、家事もおろそかで、いたずらに化粧をしてぼんやりと過ごしている。

一方のお幾は、「自分」の部屋からすぐに見える井戸端で日がな洗濯物の注文を受けて、稼いでいる。連れ合いの爺さんは「自分」が引っ越してきてすぐ、突然あっけなく急死した。それでもお幾婆さんは「車鼠のやうに」働き、お栄婆さんは「暗い部屋」のなかに座って「衿元ばかり気にして」いる。彼女たちがお互いに相手を軽蔑しているが、妻が言うようにどちらの婆さんも一歩踏み外せば「乞食の生涯」の危ない淵にいる。

そのうちお栄のもとに髪結のお六という女が訪ねて来て仕事を斡旋した。妻恋坂下の酒屋の老人の介抱役だという。やがて話がまとまり、お栄は住み込みのために家を出て行った。残ったお幾はお栄について悪しざまに言い、酒屋の老人も「名代の女好き」だからだと憶測する。

お幾の憤懣は収まることなくつづくが、たまたまやって来たお六にさんざんやりこめられ、屈辱を味わう。語り手の「自分」たちも新たな家が決まっていよいよ引越しをするその前の晩、突然、お栄が戻ってきた。先の家には取込みがあるため、一晩だけ泊まりたいという。寝入ったとたん、井戸端で悲鳴があがった。お幾が井戸に落ちたのである。近所の若い衆とともに助け上げたところ、自殺するつもりで飛び込んだものの恐ろしくなって声をあげたのであった。医者にも診せ、ようやく家にひきあげた「自分」たちは、一階に寝ていたお栄にことの顛末を笑って聞かせた。しかし、その翌朝、お栄が首をつっているのを発見する。お栄は酒屋から暇を出されていた。

物語としてはまったく救いがない。その意味では自然主義的である。二人の老婆の一方は細々とした労働で生計を立て、それ自体を支えとしていたが、生の無意味さを思い知らされて死に誘惑される。もう一方は、生活能力は極端に低いが、いくつになっても色気が抜け切れずにいる。しかし、前者は死にそこない、後者はあっけなく自殺する。そのすべてをのぞくのは二階に住む「自分」である。妻は彼女たちの話し相手であり、情報を伝える窓となっている。

　二老婆の過去は小説の現在には関わらない。あくまでも情報の断片としてのみ示される。しかし、その断片が人物の背景を想像させる。お栄は「宇都宮の産」で、兄は「有福《（ママ）》な呉服屋」だが、死んだ夫と少しの金をさらって駆け落ちしてきたのだという。最初こそ下宿屋を営んでいたが、結局、追いつめられて、新花町の借家での独り住まいとなった。お幾の亡父は元車夫で、年を取ってから、子連れでこの家に入り込んだ。子どもを住込みの「年期小僧」に出してからは仲むつまじく暮らしていたが、夫の頓死により、生き甲斐を失った。

　小説中で事件は起きる。一回目はお幾の自殺未遂であり、二回目はお栄の自殺である。なぜ、そうなったか。お幾は惨めな自分に耐えられなくなったからだろうが、未遂に終わり、近所の笑いものになる。お栄が酒屋から追い出されたことはあとから示される。色香を発揮する最後の機会として出ていったお栄は、向かった先でもしくじって、帰る場所を失った。しかし、彼女たちの心中はまったく語られない。お栄の死は唐突で、偶発的な出来事である。「筋」を中心とする物語ならば、都合のいいだけの終わり方になるが、描写を重視する短篇小説において、その偶然は人生そのものの予測不可能性と意味づけられる。

　なかでも秋聲の特徴はその文体にあった。

　お幾婆さんは、真実生効《まつたくいきがひ》のない生活をしてゐる。素《もと》より手頭《てさき》で仕事の出来るやうな器用な腕は持たぬから、洗濯と水汲みをして、其で如何《どう》か恁《かう》か食つて行く。お栄婆さんが、暗い部屋のなかに坐込んで、マシリ〳〵と目を据えて衿元《えりもと》ばかり気にしてゐる隙《ひま》に、お幾婆さんの貧弱な体は、根《こん》の続く限り外でクル〳〵動いてゐる。一日休めば一日食はずにゐなければならぬので、始終《しじう》死にたい〳〵と言ひながら、今に一ト筋の釣瓶縄《つるべなわ》に嚙《かじ》りついて、ヤクザな生命だけを繋《つな》がうとしてゐる。

自然主義文学の小説は「描写」を中心とすると言われるが、秋聲の場合、必ずしも「描写」とは言い切れない。「お幾婆さんは、真実生効のない生活をしてゐる」という一文は、それこそまったく描写的ではない。「生効」があるかどうかは、お幾の気持ちにも寄り添っているが、むしろ語り手の外側からの評価にかかる断定である。「手頭で仕事の出来るやうな器用な腕は持たぬ」というのも、語り手の観察による判断だが、「手頭」「腕」といった身体の換喩を用いることで、対象の人物を思い描かせる手立てになっている。それまでの描写があるので「洗濯と水汲み」は具体的であるが、「如何か恁か食つて行く」という結びは、やはり「食ふ」という行為と生計を立てることの比喩によって成り立っている。実は巧みな比喩を駆使した表現がまず特徴的なのである。

お栄に寄せられる「マシリ〳〵と目を据えて衿元ばかり気にしてゐる」という形容も奇妙な表現である。これに、お幾の「貧弱な体」を強調した上で「根の続く限り外でクル〳〵動いてゐる」という形容が対比される。後者の「クル〳〵」という擬態語は、「車鼠」のように働くというお幾にふさわしくもあるが、「貧弱な体」と「根」の続くかぎりという言い回しを配することで、目の前の光景の再現とは異なり、概括的であるにもかかわらず、具体的な身体性をもった表現となっている。その前の「マシリ〳〵」という擬態語にいたっては、どのような状態を指す言葉か、想像すら出来ない。当時の小説においても例のない語彙であり、秋聲独自の造語のようでもある。しかし、そうした擬態語によって、目を据えて「暗い部屋」に座り込んでいるお栄の様子が示され、「衿元ばかり」を気にしている姿が浮かび出る。この「衿元」はお栄の着衣の縁を指すが、同時にそこは彼女の首元の身体を見せる領域である。着衣と首元の差異は曖昧になる。ここでも「衿元」は身体の換喩となって、お栄の女としての身体を想像させ、性を意識させる身じまいにのみ関心を持っている老女の意識が浮かんでくる。

同じような物語内容でいえば、当時、評判になった国木田独歩の「竹の木戸」(『中央公論』一九〇八年一月)とも共通する。「竹の木戸」は会社員大庭真蔵の視点で語られる。しかし、「二老婆」の「自分」とは異なり、真蔵は職業も地位も高く、家族や使用人もいて優位にある。その真蔵の目を介して、女中のお徳と同い年のお源、その夫で植木屋の磯吉が登場する。お徳を介して、大庭家の裕福をうらやむお源は、隣家の大庭家の上等な「佐倉炭」を盗む。夫の磯吉まで近くの炭屋から炭俵を盗んだことを知って、お源が首をつるというストーリーである。当時、独歩は自然主義の代表作家のように言われているが、比べてみると、両方の小説の違いは明白である。

社会的に安定した大庭真蔵に比べれば、「二老婆」の語り手の視線はきわめて低い。いつ「乞食の生涯」に落ちるか分からない危うさを笑う「家内」にしても、自分たちが同じではないと断言できるわけではない。お栄のいれたお茶は気持ち悪いと口にする「家内」は、しかし、軽蔑しながらも、彼女たちの話し相手であることを止めない。画家の「自分」にも、ようやく小説の最後に新たな家を借りる余裕が生まれるが、それまで生活は不安定のままであった。

「竹の木戸」のお源は磯吉に、「お前さんと同棲になつてから三年になるが、その間真実に食ふや食はずで今日はと思つた日は一日だつて有りやしないよ。私だつて何も楽を仕様とは思はんけれど、これじや余りだと思ふわ。お前さんこれじや乞食も同然じや無いか。お前さんそうは思はないの?」となじる。的確に自分たちの境遇をとらえた言葉だが、追いつめられた貧しい階層の女性がそこまで冷静に自己を把握し、ここまで相手を問いつめることはないだろう。「二老婆」で、二人は「乞食」になるかもしれないほどの境遇だと語るのは、第三者である「家内」である。眺められている二人の老婆はそうと自覚しないまま、死へと追いつめられる。独歩の方が作中人物たちを高いところから見ている。その分、抽象的な存在である。

「竹の木戸」は「二老婆」のわずか三ヶ月前に、同じ雑誌に掲載された小説である。秋聲が読んでいないわけはない。小説は貧しいものたちの暮らしを素材とし、その救われない生と死を見つめる方向に動いていた。秋聲はそこに新たな流れを取り入れた。作中人物たちに自分たちの置かれた状況や苦衷の背景を直接的な言葉で語らせることはしない。視線を低くすえ、彼らの感覚を通して見える世界に寄り添う表現へ。「二老婆」を初めとする『秋聲集』に収められた小説は、いずれもささやかな短篇である。しかし、小説の表現において、秋聲は描写とも説明ともつかない、独自なスタイルを作りつつあった。これは『秋聲集』のみならず、次の短篇集『出産』(左久良書房、一九〇九年四月)でも結実し、よりいっそうの洗練を示すことになった。

2　『新世帯』『足迹』

秋聲を高く評価したのが、俳人の高浜虚子(一八七四～一九五九)である。正岡子規以来の俳句革新や写生文の方法を受けつぎ、文芸誌『ホトトギス』を再出発させ、夏目漱石の小説家デビューを促したのも、高浜虚子であった。その虚子は、一九〇二(明治三五)年の子規没後から俳句創作をいったん辞め、小説に打ち込んだ。そして一九〇八(明治四一)年秋、国民新聞社に入社し、文芸部の創設に協力。このときに秋聲に小説連載を依頼した。まさに短篇小説作家としての転換も果たしつつある時期であった。

　これに答えて、秋聲が『国民新聞』に連載したのが『新世帯』(一九〇八年一〇月一六日～一二月六日)である。郊外の新開地で酒屋の小僧から働きづめ、ようやく店をもった新吉が無償の労働力と思って、八王子の在からお作という娘を嫁にもらう。器量もさえず、気働きもしないお作にいらだちながら、それでも新吉の酒屋は少しずつ繁盛していく。ときに新吉の友人がひょんなことから獄に入った。その嫁のお国が新吉を頼って、居候することになる。流れ者のお国は器量もよく、人あしらいもうまい。お作の妊娠、里帰り、そして流産にいたるあいだ、新吉とお国は接近し、せっかくの店もまたたくまに荒涼としていった。結局、新吉とお国は途中でもめて、お国は家を出て行く。お作が帰り、元にもどった二人だが、わだかまりは残ったまま、日々は過ぎていく。やがてお作はふたたび妊娠する。

　日常生活は頑として変わらない。日々の仕事があり、応じなければならない客とのやりとりがある。にもかかわらず新興の土地で自営業を始めた暮らしに周期的に訪れる安定と不安定、ちょっとした感情のもつれ、気分の上がり下がり。誰しもかかえる心の波立ちだが、緩衝役の知人友人がいるわけでもない。クッションとなるようなタメをもたない夫婦はささくれをうまく解決できずに、解けないこじれに苛立ちを高めていく。生活風俗はたしかに古いが、その後、百年にわたって地方から流入した都市生活者の多くの家庭で、似たような渋滞が生じたことだろう。親族など身内との距離が遠くなり、近隣との関係も断たれた現在において、むしろ、リアルにさえ映る。生の危うさをとらえ、そうした普遍性すら帯びた小説は他に類を見ない。

　古井由吉は、『新世帯』について「これはいま現在の東京人の世帯の原型みたいなものではないかと嘆息したことがある」と書いた。ここから現代文学の代表的な作家は「世帯」という言葉とその意味するところに思いをはせたという。「世帯を張る」「世帯じまい」という言葉があった。商いを成り立たせ、生活欲をはりつめ、他方、それらを経済的に持ちきれず、また男女の関係もいきづまってきたときに、世帯をしまうという。小説では主人公新吉の「孤独な生活欲」がよく描かれている。

生活欲がいっとき道を遮られて、無為遊蕩めいたものの中に淀む。いきなり、造作もなく乱れる。別の言葉を使えばよさそうなものだが、淀んだとたんに急速に熟れていく感じを、やはり頽廃と呼びたい。一過性の頽廃というべきか。しかし大きな危機と、原質のようなものの露呈とをはらんでいる。秋聲は旺盛なる生活欲にくりかえしあらわれるこの一過性の病いを、その姿を描く名人である。(「『新世帯』と私」、『週刊読書人』一九七九年一二月三日)

徳田秋聲から古井由吉にいたる一筋の系譜がここに的確に語られている。

『新世帯』は新聞連載ではあるが、長さからいえば短篇小説の一種である。秋聲にとって、長篇小説において、それまでの読み物とは違う新しい挑戦ができるかどうか。それが課題であった。挑戦は、『足迹』(初出題は「足跡」、『読売新聞』一九一〇年六月三〇日〜一一月一八日、新潮社、一九一二年四月)において試みられた。この長篇小説で、秋聲は女の半生記を描き始める。お庄という名の娘を視点人物に、彼女の十代初め、地方の古い家を整理して、家族は東京に出てきた。働きのわるい放蕩癖の抜けない父親、気働きのしない愚痴ばかりの母親、幼い弟妹たち。親族を頼って上京した彼らは、東京の荒い風に吹き飛ばされ、あちこちを放浪した末にちりぢりになっていく。まだ幼かったお庄も次第に娘らしくなるにつれて、美風良俗からは遠くなり、一度嫁入った家とももめて、ふたたび親族のところに舞い戻る。そこで母親が手伝いに出ていた若い書生の家に立ち寄るうちに、その書生と結ばれる。

いわゆる「新聞小説」でありながら、「筋」だけにとらわれない小説の試みである。筋がないわけではないが、ここで中心になるのは移動しつづける女のすがたである。彼女は落ち着いた居場所をもたないまま、都市のあちこちを行ったり来たりする。なぜ、あちこちを移動することになるのか、たらい回しのように動いていくのか、それはあまり説明がない。彼女は家族に東京へ連れて行かれ、いきづまると養女として他家に回される。当初、移動は女たちにとって受け身でしかない、秋聲は、女性に焦点をあてることで、その受動性が際立つことを知悉していた。

また、のちに秋聲独自の話法として指摘される表現、いわゆる錯時法の一つが試みられるのも、この長篇からである。一人の女の半生を追うということであれば、出来事の起きた順序、つまり継起的な順序で進む時間を前提にする。しかし、秋聲はそうではない手法をとる。時間の進行では後の出来事をいったん示した上で、それ以前の出来事にさかのぼって語り出す。たとえば第五八回は「叔父さんが帰つて来たら、僕から能く話をする」という会話から始まる。東京で保護者代わりの叔父は肺尖カタルに罹患していることが分かり、治療のために転地した。そうした前回の終わりにすぐつづく部分である。このセリフを発しているのは磯野という書生で、ここで初めて登場した。この男とお庄は縁日に「手を引合つて」通りを歩いたと続く。つまり、この磯野の言葉は、関係をもったお庄に対して、親代わりの叔父に説明して責任をとろうとする趣旨と受け取れる。しかし、そのあと叔父の転地にいたる経緯、家族の対応が語られ、時間的にはさかのぼった場面となる。それらの場面が一定以上の長さでつづいたのち、ようやくお庄が磯野にひかれていったことが語られる。

いわば時間が巻き戻されたような形で示されるのである。読者をとまどわせるこの手法は後の展開を提示し、その上で過去に戻す。ただし、初めに示された時間が必ずその後の物語の時間に正確に定位されるとはかぎらない。先の場面のような出来事がどこかの時点であったのだろうが、どことははっきり定めがたい。そうした省略にともなう曖昧さも残しながら、秋聲の後説法は導入される。

読者の期待感を高める技法というより、推移する時間の頼りなさがむしろ浮かび上がる。いっけん責任をとるかのように宣言する磯野の言葉とは裏腹に、お庄の執着は高まりこそすれ、逸らされる可能性が増していく。磯野は適当に言葉をもてあそび、女のあいだを遊び歩く不良学生に過ぎない。先に起きる出来事と、さかのぼった出来事は、継続する時間のなかで互いにずれや裂け目を見せる。読者はとまどいつつ、裂け目の多い叙述をたどることになる。したがって「筋」の運びに酔わされ、物語の世界にのめり込むことはできない。むしろ、読者はつまづきながら、絶えず行きつ戻りつする時間にたたみ込まれた、さまざまな小さな出来事に目をみはるようになる(「研究のキーワード」の1で詳述している)。

それこそが秋聲の独自な表現技法であった。総体として、とりとめのなさが印象に刻まれる。しかし、バラバラなのではない。世界はこのようにとりとめがない。頼りなく、きれぎれで、脈絡がつかない。偶然という言葉が、怖さをともないながら鮮やかに感じられるのはここにおいてである。『足迹』は、女の一代記のような描き方を通して、私たちの生のなかに潜む偶然性をあぶり出した。

お庄のモデルは、秋聲の妻となった小沢はまである。このはまとの出会いと、彼女の過去を聞き出していく経緯は、このあとの『黴』で描かれることになる。

3 『黴』『爛』

おそらく、秋聲の小説の文体や話法を気に入ったのだろう。夏目漱石は、自らの関わる『東京朝日新聞』の連載小説を秋聲に依頼している。漱石は当時、最大の文学コーディネイターであり、小説の技法についてきわめて自覚的であった。そして一九一一(明治四四)年八月一日から一一月三日まで同紙に連載されたのが『黴』である。『足迹』のヒロインとほぼ同じ女性がここに登場する。しかし、視点は彼女ではない。『足迹』では、お庄に寄り添うように語りが進んだが、『黴』では、笹村という作家に焦点があてられる。書き出しはこのようになっている。

> 笹村が妻の入籍を済したのは、二人のなかに産まれた幼児の出産届と、漸く同時くらゐであつた。

しかし、この短いセンテンスのあと、次の段落に変わると、時間は巻き戻り、「家を持つといふことが唯習慣的にしか考へられなかつた笹村も、其頃半年弱《たらず》の西の方の旅から帰つて来ると、是迄長いあひだ厭や〳〵執着してゐた下宿生活の荒れたさまが、一層明かに振顧《ふりか》へられた」という文章に転回する。「其頃」という曖昧な時間の指示があるが、瞬間的に読者は時制の混乱に出くわす。読み進めると、この「西の方の旅」から帰った笹村がお銀という女と出会い、やがて関係をもって子どもができる物語が展開する。笹村と彼女のる。

「入籍」は、帰還から二年近くが経過したあとの出来事とわかる(全七九節のうち第三九節のあたり)。『足迹』で生み出された錯時法は、こうして『黴』において全面的に導入される。

少なくとも、読者にはこの男女の関係がどのような節目を迎えるのか、このあとの物語にとって未来にあたる出来事が先に提示される。したがって、その結末は分かっている。その上で、笹村がどのようにお銀に出会い、結びつき、煮え切らないまま関係をつづけ、馴染むときと争うときとをくりかえしながら、じりじりと時を過ごしていくプロセスを見ていくことになる。錯時法はおそらく小説に対する理論的な追究や方法的な実験として取り入れられたというより、物語性を重視する新聞小説という形式に慣れている読者に対して、どうなるかをめぐる期待の地平や過剰な感情移入を避けるために、先回りした結果を示す、それからおもむろに遡った時間から語り始めるようになったのではないだろうか。文学理論についてほとんど学んだ気配のない秋聲の場合、むしろ、実践的かつ経験的な考察ののち、こうした手法がとられたように思う。

第一回を読んだ漱石はすぐに小宮豊隆宛の書簡(1)で、『黴』をめぐって「文章しまつて、新らしい肴の如く候」と高く評価した。翌一二年一月、新潮社より『黴』は刊行され、版を重ねた。秋聲の作家的地位を確固たるものにしたのもこの小説である。

「どう云ふのが好《え》いのや。私が気に入りさうなのを見立てゝ上るよつて――東京ものは蓮葉で世帯持が下手やと言ふやないか。」笹村が湯に中《あた》つて蒼い顔をして一ト先大阪の兄のところへ引揚げて来たとき、留守の間に襟垢のこびりついた小袖や、袖口の切れかゝつた襦袢などをきちんと仕立直しておいてくれた嫂は斯う言つて、早く世帯を持つやうに勧めた。

たぶん、漱石の感心した文体とは、第一節のこのような箇所にも現れているだろう。大阪人の嫂の世話焼きぶりと、単身者として長く暮らしてきた、あまり気働きのしない義弟とのやりとりが、この一場面だけから具体的に浮かび上がる。ここでも「世帯」という言葉が繰り返されているように、『黴』では、男女の「入籍」が「世帯」を持つことと必ずしも重ならないことが前提になっている。

親族からもその暮らしを気遣われている笹村は、しかし、まだ「世帯」をかまえるには十分な収入を得られずにいる。作家の「M先生」を師と仰ぎ、同じような兄弟弟子のいるなかで、笹村ははかばかしい実績を上げることができていない。似たような仲間たちと交流し、原稿書きに励むこともあれば、すっかり疲れ果ててしまうこともある。その笹村が借りた家に家事をやる老女を雇う。ときとして友人や親族の子どもたちも立ち寄る家に、老女ひとりでは足りないことがあって、その娘が手伝いに来た。出戻りだというその娘がお銀だった。老女がいったん田舎に戻っているとき、代わりに来ていたお銀と笹村は関係ができる。恋愛感情というより、だらしないような男女の仲である。笹村は遊廓に入れ込んでいた女がいたが、彼女はべつな男のもとに去っていた。こうした男女の結びつきを、語り手はじっと追いかけていく。

　やがて、戻ってきた母親に彼女は笹村とのことも打ち明けた。貧しい庶民に育った彼女たちは、そういう話にも、しかたのないことと受けとめ、ただ、惨めなことにならないようにとだけ笹村に要望する。愛情でつながれていない二人のあいだには、衝突があるたびに何度となく別れ話が出て、それもまたふとした気分の変化で霧消する。三島霜川をモデルとする深山という友人の作家も出て来る。お銀が深山とも関わりがあったかもしれないことが笹村の猜疑を生み、嫉妬は二人を結びつけるとともに、刺さったトゲのようにいつまでもくすぶりつづける。やがて、彼女の妊娠が分かり、産む、産まないをめぐる論議が起こる。子どもを欲していない笹村は、当初は中絶を、のちには産んだあと里子に出し、別れることをしばしば口にするが、それもなしくずしになっていく。子どもの出産とその前後のやりとりは、『黴』のなかでも注目すべきシーンである。

　産婆は慣れた手つきで、幼毛《うぶげ》の軟かい赤児の体を洗つて了ふと、続いて汚れもの、始末をした。部屋には然云《さう》ふものから来る一種の匂が漂うて、涼しい風が疲れた産婦の顔に、心地よげに当つた。笹村の胸にも差当り軽い歓喜の情が動いてゐた。

「随分骨が折れましたね」と、産婆は漸と坐つて莨《たばこ》を吸つた。

「この位長くなりますと、産婆も体が耐《たま》りませんよ。私もちよツと考へたけれど、でも頭さへ出ればもう此方のものですからね。」

「そんなだつたですか」と云ふやうに笹村は産婆の顔を見てゐた。

　頭が出たきりで肩が閊《つか》へてゐた時、「それ、もう一つ……」と産婆に声をかけられて、死力を出してゐた産婦の醜い努力が、思ひ出すと可笑しいやうであつた。


　分娩後の光景である。もちろん、出産の神聖視はここにはない。ただ、分娩までの長い苦痛に耐えた産婦に「涼しい風」が吹き、さんざん産むことに抵抗を示した笹村も「差当り」の喜びを覚える。そうした柔らかな感情のあと、産婆が「莨」で一服し、笹村と会話を交わす。長く産婆の仕事をしてきた女の職業的な経験知と、初めて女の出産に立ち会った男の冷たい笑いが交差する瞬間が描かれている。産婆は気づくこともなく、また産婦も知ることのない互いのずれが浮かび上がる。男のなかにも、わずかに浮かぶ「歓喜の情」と冷たい笑いが同居している。どちらかになるのではなく、どちらでもあるところに、この『黴』という小説の特色がある。

　後半でも事態はそれほど変わらない。半年以上もたって子どもの出生届を出し、同時に内縁関係のお銀を入籍した笹村は、M先生が癌で亡くなったのち、少しずつ仕事がまわるようになる。わずかに家計が上向き、彼らは転居していくが、お銀の過去の男関係や家族親族、子育てをめぐって夫婦の諍いは絶えることがない。しかし、子どもの病気入院があったりすると、たちまちに荒ぶる気持ちも萎えていく。「夫《それ》でなくとも笹村は、如何かすると気がいら〳〵して、いきなりお銀の頭へ手をあげるやうなことがあつたが、病児を控へてゐる二人の心は、一緒に旅をして狭い船へでも乗つた時のやうに和《やはら》ぎあつてゐた」。

　物語は永遠にここに停滞する。むしろ、眼目はこの「世帯」のありようである。だらしないと言えば、たしかにだらしない。しかし、ロマンティック・ラブの幻想とはべつに、ありえたであろう現実的な男女の関係を語り手は追いつづける。男女はきわめて安易に結びつき、そこには年老いた女性を家事手伝いとして雇う習慣が日常茶飯にあり、さらにその彼女が姉妹や娘、親族を呼び寄せ、雇用をつなぐために代理を立て、その結果として主人といざこざが起きることも当時としてはありふれたことであった。

　つづく『爛』は、より作家的な成熟を見せた新聞小説である。『国民新聞』に、一九一三(大正二)年三月二一日から六月五日まで連載された。ここでは、漱石のいる『東京朝日新聞』とは異なり、遊廓のつとめから落籍したお増が中心となる。お増を身請けした浅井は、しかし、既婚者だった。愛人、いわゆる妾として路地の家に囲われたお増は、同じ遊妓あがりで年上のお雪とその愛人で芸人の青柳との関係を重ね、二人の今後を思い比べる。さらにここにまぎれ込んできた親族の娘、お今に対する浅井の関心に嫉妬するなど、お増の不安と倦怠、苛立ちがたどられていく。

もちろん、『黴』が秋聲自身の体験をふまえたものだとすれば、『爛』は周辺人物の取材によるもので、そこに秋聲をモデルとするものは登場しない。しかし、もと玄人の女性の視点に寄り添うがゆえに、『黴』以上に、その独特な身体感覚が強調され、男女のセクシュアリティに表現が向かっている。なかでも、遊妓として身分から脱して、路地奥の妾宅に住むようになるお増が遊廓にいた時分の記憶を、身体の底に残していて、素人の生活の日々の雑音やその逆の静けさ、近所づきあいに違和感を覚えるあたりは、もはや秋聲以外の作家の書きうるところではなかった。一人の人間のなかにひそむ複数の時間を、秋聲は書くようになる。それはまさに物語の成立できないところに切り開かれた現代文学の地平に連続していた。

秋聲を評価した漱石は、のちにその文学について「フィロソフィーがない」と批評している[2]。たしかに『彼岸過迄』（春陽堂、一九一二年）以後の漱石の小説群を見ていくと、いわゆる人生の真面目を求めて出口のない問いに陥る思索的な知識人の男性が登場する。秋聲にはそうした人物は登場しない。もし、漱石のいう「フィロソフィー」が哲学的な思索や求道的な精神であるとしたら、それは秋聲とは無縁であろう。しかし、そうした「フィロソフィー」が決定的に無効になってしまう場所で、秋聲は思索し、書きつづけた。『黴』の出産シーンを見るかぎり、漱石が『道草』（『東京朝日新聞』『大阪朝日新聞』一九一五年六月三日〜九月一四日）で描いた出産シーンは、これをふまえなければ成り立つことはなかっただろう。その時間表現をふくめて、漱石は秋聲から多くを学んだはずである。

かくして秋聲の文学に、理念としての「フィロソフィー」はない、しかし、決定的な「リアル」がある。この二人の作家の鮮やかなコントラストにこそ、日本近代文学にとってもっとも重要な文学的振幅がある。

4 『あらくれ』

『あらくれ』は、『読売新聞』に一九一五(大正四)年一月一二日から七月二四日まで連載された全一一三回の長篇小説である。同年九月に新潮社から刊行された。

ここでとりあげられるのは、やはり一人の女の半生記である。漱石の依頼により『東京朝日新聞』に連載された『黴』を除くと、秋聲の小説は新聞小説、および婦人雑誌の連載小説は、一九一〇年代以降、そのほとんどが女性を主人公とし、女性を視点人物としている。逆に文芸雑誌や総合雑誌に発表された中短篇、一九三〇年以降の長篇小説になると、作者を連想させる男性の文学者、あるいはそれに近い男性登場人物に焦点をあてている。ジャンルや媒体によって、そうした使い分けを行っていた。

『あらくれ』のヒロインお島は、生母にうとまれ、幼少時にネグレクトされていた娘である。東京郊外の王子にある生家は、もとは庄屋の家柄で界隈からも尊敬されていた庭師の家だが、父は二度目の妻を安料理屋の「賤《いや》しいところ」から迎えた。そこで産まれたのがお島である。しかし、母親の愛情を受けられず、激しい虐待があった。思いあまった父はお島を連れてさまよったこともあった。お島の記憶には、ぼんやりと父とともに「尾久の渡」で川面を見ながらたたずんだ情景が刻まれている。

結局、娘を殺すこともしかねた父は、お島を養子に出した。養家はかつて紙漉業も手を出していたという農家で、比較的裕福に暮らしていた。その養家には、過去に「六部」と呼ばれる一人の巡礼僧をたまたま泊めたところ、その予言のもとに「外に積んだ楮《かぞ》のなか」から「貴い多くの小判」が見つかったという「作物語《つくりものがたり》にでもありさうな事件」があった。初めは養父母に気に入られることに夢中になっていたお島は、しかし、成長につれて、その「不思議な利得」の真相は泊めた「六部」が急死し、その懐にあった財産を自分のものにしたのではないかと疑うようになる。子どものいない養父母は、お島を「後取娘」とするが、家系を守るために彼女を、「主人の兄にあたるやくざ者と、どこのものともしれぬ旅芸人の女との間にできた子供」である甥の作太郎と結婚させようとした。作太郎を毛嫌いするお島は、何度となく養家を飛び出すが、実家の生母とふたたび衝突する。いったんは養家に戻り、違う相手との婚礼とだまされて花嫁姿になってみるが、やはり夫が作太郎だと分かると、すべてを投げ出し、とうとう養親との縁も断ってしまう。

こうして、お島の放浪が始まるのだが、母親からの虐待、父親による子殺しの未遂、「六部殺し」のような伝承すら連想させる養家の怪しい過去、養母の不倫と家出、作太郎誕生の背景、跡取りをめぐる計略、養父の暴力など、彼女の関わる二つの家はどちらも円満なホームからは遙かに遠く、無秩序で血塗られている。家族が契約と血縁によって結ばれた社会集団だとすれば、近代以降、その家族に「家庭」を作り出すことが課題とされた。しかし、『あらくれ』の家は、いずれも家の内部を守る輪郭線が破綻している。それは結婚もふくめ、家族を構成する男女の関係がもともと内部で閉じることができないからである。お島の母は「賤しいところ」から来たという。その無知と暴力性はおそらくその母の生育歴に由来するのだろう。そこではじき出されたお島は死の誘惑をへた上で養家に迎えられるが、その家の経済は放浪する巡礼僧の死を契機として浮上した。作太郎も「旅芸人」の母をもつ。男女の関係は、家の論理とはべつな原理で動き、ときに前者を破綻させる。

家を飛び出たお島は、庭師家業の植源の仲人によって神田の缶詰屋の鶴さんのもとに嫁ぐが、鶴さんは前妻を亡くしたあと、植源の嫁のおゆふに好意を寄せていた。お島は「良人の心持がまだ底の底から汲取れぬやうな不安と哀愁」を抱える。彼女の人生には「心から愛しようと思はうとしたやうな人は、一人もなかつた。真実に愛せられることも曾てなかつた」。愛する経験も作法も知らないお島は、女にだらしなかった鶴さんの行状が分かるにつれて荒ぶるようになり、鶴さんもまたいったんは作太郎と入籍した彼女の過去に失望していく。こうしてお島の新たな家は三度び破綻し、さらに植源でも「四十代時分には、時々若い遊人などを近けたと云ふ噂」のある隠居の姑は、息子を「猫可愛」がりし、嫁に迎えたおゆふに激しい嫉妬を抱いていた。おゆふが鶴さんと親しくし、夫と家族に隠れて借金を許すにいたり、姑は激昂する。あげく、おゆふは剃刀で髪を切り、井戸に身を投げようとする騒動もあって、植源の家も一気に傾いていく。

『あらくれ』は、このあとその中盤で、お島を「或《ある》山国の町」に連れて行く。お島は「是まで何処へ行つても頭を抑へられてゐたやうな冷酷な生母、因業な養父母、植源の隠居、それらの人達から離れて暮せるといふことを考へるだけでも、手足が急に自由になつたやうな安易を感じ」るようになるが、寂れたその町で「浜屋」という旅館の主人の愛人になる。しかし、ここでも実父がやってきて、浜屋を問いつめる。煮え切らない浜屋に落胆したお島が失踪し、川にのぞむシーンが来る。「猟師に追詰められた兎か何ぞのやうに、山裾の谿川の岸の草原に跪坐《しやが》んでゐる彼女の姿」が発見され、「どこか自分の死を想像させるやうな場所を覗いてみたいやうな、悪戯な誘惑に唆られて」いたことがそこで明らかにされる。小説のなかでふたたび訪れた水と死につながるシーンは、お島の軌跡に転機を与えるものでもある。

後半は、東京に戻ったお島が小野田という裁縫師と一緒になり、裁縫の「註文取」に夢中になり、やがて、ここでも小野田といさかいを始め、仕事の好不調の波が来たのち、小野田と別れて、またべつの若い職人と仕事を計画するところで終わる。お島にとって、「女唐服」を着て自転車に乗って得意まわりをする姿は、「始めて自分自身の心と力を打籠めて働けるやうな仕事」であり、「女の洋服屋つてのは、ついぞ見たことがないね」と言われるほどに、男を使い、男たちを差配していく万能感を覚えさせる場面になる。それは前半の、家から家へと動かされるだけの受動的な存在から、みずから行動するヒロインへの変貌を告げる。

同時にこのときが「外国との戦争」が始まる時期とされ、それによって「戦地の軍隊に着せるやうな物」で仕事が増えていくとも書かれていた。おそらく日露戦争だろう。まさに戦争が女性に社会進出の機会を与えるという歴史的不条理が描き込まれているのである。これは根津の周辺が博覧会の開催でにぎわうというかたちで、もう一回、反復される。たしかに、そこには日本が大日本帝国となっていく時代の言説とも相同性があるのだが、そうした「帝国」に機能する原理を小説のかたちで明示したとも言えるだろう。[3]

もちろん、戦争や博覧会が終結してしまえば、小商いにとって経済的な契機が失われる。仕事の不調は、お島と小野田の関係をふたたびいらだたせる。性的にも不一致のあった二人は、「劇しい格闘」をくりかえした。小野田と女の密会の場所に踏み込んだお島の荒れくるう場面は、「野獣のやうな彼女の躰に抑へることが出来ない狂暴の血が焦《や》けたゞれたやうに渦をまいてゐた」と書かれることになる。

タイトルそのままの「あらくれ」たシーンなのであるが、男性中心の家父長制のなかで、また歴史的社会的な条件のなかで女のうちに蓄積されていく「狂暴」さをここまで鮮やかに描いた小説は他にない。有島武郎の『或る女』の完成が、『あらくれ』から四年をへた一九一九(大正八)年、叢文閣の

「有島武郎著作集」においてであることを考えると、その先駆性は明らかである。

同時にこの小説では、それまでの秋聲の小説とは異なる要素が持ち込まれた。それが入水による死のイメージであり、他方、徹底した外部性の徴を帯びた存在である。第六節の養母につれられた大師詣のときに現れ、また第八一節で「宿なし女」のようになったお島が湯島天神の境内で見かける「天刑病者」がそれである。言うまでもなく、ハンセン氏病患者を指すこの言葉は、「天刑」という名づけに見られるように、病を患者の本質と見なす差別観そのものによって出来たものであるが、そうした差別の虚構に無自覚とはいえ、お島の周辺にこうした記号的な有徴性を配置したことは、養家の「六部殺し」にも通じるように、小説の登場人物たちの根源に、家族や社会の構成員とはまったく異なる外部的な存在を見ているのであろう。民間伝承や説話にはそうした外部の記憶が揺曳している。それは社会の外に出ること、すなわち社会的な死にも通じている。

『あらくれ』は、秋聲の小説の歴史的な展開において、こうした記号的な配置の転換としても大きな意味を持っていたのである。

5 『籠の小鳥』『町の踊り場』

ここで秋聲後年の短篇小説についてもふれておきたい。

先にも指摘したように、秋聲は長篇小説と短篇小説とをたくみに書き分けた。尾崎紅葉の門下生として新聞小説の書き手として職業作家となった秋聲は、しかし、読み物的な物語作者としての隘路を自覚するなかで、短篇小説に新たな試みを見出した。そこから自然主義文学への道が開け、やがて『足迹』『黴』『爛』『あらくれ』といった、それまでとは異なる新聞連載の長篇小説を切り開いたのである。『あらくれ』のあと、秋聲はさらに通俗小説に再挑戦し、文学の市場拡大に見合った新たな小説を目指すようになる。その一方で、よりいっそう洗練させていくのが短篇小説である。

いわゆる「順子もの」の前には、短篇集『籠の小鳥』(文藝日本社、一九二五年五月)があり、渦中に入ってからは『過ぎゆく日』(改造社、一九二六年一一月)が、そして片付いてからでは『町の踊り場』(改造社、一九三四年七月)や『勲章』(中央公論社、一九三六年三月)が刊行されている。なかでも『籠の小鳥』は、「花が咲く」(『改造』一九二四年五月)、「挿話」(『中央公論』一九二五年一月)、「未解決のまゝに」(『中央公論』同年四月)など一一篇が収められた。「花が咲く」は、ここに収められなかった「風呂桶」(『改造』一九二四年八月)と並んで、広津和郎によって高く評価された短篇である。広津はこう書いている、「厳正な客観的技巧の底に、それに煩はされる事なく、作者の主観が生々と脈打ち始めてゐる」[4]。曾根博義によれば[5]、広津の有名な評言、「主観の窓ひらく」が用いられるのは、評論集『芸術の味』(全国書房、一九四二年一二月)収録時においてとのことであるが、いずれにせよ、それまでの短篇とは異なる「主観」の「スヰートネス」を広津は感じ取った。

しかし、その「主観」の内実は、社会的な体面とか建前といった公共的な意識を振り捨てるところから成り立っていた。そのいささか常軌を逸したかのように見える自己中心の世界を、実際の「花が咲く」で見てみよう。

　磯村は朝おきると、荒れた庭をぶら〱歩いて、すぐ机の前へ来て坐つた。

こうしたきわめて無造作な書き出しから、この短篇は始まる。小説としての構えや技巧の前景化はまるで図られていない。起きる、歩く、座るという動作だけが示され、庭の光景の叙述に移る。「庭には白木蓮が枝一杯に咲いてゐた」。暖かくなったかと思えば、また後戻りする、そんな陽気の変化をくりかえし、咲きそうで咲かないでいた花が「一時に咲きそろ」い、その下では株の大きな「山吹」が二分咲きの気配を漂わせていた。

明るい晩春でもあるが、どこか「寒さと暑さの混り合つたやうな重苦しい感じ」が淀んでいるなかで、磯村という視点人物は「煩はしい」出来事に頭を悩ましていた。それは子だくさんで、しかも「社会的にも少しは地位をもつてゐる」ものには極まりの悪いことでもあったという。しかし、具体的にそれが何かはまだ明らかにされない。ヒントは「あの女がまた来ましたよ」という妻の一言から少しずつ見えてくる。思い当たるらしいその女とのことは間に入ったものによって「去年の冬とにかく一段落ついた」ことになっていた。妻の心も乱されていることを察しながら、磯村の心もふさがっていく。以前、「十年ぶり」にその女から手紙が来て、その後、どのような生活をへてきたのか、知りたいために再会したのだが、それが「不運な彼のために用意された陥穽」であった。磯村との関係が復活し、彼女は妊娠したと言ってきた。

「自分の子であるか何うか」分からないまま、出産前後に金銭のやりとりがあり、いったん片が付いたはずであった。

夫婦のあいだも険悪になって、仕事を口実にひとまず「どこかへ行つてしまはう」とまで思ったが、長男の芳太郎の「試験」が気にかかる。芳太郎は「咽喉」の病気で二度も大学入試に失敗し、為すこともなく「ぶら〳〵」していた。家族の気がかりをも抱えていたそのとき、入学合格を知らせる電報が届く。芳太郎との関係もくつろぐようになり、庭仕事もして気分を変えた。そこに女とのあいだの仲裁者でもあった吾妻夫婦が訪ねてくる。二人は女との交渉で、今後、迷惑をかけないという一筆をとりつけていた。安堵しながら、磯村は妻の心のわだかまりがまだ解けていないことを察知する。

物語内容からすれば、過去の女に材料を探ろうとして関係を持ってしまい、関係を断つために慰謝料を払い、あげ句の果てに自分の子供かどうか分からないとはいえ、相手に片付けさせるなど、この作家に一般的な良識やモラルは期待できない。人間関係を金銭で処理し、代理人や仲裁者を立て、偶然で一喜一憂するやり方も、それまでの文学に描かれた登場人物とは異なるだろう。しかも、こうした物語内容にもかかわらず、それを「花が咲く」と名づける感覚も、おそらく理解しがたい。

しかし、観点を変えてみれば、ここに描かれるような出来事はどこにでもありそうなありふれたことである。作家たちが創作のネタに窮して、過去に関わった女に再会する。そして不意に焼けぼっくいに火が付く。作家でなくても起こりうる出来事であり、そこで女が妊娠して、金銭で処理されていく。情けないことだが、さまざまな場所や階級、職種においてもくりかえされてきたことでもある。批判することは十分に可能だが、だからといって防ぐ手立てがあるわけでもない。男がいて女がいて、とりわけ女が社会的に自立の困難な社会においては、性による結びつきが人々を動かし、生活を支えるよすがとなる。秋聲はそうした現実を俯瞰的に批評するのではなく、いつものようにその荒んだ現実のなかに身を横たえ、そこに佇むみずからを材料にした。とはいえ、自分を甘やかしてはいない。起きてしまったことには終わりがない。妻のわだかまりが残り、おそらく女もまたふたたびやって来るのではないか。その不安はつきまとうことを書き込んでいる。

ある意味で秋聲の通俗小説は、家庭小説のリニューアルである以上、家族の理想を謳いながら、まったくそれから遠い家族の離散、親子の離別や子供の取り違え、身勝手な男たちとそれにふりまわされ、あるいは利用する女たちを描いてきた。それは読み物的な物語の世界の出来事のように見えながら、現実にありうること、起きうることを読者の共感力を刺激するかたちで展開していた。「花が咲く」のような短篇は、その身勝手な男たちが悪人ではなく、他でもない自分たちと等身大であることをさりげなく語った。そして、『秋聲集』以来の短篇小説と異なり、現実の苛酷さを徹底した明晰さのうちに冷ややかに描くのではなく、そうした苛烈な現実を生きる人々を全体として肯うかたちで描いた。もちろん、批判も承知の上で。だから「花が咲く」と題されたのである。

こうした短篇が書かれたのが、関東大震災前後であることにも注意しておきたい。やはり、『籠の小鳥』に収録された「お品とお島の立場」(『中央公論』一九二三年五月)は、震災前のテクストではあるが、妻のお品と愛人のお島のあいだを公然と行き来していた青野という小金をためた中年男を主人公としている。青野は、お品には下谷でカフェを営業させ、お島には置屋をやらせて、平気で互いに妻または愛人について語り、恬として恥じない。そんな生活のなかでお品がコックの木谷に目を掛けたことをきっかけに、青野は激昂する。木谷を殴り、お品を足蹴にしたことが青野からお島に告げられる。粗暴で自己中心的な男の話だが、その愚かさへの懲罰も解決も小説のなかで描かれることはない。人は愚かなまま、いまをやり過ごしていくだけである。

少なくとも、荒廃と頽廃は秋聲の小説のおなじみの光景であったが、その荒廃と頽廃が個人に由来するものではなく、社会秩序を構成するさまざまな集団に及び、人為的なミスや誤解、差別によって大量の死者をも生み出したことを示したのが震災体験であった。「ファイヤ・ガン」(『中央公論』一九二三年一一月)は、震災後、警察署の刑事部屋で消火器と、ドイツ軍の飛行船ツェッペリン号が第一次世界大戦のときにパリやロンドンを空襲して落とした焼夷弾とを間違えて説明し、訓示を与える警察署長と科学者を描いている。災害による破壊のすさまじさによって穏当な価値観を見失い、「人道上許しておけない残虐」を「この際仕方ないことの様に」思ったりする錯誤の実態をとらえた短篇である。許されない愚行を犯すのは、個人だけではない。集団も、治安警察も、政府もまた。愚かしさへのまなざしは、震災以前よりも明らかに鋭くなっている。しかし、直接的に批判しないのが秋聲である。愚かしさは自分のものとしてある。そして、そのツケは解決されることのないまま、ついてまわる。忘却のうちに消去しない、それが秋聲の倫理であった。「順子もの」の諸短篇もその延長線上に書かれることになる。

十年近くのちに書かれた「町の踊り場」(『経済往来』一九三三年三月)は、姉の危篤の報を受けて、故郷の金沢に赴いたときの経験をもとにしている。急を聞いて、列車に飛び乗ったが、「私」がまだ信州を通過しているころに姉は亡くなった。「私」は「姉のまだ若い時分――私がその肌に負《おぶ》さつてゐた頃から、町で評判であつた美しい花嫁時代、それから段々生活に直面して来て、長いあひだ彼此三十年ものあひだ、……遠い国の礦山に用度係りとして働いてゐた夫の留守をして、さゝやかな葉茶屋の店を支へながら、幾人もの子供達を育て、来て、その夫との最近の十年ばかりの同棲生活が、去年夫との死別によつて、終りを告げる迄の、人間苦の生活を、風にけし飛んだ雲のやうに」思い浮かべる。このわずかな一文だけで、七〇年に及ぶ姉の生涯はスケッチされる。

そして葬儀。しかし、ここで「私」は足が痛くなり、空腹も覚えて、町に出てしまう。「鮎」の「魚田」を食べたい。このわがままな欲望をかなえるべく、小料理屋に入るが、当初、あると言いながら、鮎だけは切らしてしまったと聞いて、いったん座敷にあがりながら退出し、べつな店でとりあえず空腹を満たす。この不条理なエピソードののち、納棺と火葬、骨拾いをへて、「私」はまた町歩きをし、ダンスのできる「踊り場」に入り込む。話し相手を見つけてダンスをしたのち、「筋肉運動が、憂鬱な私の頭脳を爽かに」した。そしてその疲れが「私」を「甘い眠り」に落としたと結ばれる。

もはや、肉親の死も、「私」を決定的に悲しませることはない。姉の人生は「人間苦」に満ちたものだったが、しかし、風に飛ぶ「雲」のように消え去っていく。だからこそ、書かれなければならない。生き延びているものは、みずからの欲望の赴くままに生き、身体の運動は気分によって左右される心をいとも簡単に変えてしまう。世界は物語によって組み立てられているわけではない。偶然と不条理が前面に浮かび、その苦痛に満ちた現世で人々はささやかなダンスを踊るしかない。小説の物語性を支えていた脈絡の線を断ち切ることで、秋聲は近代小説の前提を踏み超えてしまったと言ってもいいかもしれない。秋聲が意外なほどポストモダンの文学に見えるのはこのためでもあった。

6 『仮装人物』

『仮装人物』は、秋聲後年の代表作であるとともに、一九三〇年代の同時代文学のなかにおいても、間違いなく問題作であった。

初出は一九三五(昭和一〇)年七月発行の『経済往来』から始まり、途中で雑誌が改題されて『日本評論』となり、一九三八(昭和一三)年八月に完結した。単行本は中央公論社より、同年一二月に刊行されている。『経済往来』は、日本評論社が一九二六(大正一五・昭和一)年に創刊した雑誌で、当初は経済や時事に関するエッセイやトピックを集めた薄い小冊子だったが、たちまちの内に売れ行きを伸ばし、五〇〇頁を超える総合雑誌へと成長した。時期的にいえば、文芸関係の小雑誌から総合雑誌へと飛躍した『文藝春秋』の後塵を拝した雑誌といえる。しかし、『中央公論』『改造』に『文藝春秋』が加わり、『経済往来』が増え、総合雑誌は独自な論壇を形成するようになった。雑誌ジャーナリズムが巨大化し、新聞をも巻き込んで、独自な言説の空間を作り上げるようになっていたのである。

さらに同誌は、創刊五年目より創作欄を設け、金子洋文や徳永直、林房雄、牧野信一、中野重治らを登用している。なかでも連載直前の五月には、中野のこの時期の代表作にして、転向文学のメルクマールと言うべき「村の家」が掲載された。マルクス経済学から戦争論、ファシズムが議論の的となる一方、「転向」の時代がやって来たのである。こうしたなかで三五年一〇月には、経済専門誌のような名称から『日本評論』に変わった。このとき『日本評論』は「高級大衆雑誌」と自称している。『中央公論』『改造』ではなく、また『キング』でもない方向に棹さすことを目指していたのであろう。そうした媒体にこの小説が連載されたのである。

素材となったのは、もちろん、秋聲と山田順子をめぐる事件である。「順子もの」として書かれた数々の短篇が発表されたのが、一九二六年から二八年にかけてである。「神経衰弱」から「日は照らせども」まで三〇篇近くが書かれた。つまり、ことの経緯はいったんすでに書かれている。三〇歳も年齢の離れた愛人に狂う老大家の私小説として、好評というより不評、顰蹙の声も多く寄せられた。しかし、人間ドキュメントとして、好奇のまなざしをそそいだ人々に迎えられたのである。それから八年。いったん忘れ去られたような古傷を抉り出し、総括するかのように書かれたのが『仮装人物』であった。

> 庸三はその後、ふとしたことから踊り場なぞへ入ることになつて、クリスマスの仮装舞踏会へも幾度か出たが、或る時のダンス・パアテイの幹事から否応なしにサンタクルソオの仮面を被せられて当惑しながら、煙草を吸はうとして面から顎を少し出して、不図マッチを擢ると、その火が髯の綿毛に移つて、めら〳〵と燃えあがつた事があつた。その時も彼は、これから茲に敲《はた》き出さうとする、心の皺のなかの埃塗れの甘い夢や苦い汁の古滓について、人知れず其の頃の真面目くさい道化姿を想ひ出させられて、苦笑せずにはいられなかつたくらゐ、扮飾され歪曲された――或はそれが自身の真実の姿だかも知れない、孰つちが孰つちだかわからない自身を照れくさく思ふのであった。

よく知られた書き出しである。しかたなしにかぶった仮面が燃え上がる。そのときのあわてた「道化姿」と、過去の「埃塗れの甘い夢や苦い汁の古滓」にまつわる出来事で困惑し、まじめに悩んだときの「道化姿」が重なる。しかも、「扮飾され歪曲された」自分と、そうではないと信じていた自分のどちらが「真実」か分からない。さらにそういう自身を「照れくさく」思うのだという。

　ここには、まず語り手によって、過去をふりかえり羞恥する現在の庸三がいる。その現在の庸三が思い出す過去の庸三がいる。過去の庸三には誰かによって歪曲された庸三と、そうではないと思い込んでいる庸三がいる。その分裂を思い出し、「苦笑」する現在の庸三は、一方、他者のまなざしを意識して「照れ」る存在でもある。そして、もちろん、サンタクロースの仮面を炎上させた「或る時」という特定できない時間の庸三が、これらの複数の庸三すべての上に象徴的に乗っかっている。

　このあと語られる、妻を失い、多くの子供を抱えて途方に暮れた男性老大家と、若く美しい野心をたぎらせた芸術家志望の女性の綿々たる痴愚のかぎりは、こうした複数の時間のうちにとらえられる。すでに関係は終わった。しかし、終わった時点から、すべてが整理され、合理化されて語られるのではない。彼女に振り回されている庸三は変わらずにいる。あきれ果てながら、しかし、甘い言葉によろめき、おののく庸三がいる。同時に、彼女の移ろいやすい気分としたたかな計算が期待しているであろう未来も想像されている。

そんな時、庸三は今まで誰か葉子の傍にゐたものがあつたやうな影も心に差すのであつたが、葉子はそれとは反対に、蚊帳の外に立膝してゐる庸三に感激的な言葉をさゝやくのであつた。「これが普通の恋愛だつたら、誰も何とも言やしないんだわ。年のちがつた二人が逢つたといふ偶然が奇蹟でなくて何でせう。」／しかし庸三は又その言葉が隠してゐる、真の意味も考へない訳に行かなかつた。三年か五年か、精々十年も我慢すれば、やがて庸三もこの舞台から退場するであらう。そして一切が清算されるであらう。それ迄に巧くギヤーナリズムの潮を乗切つた彼女を、別の楽しい結婚生活が待つてゐるであらうと。

小説は、この複数の時間を含みながら、のめり込みながら醒め、醒めながらのめり込んでいく関係をたどることになる。さらに梢葉子と名づけられたこの女のほかに、庸三には小夜子という、ドイツ人貴族の元愛人で、いまは水辺の家で商売をしているもうひとりの女がいたことを明らかにする。複数の男女同士の関係は、秋聲の咎めるところではない。しかし、このような関係をあらわにすることで、庸三の葉子に向けた執着は純粋化されることなく、むしろ不純で、不誠実であることを示す。しかし、互いに不誠実な男女の、その瞬間毎の愚かしい執着が決して嘘偽りではないことも、この小説は明らかにする。この女は誰かに依存し、夢を見つづけることでしか、自分を実現することができない。愚かしいが、その愚かしさがコケットリーになってしまった女に、男たちはいとも簡単に惹きつけられていく。十分にその愚かしさも底の浅さも技巧も知悉しているはずの庸三は、そうだと分かっていながら「仮面をつけた登場人物」には抜け出すことの出来ない力で引き寄せられてしまう。

かつての「順子もの」の私小説には、彼女の言動に一喜一憂し、にもかかわらず、どこか彼女を手放しで信じようとする、信じたいという主人公にほぼ寄り添う作者がいた。この『仮装人物』は、もうそうした作者は複数性のなかに溶け込んでいる。言いかえれば、私小説的な自己の世界観を作り上げ、そのなかで完結する文学や芸術を信じている葉子は、技術的な問題を棚に上げれば、かつての私小説作家そのものだといえる。彼女は自分の見える範囲を世界ととらえ、そのなかで男たちのまわりを泳ぎ、喜び、泣き、笑っている。しかし、複数の庸三は同じレベルにはいない。この事件をめぐっては、家族・親族、友人・知人、そして新聞雑誌の記者などジャーナリズムの目がそれぞれに異なる評価を下し、その葛藤や対立は庸三のなかに複数のまなざしを内在させることになった。ここには、当時のモダニズム風俗もたっぷりと取り入れられている。そうした細部への配慮もはりめぐらされたのである。

期せずして、この小説が連載されているときに、同じ誌面を飾ったのが小林秀雄の「私小説論」(一九三五年五~八月)であったことも興味深い。小林はそれまでの私小説を個人と社会の対立が不十分ななかでの文学だとした上で、「私小説は亡びた」と断言した。しかし、その亡びた先に、ふたたび「私」は甦る。ここに「私」の「社会化」というタームが導入されるのだが、『仮装人物』は理論ではなく、ジャーナリズムのただなかで職業作家として書くという経験を通して「私」の「社会化」を実現していたのである。もちろん、この「社会化」とは、社会や政治について一定の知見をもった知識人となることではさらさらない。社会的な諸関係によって条件づけられた関数としての「私」である。

演技的な精神の運動体となる「私」の表象は、同時代にも並行的に展開した。太宰治の「道化の華」の発表が一九三五年五月、『日本浪曼派』においてである。最初の短篇集『晩年』は一九三六年六月、砂子屋書房より刊行された。石川淳「普賢」もほぼ同じような時期である(『作品』一九三六年六~九月)。高見順『故旧忘れ得べき』(人民社)の刊行も一九三六年。「私」をめぐる小説表現は、この時期、大家と新人、ベテランか無名かの差異を超え、世代を超えて、共通して問い直されていたのである。

7 『縮図』

『仮装人物』以後も、秋聲の創作意欲は衰えていない。短篇小説では「チビの魂」(『改造』一九三五年五月)や「勲章」(『中央公論』同年一〇月)、「のらもの」(同、一九三七年三月)、「戦時風景」(『改造』同年九月)などを発表するかたわら、長篇小説にも挑んだ。『都新聞』で連載の始まった「巷塵」(一九三六年三月二〇日~四月一六日)は、途中で肺気腫、糖尿病、頸動脈中層炎を患い、やむなく中止になったが、立ち直ってからの一九三八（昭和一三）年には、『婦人之友』に全一二回で自伝的長篇「光を追うて」を連載した。明治維新以来の歴史的なパースペクティブのなかに自身の半生が位置づけられた。通俗小説もやめていない。同じ一九三八年九月一四日から翌年二月二〇日まで、「心の勝利」を『新愛知』など四社聯合の新聞各紙に連載した。

しかし、一九三七年七月には盧溝橋事件が起きて、日中戦争は本格化した。すでにこの年の一二月には、東京での灯火管制が行われるようになっている。三八年四月には、近衛内閣のもとで「国家総動員法」が成立。総動員体制が敷かれるようになった。秋聲は「思想の統制」が厳しくなってきたことをその日記に書き込んでいる。[6] また物資統制も厳しくなってきていた。『仮装人物』は、一九三八年一二月、中央公論社より刊行されるが、印刷用紙の不足が出来するかもしれないと督促されて、出来上がった。

秋聲が当時の政府要人や軍人とまったく接点がないかのように錯覚してはいけない。市井に暮らすしがない作家や芸妓を描きはしたが、一九三九年一一月に開催された第四高等学校の同窓会「旧友会」には内閣総理大臣に就任した阿部信行陸軍大将も同席した。秋聲の四歳下であった。さらに一九四〇（昭和一五）年七月に発足した第二次近衛内閣で無任署の国務大臣となり、翌年の第三次内閣では大蔵大臣となった小倉正恒もまた、金沢藩士の家に生まれ、四高以来の旧友であった。小倉は住友財閥の総帥をへて政界入りをしたが、戦時統制経済の賛成者ではなかった。にもかかわらず、総動員体制のなかで旗を振らなければならなくなる。それが戦時下の現実である。

秋聲最後の長篇小説『縮図』は、その一九四一（昭和一六）年六月二八日から『都新聞』に連載された。「巷塵」以来の復帰である。視点人物となるのは三村均平という五〇代後半の初老の男である。漢学者の家に生まれながらも、「明治中葉期の進歩的な時代の風潮」に目覚め、とかく反抗的になっていた均平は、地方官吏になってはみたものの、衝突して退職。「新聞の政治部」に移っても思うようにはならなかった。結局、先輩のすすめで勤めた「紙の会社」に入って落ち着いたところ、その取締役の縁戚となる三村家の三女の婿養子となった。二人の子供もできたが、妻が亡くなったのち面倒な養家を飛び出して、いまは白山で芸者屋を営む銀子と暮らしている。かつては金を「浪費」して「荒れまはつた」ときもあったという。

やくざなものたちや裏家業のものたちともつきあわねばならず、苦情やトラブルがつきまとうだけに、均平は「厭な商売だな」と口にするが、とはいえ、多くの「抱へ」の女たちの面倒を見ている。みんな、家の貧困や家族の事情によって売り買いされてきている女たちである。その彼女たちを眺めながら、「芸者屋」の商売を通して裏窓から社会が見えてくる。それを均平は「日蔭者の気楽さ」という。肩肘張って立身出世を目指す年齢ではない。そうした過去を負い、政治や社会にも関心があり、一家言もあるのだが、表稼業からは引っ込んだ。そういう世間から降りた人間として銀子と芸者たちを眺めている。

小説は、銀座の資生堂パーラーで会食する均平と銀子から始まり、いったんは均平が結核の療養にあたっている息子均一を富士見高原に見舞い、看病していた娘加世子にも再会する場面がインターバルとなるが、その後、ふたたび銀子に焦点がもどり、彼女が芸者置屋を営むにいたる経緯をふりかえるように展開する。かつて身を置いていた芸者屋の主人松島が病死した。その松島のことを思い出しながら語るかのように、彼がもともと本郷の洋服屋から芸者小菊に馴染んで、花柳界に入り込み、資金をかりて置屋を開業。やがて小菊の腹違いの妹品子と関係ができて、小菊が自殺してしまう。品子がそのまま居直るように姐さんに収まって銀子が雇われるまでを、回想形式ながら、ほぼその時点に立ち返って進行する。秋聲文学の読者ならばよく知っている過去へ、過去へと遡る回想だが、ただし、回想の主体は銀子ではなくなり、銀子が会った松島、品子の夫婦の回想となって、間接的伝聞による話であるにもかかわらず、視点人物を入れ替えて語られる。

それまでにない特色として、『縮図』では歴史的な出来事への言及が挟み込まれる。

こゝは恐らく明治時代における文明開化の発祥地で、又その中心地帯であつたらしく、均平の少年期には、既に道路に煉瓦の舗装が出来てをり、馬車がレールの上を走つてゐた。殆ど総ての新聞社はこの界隈に陣取つて自由民権の論陣を張り、洋品店洋服屋洋食屋洋菓子屋といふやうなものも此処が先駆であつたらしく、……

風俗はつねに時代を映し出す。そう断言するかのように、彼らが構えた置屋のある白山あたりも、「この辺は厳しい此頃の統制で、普通の商店街よりも暗く、……町は防空演習の晩宛然《さながら》の暗さとなり、……艶かしい花柳情緒などは薬にしたくもない」と形容される。それは個々の家々にも及ぶ。「諸般の社会相が、統制の厳しさ細かさを生活の抹消にまで反映して、芸者屋も今迄の暢気さではゐられなかつた」とされ、「人員の統制」や「警察の調査」があって、簿記台の「帳面の数」は増え、「抱への分」をよくするように監視されるようになった。置屋に雇われている芸者からすれば歩合のあがることにもなるが、総体としてかつてのような賑やかさは遠い。しかし、戦争はときとして一時的に経済を潤わせる。そうした矛盾や凹凸のある戦時統制下の現実が描かれている。

すでに前年一二月には、「挙国的世論の形成」を目指し、言論統制を陸海軍および各省庁を横断した組織として、「情報局」が設置されている。実質的な一元化にはならなかったが、この情報局は新聞等の事前検閲に着手し、「縮図」掲載原稿についても何度となく注文をつけた。この「非常時」に芸者置屋をめぐる読み物とは何かと威嚇し、表現の細部にもクレームが寄せられた。秋聲からすれば、統制がそれまでの資本主義の弊害を改めた部分も理解しつつ、生活の細部に及ぶことによる煩わしさが頑として残った。そうした叙述もまた、情報局の顰蹙を買うくだりとなっただろう。

そして銀子の回想には、彼女が関わってきた男たちが数多く登場する。松島遊廓移転の事件に関わり亡くなったある政党の幹事長「岩谷」とは、実際に起きた一九二六年の疑獄事件で起訴された政友会幹事長の岩崎勲をモデルとするのだろう。そのくだりは、銀子の観察によって「利権屋」になった政治家の腐敗を示し、同時に銀子からも置屋の主人からも見放されて、花柳界から男の値打ちがどのように見られるかをあからさまにしている。

もちろん、その世界の悲惨さも十分に書き込まれる。彼女の家庭環境や、芸者に出てからの置屋の主人と医師との三角関係、いったん芸者を退いてふたたび東北で座敷にあがるようになり、豪農の長男と関係するまでが語られる。豪農と知り合えたのは、やはり代議士と選挙がらみのつながりからであった。狭い座敷のなかとはいえ、そこに権力と資本をめぐる男たちの欲望が交差し、その接点で女たちが切り売りされていく。彼女たちもそこで懸命に利害を計算し、愛情と金銭を秤に掛けることになる。

ここまで来ると語り手が寄り添っていた均平はすっかり姿

を消し、銀子自身が視点人物へと切り替わる。銀子が置屋を代え、移動するごとに、そのときどきの経験が瞬間的に細部のくわしい情景として浮かび上がり、後景へと退いていく。やがて、東京でふたたび芸者に出て、ある株屋の愛人になった銀子は急性肺炎から種々の病気を併発し、死の寸前までいく。半年近くの闘病の末、ようやく健康を回復して、温泉場に療養に出ているところで、小説は中断した。九月一五日付けで作者の「病気」という名目で、中止となったのである。しかし、実際にはまだ若干の続稿があった。秋聲没後の戦後に出版された『縮図』に復元されたものによれば、芸者として復活した銀子が「裏木戸の瀬川さん」と呼ばれる「芝居もの、男」と知り合い、沢田正二郎らの新国劇の公演を見に行く場面がある。おそらくは、そこで瀬川との関係が生まれ、銀子はまたもや男から男へと移っていくのであろう。まだ、回想する現在には届かぬまま、小説は未完で終わった。

小説として見れば、やはり首尾照応しているわけではない。その後、銀子が一度は結婚し、子供も産み、そしてふたたび独り身になって芸者としての三度復活をとげ、均平に出会うまでの物語がストーリーとしては予定されていないと、冒頭と照応しない。しかし、秋聲の小説を見ていくと、そうした小説観そのものがいったん問われるようにも思う。語りの枠組みはたしかに重要である。形式的な一貫性を軽んじてはいけない。だが、それにとらわれることも、文学では疑問に付される。

三人称小説として均平に焦点を合わせ、彼のまなざしのもとで物語はスタートするのだが、途中で銀子が語ったらしい銀子視点の物語にスライドし、さらにその銀子が聞いたであろう前の抱え主とその自殺した先妻の物語に移り、彼らの視界に銀子が現れたところでふたたび銀子に戻っていく。こうして銀子主体の物語が進むかと思いきや、彼女が移った東京は芳町の置屋の女将民子の物語も挿入される。銀子による回想的な語りを均平が聞き、語り手がそれらを包括的に語る枠組みは維持されているのだが、ときに彼らの内面に踏み込んだ叙述は、一見して多元的に見せつつ、総体として花柳界に沈淪する女たちの重なりながらずれた集合体を浮かび上がらせる。

政治によらず実業によらず、明治時代の所謂成功には新柳二橋の花柳界が必ず付き纏つてをり、政党花やかなりし過去は勿論、今この時代になつても、上層の社交に欠くべからざるは花柳界であり新柳二橋の大宴会は絶えない現状であるが下層階級の娘達の虚栄も、大抵あの辺を根城として発展したものらしかつた。上層階級の空気を吸つて来た民子が、良人に死訣《わか》れ、胎児をも流した果に、死から蘇つて新橋へ身を投じたのも強がち訳のわからぬ筋道でもないのであつた。

彼女たちに幸福な生活が待っているわけでもない。「玉の輿」に乗ることのできるものもいるが、「二号として顕要の人に囲はれる」かせいぜい「料亭や待合の主婦」で、場合によれば「金権者流から高利を搾られるくらゐが落」ちだという。もっと下積みになれば、借金がかさんで海外に出て、「肉を刻まれ骨を舐られても訴へるところがなく、生きて還るのは珍しい方」となる。

こうした女たちとそこに群がる男たちを、秋聲は描いた。『縮図』の遠近法によれば、明らかに背景に書き込まれているのは、明治以降の男性家父長制社会であり、それが国内の政治や国際政治の網の目において、小さな衝突や葛藤をくりかえし、際限なく増殖運動をつづけているありさまであった。それに批判がましいことを秋聲は言わない。しかし、そのなかで振り回され、それぞれの人生の流転を重ねる女、男たちに寄り添う。

『縮図』の未完は、こうした寄り添いそのものをも、国家が許さなかったことを示している。秋聲は男であり、回想して語る銀子のような女たちの声を聞き取ることで、作家としての成功を収めた。それもまた男たちによる女の声の搾取だと言うことはできる。しかし、聞き手がいないかぎり、その声はつぶやきで終わり、歴史の彼方に消えていく。消えさせることはしない。そこにバイアスがどうしても入り込んだとしても、純粋な声が存在し得ない以上、残しておく必要がある。秋聲は最後までその姿勢を貫いた。単行本『縮図』は戦時中、二度、印刷され、二度とも空襲により炎上し、本になることはできなかった。新聞中断後の残された遺稿をふくめ、刊行されたのは、敗戦後のことである。

■注

（1）小宮豊隆宛書簡一五三二（一九一一年八月一日付、『漱石全集』第二三巻所収、岩波書店、一九九六年九月）。

（2）夏目漱石「文壇のこのごろ」（『大阪朝日新聞』一

九一五年一〇月一一日、『漱石全集』第二五巻所収、岩波書店、一九九六年五月）。

（3）内藤千珠子「帝国の養女」（『愛国的無関心』所収、新曜社、二〇一五年一〇月）参照。

（4）広津和郎「先輩諸氏の精進」（第一部「徳田秋聲という作家」の注5、三八頁参照）。

（5）曾根博義「解説　主観の窓ひらく」（『徳田秋聲全集』第一四巻所収、二〇〇〇年七月）。

（6）「日記　早春［昭和一三年］」（同全集別巻所収、二〇〇六年七月）。

3 研究のキーワード

紅野謙介

　これまで徳田秋聲研究については、一定の蓄積がある。その概観は大木志門氏による「研究案内」に委ねることとし、ここではまだ十分に展開されていないいくつかの課題についてキーワードをあげながら提起していきたい。なお、『徳田秋聲全集』全四二巻には、多くの批評家・研究者による多種多様な解説が付されている。一読をお勧めする。

1 新聞小説家としての秋聲

　尾崎紅葉が、近代小説において物語的構造を明確にもった長篇小説を多く生み出し、硯友社の作家たちもそれにならい、長篇小説に挑んだ。ただ、そのとき日本のメディアで長篇小説を成り立たせる媒体は、新聞しかなかった。あとは雑誌、書き下ろしとなるが、婦人雑誌が輩出する一九一〇年代半ばまで商業出版社から刊行されていた雑誌は多くない。しかも、そこで小説を連載することができたのはたいへんわずかな作家だけであり、若手や新人の登場する余地はなかった。『白樺』のような同人雑誌が登場して、有島武郎の「或る女のグリンプス」[1]の連載が見られるが、それは例外的な事象だったと言っていい。書き下ろし単行本のかたちでの出版もありえたが、こうした野心的な企画に挑戦するほど、各出版社はまだ小企業で、大胆ではなかった。

　したがって、新聞小説がこの時期の一般的な長篇小説の形態だったのである。秋聲がいかに新聞小説に関わったかは、第1部で紹介したとおりである。地方紙も含めた新聞メディアと小説の実証的な研究も課題であるが、ここでは新聞小説ゆえに媒体に規定された表現の特性を見ておきたい。秋聲は予想以上に発表媒体に意識的である。おそらく、新聞といっても、その新聞の位置づけや読者層、期待されるジャンルや物語の傾向に対して、自覚的であり、かつ方法的であった。

秋聲の新聞小説のなかで、初期の『足迹』をとりあげよう。この小説は、『読売新聞』に一九一〇（明治四三）年七月三〇日から一一月一八日まで、全八六回ほど連載されたものである。このあと『黴』で秋聲の評価は高まっていくが、作家を目指す笹村に焦点をあて、その視界にやがて夫婦となるお銀という女を映し出す『黴』に比べて、『足迹』は初めから女性を視点人物としている。お庄と名づけられた女の十代から始めて、地方流入者の娘である彼女が東京のあちこちを、そして東京の内と外を転々とさまようありさまを描いた。師の紅葉がこだわったいわゆる「女物語」、女性の人生に寄り添った一代記の体裁をとっている。紅葉が強い関係を持ったのが、『読売新聞』である。のちに『読売新聞』にやはり連載するのが『あらくれ』であるから、秋聲として傾注した「女物語」は、『読売新聞』に発表する。そうした配慮も作用したのではないか。

さらに、ここで秋聲は新聞小説家としての技術をフルに稼働させた。冒頭の書き出しを見てみよう。

> お庄の一家が東京へ移住したとき、お庄は漸《やつ》と十一か二であつた。
>
> まさかの時の用意に、山畑は少しばかり残して、後は家屋敷も田も悉皆《すつかり》売払つた。煤けた塗箪笥や長火鉢や膳椀のやうなものまで金に替へて、それを不残《そつくり》父親が縫立の胴捲に仕舞込んだ。

始まりは時間を告げる。「お庄の一家」の東京「移住」という出来事を伝え、その「とき」にひとまず物語の時間的な中心を置く。「十一か二」の歳であった少女の名前は、短いセンテンスのなかで二度くりかえされる。焦点をあてられる人物を確定した上で、一転して、改行後はその家族の「移住」前の話に戻っていく。

「まさかの時の用意」をするとは、この家族にとって「移住」がのっぴきならない決意のもとに進められていることを示している。すべて破綻した「まさかの時」まで想定した上で「家屋敷」も「田」も、「塗箪笥」「長火鉢」「膳椀」までということは家をたたんでの完全移住である。これまで過ごした先祖代々の家の歴史はすべて「金に替へ」られ、そつくり父親の胴巻に収められる。箪笥に向けられた「煤けた」という形容と、胴巻の「縫立」という形容は、そこに引かれた時間的な落差を示すのだろう。過去や伝統を捨てて、東京に向かう家族の歴史は、真新しい胴巻のなかの「金」によって左右されることになる。しかし、「父親の」胴巻である。一家の命運はこの「父親」にかかっている。まだ「十一か二」にすぎない娘のお庄を初め、家族にとって、それは将来を「不《そっ》残《くり》」委ねることにほかならない。その形容がかすかな不安を漂わせて、物語は始まる。

　つづく場面は、やはりお庄の家族が東京に移り住む以前の時間に巻き戻されている。「とかく愚痴ツぽい母親」と「前《あと》後《さき》の考のない父親」のやりとりがあり、すべてを金に替えて運命を託すことになる父親はそれまでの「身代」を飲みつぶし、この移住も「妻子を引連れて何処か面白いところを見物に行くやうな心持」でいることが明かされる。二親のあいだでは「身上を仕舞ふ仕舞はぬで幾度となく捫着」があった。父親の道楽ぶりが振り返られる一方、お庄は母親と家財道具のより分けを手伝わされた。これまで見たことのない古い小物類をまのあたりにして、お庄は「自分の産れぬ前《さき》のことや、稚いをりのことを考へて、暗い懐かしいやうな心持」になる。

　こうして時間は二重三重の奥行きをもって描かれる。お庄の生まれるはるか前の祖父母や先祖につながる時間、生まれて以後の記憶も混じった夫婦のいさかいの時間、そして家をたたむ直前の慌ただしい片づけの時間。この三層の時間を負った上で、出発の二日前、母親のあきらめもついて、新しい時間の始まりへの期待もかすかに生まれる。しかし、父親は酒を飲んでばかり。村人たちとの別れ、餞別の交換があり、「山国の五月」の風景が点描される。そして道中の時間。汽車のあるところまで「五日」もかかり、町場に出ると、父親は飲み食いしながら「田舎」と「東京」の違いを語って聞かせ、やさしい一面を見せるが、「温泉場」では連泊して、芸者をあげて大騒ぎをした。

　ここまでが第一回分である。冒頭の一文の時間は、この移住の旅が過去形で語られるときを指しているから、第一回の移住前、その途中の出来事がすんだあとになる。つまり、ある特定の時間が最初に提示されたのち、小説の時間はさかのぼり、始まりの時間にたどりつく前でその回が終わる。作品案内でもふれたように、表現技法として分類すれば、ジェラール・ジュネットのいう「錯時法」(anachronie)の一つであり、物語内容の現在を「移住」時とすれば、時間をさかのぼって現在までの経過を語る「後説法」(analepse)にあたり、一見すれば、短い「射程」(portée)のもとで直近の過去を回想していることになり、その持続する「振幅」(amplitude)は、新聞小説の一回分をまるまる使って語られている。

ただし、秋聲の小説はフランスの物語論ではとらえきれない独自性を有することがある。やがて、表現上の時間的な配置がときに「振幅」の長さに応じて、「射程」が曖昧になり、回想されている出来事がいつの時点のことであるのか、相互の関係が見えなくなる一瞬を、秋聲は用意することになる。さらにまた、この第一回でも、回想された時間のなかでも、より奥行きのある時間を想起させる切片が散りばめられていた。この家につながり、そこで生き死にしてきたものたちの時間を想像させるモノの痕跡がたどられ、そこに登場するお庄やその母親たちと同じように片づけと整理を繰り返してきたであろう人々の時間が想起される。それは物語として異なる時間の叙述をもたらすまでには至らないが、明らかに遠い時間的な奥行きを仄めかす。それは個としての人物を屹立させるよりも、反復や連続性のうちに人物をとらえる秋聲の独特な表現特性だといえる。

さらに回想の「振幅」は、限られた文字数で刻みを入れられることになる。新聞という媒体から規定されたその区切りは、密度の濃い「振幅」に、適度な一時休止を与え、息継ぎするかのようなリズムを小説に持ち込んでいる。ときに「後説法」は、新聞一回分を超えて、数回分にもわたって展開することがあるが、そのときでも、回想される時間の「振幅」はさらに回数分の区切りを設けて、リズミカルなまとまりを持たせる効果を生んだ。息の長い持続の「振幅」ではない。ところどころで、一定の行数をへると途切れ、また新たな時間、あるいは回想のなかでも分節された時間が流れ出すことになる。

「女物語」が女の一代記としてあるならば、物語は女の成長とともに展開する時間軸を持たなければならない。そうした枠組みがあるにもかかわらず、『足迹』に始まる秋聲の新聞小説は、時間の遠近法をいったんシャッフルして錯綜した時間に切り替える。しかも、ふたたびその時間を正しく接続するように、読者の頭のなかで再配置するように促すわけでもない。大きな流れとしては上流から下流へ進んでいくのだが、ここの川縁には環流する無数の小さな渦が巻いている。一回につき、二千字に満たない文字数で反復される時間の渦はゆったりした流れではあるけれども、今ここがどのような時点に位置するかを曖昧にしながらも、場面や情景そのものを前景化することになる。秋聲の新聞小説を読んで、この場面や情景はいつになるのか、戸惑いつつも、そのときどきの表現のリアリティに引き込まれる。時間は反復しているように見えながら少しずつ進んでいく。秋聲はそうした独自な時間表象を実現したのである。

回数毎に物語の時間を提示する基本の手法は、『足迹』で忠実に守られる。各回の始まりを一部列記してみよう。

一行が広い上野のプラットホームを、押流されるやうに出て行つたのは、或蒸暑い日の夕方であつた。(二)

その晩、お庄は迷子になつた。(三)

点燈《ひともし》頃に其処らが漸う一片着き片着いた。(四)

「田舎ツペ、宝ツペ、明神さまの宝ツペ」と、善く近所の子供連に囃されてゐたお庄の田舎訛が大分除れかゝる頃になつても、父親の職業はまだ決まらなかつた。(五)

毎回、「後説法」が導入されるわけではないが、時間と出来事の提示をまず行い、ついでそこにいたる、あるいはそこから始まる時間が流れ出す。こうした「新聞小説」の条件に立って、秋聲の小説技術が駆使されたのである。少なくとも、秋聲は数多くの新聞小説を書いた。新聞各紙に応じた書き分けももちろんのこと、夏目漱石とは異なるかたちで。秋聲がどのような工夫を凝らしたか。その厳密な探究と考察にはまだ十分な余地がある。

2 ジャンルの多様性

秋聲は一見すると、地味なリアリズム小説ばかり書いていたような印象がある。しかし、実際はそうではない。

初期に注目されるのは、多くの翻訳・翻案ものに携わっていたことである。たとえば、実質的なデビュー作「藪かうじ」(『文藝倶楽部』一八九六年八月)の同じ年、「内と外」(『少年文集』三月)や「自惚鏡」(『文藝倶楽部』四月)では、いずれもディケンズの短篇を翻訳して発表している。四高中退ではあったが、明治期の知識人として秋聲は独学で英語を習得し、辞書と首っ引きで原書を読んだ。一八九八(明治三一)年二月から五月にかけては、ペスタロッチの原作を翻案して、「妻の鑑」を『女子之友』を連載。ナサニエル・ホーソーン原作の翻訳「幻影」(『少年文集』同年七月)、フランソワ・コッペの原作に長田秋濤訳の手直しをした「王冠」(『東京日日新聞』)を発表した。

フランク・バレットの原作を翻案した[2]「旧悪塚」(『中央新聞』一八九九年三月一五日〜五月一四日)や、スクリープ原作で長田秋濤訳の下訳や手直しを行った「怨」(『読売新聞』同年一一月一六日〜一二月二五日)がある上に、ドーデーの原作からヒントを得た翻案もの「驕慢児」は、「アカツキ叢書」の一冊として、一九〇二(明治三五)年三月に新声社から刊行された。プーシキンの「大尉の娘」も、足立北鷗との共訳で「士官の娘」と題して『読売新聞』に一九〇二年七月一二日から九月一五日まで連載された。尾崎紅葉訳として出たユーゴーの『鐘楼守』(早稲田大学出版部、一九〇三年一二月)も、実際には長田秋濤の下訳があり、さらにそこに秋聲の手が加わったと言われている[3]。元幕臣で外交官の息子として生まれた長田秋濤は、二度にわたって渡欧し、当時としては稀有な海外の文学・演劇に通じ、かつ、政界財界ともつながる一方、硯友社メンバーとも親しかった。演劇改良に意欲を見せ、劇作家としても活躍した。その秋濤と連携しながら、一度も欧米に渡ったことのない秋聲が翻訳文を整え、手直しをして公表していったのである。

松本徹の年譜でも紹介されているが、一九〇七(明治四〇)年四月の『新声』に掲載された「文壇一百人」では、秋聲の項目に「硯友社連中で、土台西洋ものの読めるのがないのに、大将御自分の書斎にはチヤーンとエンサイクロペチヤを具へて、ツルのルージンやバーチンソイルなんどは、英語ではお茶の子サイサイに読める」と評価された。ツルゲーネフの「ルージン」や「処女地」のようなロシア文学だとしても、英訳を通して触れることができたというのである。少なくとも、秋聲はわたしたちが知る秋聲になる以前において は、外国文学の勉強に怠りない作家と見なされていたのである。

こうした体験は、必ずしも自発的ではなかったにせよ、原作のそのあまりに幅広いことからしても、内容・文体いずれにせよ、小説の多様な形態を学ぶことになったに違いない。同時に、一九〇〇年前後のいわゆる「明治三〇年代」において、秋聲は当時の新聞雑誌メディアで流行した小説のモードを巧みに取り入れている。高橋修が指摘するように[4]、実質的なデビュー作「藪かうじ」は、被差別者の結婚問題を取り入れ、社会の暗黒面の悲惨さを強調して語る「深刻小説」を踏まえているし、地方政界を舞台にした「風前虹」(『読売新聞』一八九八年一二月八〜三〇日)や「惰けもの」(『新小説』一八九九年一二月)は、たしかに遅れてきた「政治小説」の一種と言える。紅葉の直系として合著『家庭小説』(東洋社、一九〇一年七月)に「遺産」などを提供しており、「家庭小説」は同時代の流行形態だった。初の単独著書となる『雲のゆくへ』(春陽堂、一九〇一年九月)について、秋聲は自序で「全篇支離滅裂、事相の脈絡人物運命の帰趨双《ふたつなが》ら空《むな》し」と卑下しているが、子爵家の家庭内をめぐる騒動を扱い、典型的な「家庭小説」的シチュエーションに則って作られていた。戦争文学こそないが、この時期に生まれた小説ジャンルは秋聲の試すところであった。

では、それらの挑戦は、作家的な地位を確立するまでの助走だったのだろうか。自分の個性に合わないさまざまな意匠を着替えたのち、自然主義の時代になって「本来」の秋聲に目覚めていく。これまでは一部でそのように考えられてきた。

たとえば、自然主義文学の代表として秋聲と並び称された島崎藤村は、『破戒』(自費出版、一九〇六年三月)に至るまで、『緑葉集』(春陽堂、一九〇七年一月)に収録された「旧主人」や「水彩画家」など、多彩な人物を登場させ、地域性や社会の多方面を重視する長短篇を書いたが、『春』(自費出版、一九〇八年一〇月)以降になると、『家』(自費出版、一九一一年一一月)、『桜の実の熟する時』(春陽堂、一九一九年一月)、『新生』(春陽堂、一九一九年一月、一二月)といずれも、みずからの分身たる小泉三吉や岸本捨吉による三人称の「私小説」に固執することになる。短篇ではわずかに異なる試みを行うが、むしろジャンルとしては「私小説」に終始した。『夜明け前』(新潮社、一九二九年一月、三五年一一月)に至って幕末維新史に取り組むが、最晩年にようやくたどりついたと言っていい。詩から小説へと転じた藤村にとって、そのジャンルの越境がむしろ大きな課題であり、小説家となってからは逆にみずからのスタイルから出なかったと言うべきかも知れない。

それに比べれば、田山花袋は、「蒲団」(『新小説』一九〇七年九月)のような「私小説」の濫觴を手がけ、『生』(易風社、一九〇八年一一月)、『妻』(今古堂書店、一九〇九年五月)、『縁』(今古堂書店、一九一〇年一一月)の三部作のかたわら、『田舎教師』(左久良書房、一九〇九年一〇月)や『一兵卒の重殺』(春陽堂、一九一七年一月)といった三人称小説を書いた。さらに数多くの紀行文や回想記を残した花袋は、少なくとも藤村よりジャンルの多様性を生きた。しかし、その文体は、一貫して同じトーンで、いわゆる「平面描写」から出ることはなかった。

秋聲は、たしかに『秋聲集』収録の短篇や『新世帯』に見られるように、東京の市井に生きる庶民の荒涼とした日々を描いた。『黴』や『仮装人物』のような私小説もある一方で、『足迹』は妻のはまをモデルに、彼女の一家が上伊那から上京、秋聲と出会うまでの半生を描いている。『爛』は、やはり、はまの縁戚にいた知人をモデルとし、娼妓から落籍して、男の妾になった女の物語を書いている。『あらくれ』は、はまの弟の同棲相手をモデルにした、女の一代記である。いずれもモデルがあるとはいえ、それらの女たちに寄り添い、彼女たちの視点や感覚を最大限にとりいれた長篇小説としている。『黴』の好評を受けて、ふたたび漱石に依頼されて、『東京朝日新聞』(一九一五年九月一六日〜一六年一月一四日)に連載した『奔流』は、北国の「可也な門地」にあった家が没落し、母と二人で東京に出て来た照子という女が、新橋の芸者屋に「十六になつたばかりの体を売」り、住み込みになってすぐに富裕者の囲い者になったところから始まる。『爛』に通じる題材だが、この女が彼女を囲った男への反発から、べつの二人の男との関係を深めていく展開になる。同じような女の一代記ものだとも言えるが、第一次世界大戦によるバブル景気を受けて、経済にふりまわされていく男女の人間模様が描かれる。

こうした小説群をひとまず「私小説」系列と「女物語」系列に分けてもいいのだが、この外側に、いわゆる「通俗小説」系列が分厚く取り囲むことになる。『秋聲集』の前年、一九〇七年から見るだけでも、『おのが縛』(春陽堂、四月)、『女こゝろ』(隆文館、四月)、『黄金窟』『島の秘密　黄金窟後編』(吾妻書房、五月)、『落し胤』(今古堂書店、六月)、『奈落』(金尾文淵堂、六月)、『わかき人』(矢嶋誠進堂、七月)、『女の秘密』(今古堂書店、一一月)、『焔』上下巻(今古堂書店。十一月、一九〇八年一月)、『母の血』(日高有倫堂、一二月)とつづく。他にゴーリキーの翻案ものである『熱狂』(祐文社、九月)などを加えると、秋聲はこの年だけで一二冊もの単行本を出している。[5] 尋常な数字ではない。もちろん、このなかには秋聲本人の著作とは言えない、あるいは疑わしいものも含まれるのだが、そうだとしても、この多作ぶりは、後年の赤川次郎や佐伯泰英のような作家をも彷彿とさせると言ってもいいだろう。

これは『秋聲集』『秋聲叢書』以後も継続している。刊行冊数はこれほどではないにしても、『昔の女』(今古堂書店、一九一一年一二月)や表紙に「家庭小説」と角書きのついた『母と娘』(大学館、同年一二月)、ユーゴーのダイジェスト翻訳『哀史』(新潮社、一九一四年九月)などを出した。こうした濫作期をへて、「通俗小説と純正な芸術上の作品との区別は早晩合一されなければならない」(「屋上屋語」、『新潮』一九一五年三月)という宣言が来るのである。

『誘惑』前後編(新潮社、一九一七年六月、八月)がその宣言を実践しようとしたものであることは前にも触れたとおりである。こうした志向は、『地中の美人』(日高有倫堂、一九一八年四月)、『秘めたる恋』(新潮社、同年七月)、『路傍の花』(新潮社、一九一九年三月)、『女こゝろ』(日吉堂本店、同年九月)、『結婚まで』(新潮社、一九二〇年一月)、『妹思ひ』(日本評論社出版部、同年六月)、『闇の花』(日本評論社、一九二一年五月)へと継続する。後年の『道尽きず』(新潮社、一九二七年一一月)や『黄昏の薔薇』(中央公論社、一九三四年三月)に至るまでそれは変わらない。

「通俗小説と純正な芸術上の作品」がうまく統一できているかどうか。いや、その問いはむしろ反転するべきなのだろう。実際にあるのは「統一」ではない。「通俗小説と純正な芸術上の作品」を両極としながら、むしろそのあわいにグラデーションを描くように、秋聲の小説群は配置される。しかも、長篇小説を中心に指摘したが、より多くの中短篇小説が大きな塊として存在する。徳田秋聲は、近代文学のなかでもジャンルの多様性を体現した作家であった。ジャンルは、作家の個性によって生み出されるものではない。同時代の小説をめぐる暗黙のルールが機能するからこそジャンルは量産しうる。秋聲はその交点に立っていたのである。

3 オリジナルと代作

徳田秋聲がみずから代作を行い、また代作者を抱えていたことはよく知られている歴史的事実である。

師の尾崎紅葉は、秋聲を初めとする多くの門人に原稿を書かせ、それを紅葉の名で発表することがあった。「合著」と名乗っていても、実質的には門人が書き、名前のみ合著となり、あるいは、代作に相当に細かい手直しは入るものの、単独の名前で出ることもあった。一九〇七(明治四〇)年には、すでに紅葉が亡くなっていて作家としての地位も確立し、西園寺公望首相が知名文士を招待した「雨声会」の参加メンバーとなっている。にもかかわらず、西園寺の側近でもあった農学者の横井時敬『模範町村』(読売新聞社、一〇月)の「代作」をした。横井は「はしがき」で材料を秋聲に提供してまとめてもらったと書いている。そこまで本篇で明らかにしていれば、実質的には代作ではないのだが、奥付では著者はやはり横井時敬のままであった。西園寺や横井のような政治家・学者もふくめてのことかもしれないが、こうしたことから考えてみれば、代作ないし代作的行為は作家としての決定的な不名誉、アモラルな行為とは考えられていなかったと考えられる。

その一方で、一九一〇(明治四三)年には、無署名で「小説代作調べ」(『無名通信』四月)という記事が出ている。文学史的にはよく知られているゴシップ的な記事で、この『無名通信』もゴシップを数多く掲載した雑誌であるが、東京堂や北隆館、上田屋などが「大売捌」を行なっており、正規に公刊された雑誌で、怪文書ではない。その第二号第七号「秘密号」に載った「小説代作調べ」は、昨今の文学界に発表された小説で代作と思われる作品名を列記している。秋聲のものでは、「鶏」(中村泣花=中村武羅夫)、「伯父の家」(佐伯某)、「桎梏」(同上)、「媒介者」(有馬潮来)、「佐十老爺」(岡本霊華)、「独り」(同上)、「焔」「母の血」「血薔薇」(すべて三島霜川)と推定している。この頃、すでに真山青果の原稿二重売り事件など、同じ作品を異なる題名でべつべつな媒体に売り込むといった事件があいつぎ、作家のモラルが問われる動きがあった。秋聲もそこでやり玉にあがったのである。

三島霜川、岡本霊華、有馬潮来、中村武羅夫は、秋聲の代作者としてしばしば名前が挙がる書き手である。三島は秋聲の旧友であり、一時期は同居していたこともあった。岡本は小栗風葉の弟子の一人である。有馬潮来については判然としないが、中村武羅夫はやはり小栗風葉の門下にいて、のち新潮社に入って、編集者として活躍した。ほかにも紅葉の最期につきそい、記録を残した山里水葉(清水一人あるいは清水弦二郎ともいう)、高橋山風などの名前があがる。

さらに、ここに飯田青涼という名前を加えることができる。この人物については、私自身、「漱石、代作を斡旋する」(『文学』二〇〇〇年三月、『投機としての文学　活字・懸賞・メディア』所収、二〇〇三年、新曜社)で紹介しているが、代作をめぐる同時代の文脈を考えるために、あらためて触れておくようにしよう。

一九一一(明治四四)年一月、坪内逍遙の紹介で夏目漱石の家に出入りしはじめた無名の文学青年がいた。飯田政良といい、青涼のペンネームで小説を書いては、漱石のもとに持ち込んでいたと思われる。飯田青涼の名前では、「町の湯」(『新小説』一九〇九年一〇月)という、高等遊民の青年を登場人物とする春風駘蕩たる短篇も書いている。これも漱石の紹介による掲載だったが、もう少しまとまった金銭の必要に迫られてであろう。青涼はさらに小説の原稿を漱石のもとに持ち込み、自分の名義でなくてもかまわないから、売りたいと言ってきた。漱石は中村武羅夫と出会ったときに相談し、秋聲を勧められ、そのまま青涼に伝えた。漱石の紹介もあって秋聲は実際にその原稿を代作として利用したようである。その後、漱石が青涼の持参した長篇小説について、長谷川如是閑に依頼した手紙が残っている。(6)

拝啓新緑の候愈御清勝奉賀候
偖別紙小説解題はご覧の如きものなるが作者どこかに売つて金にしなければ困るのでどうか朝日の方を聞いて見てくれと申し候故御相談致し候　此男は徳田秋聲杯の代作をしてやつて原稿料の半額以下をもらつて僅かに生活をしてゐる気の毒な男に候。朝日の方は準備排列の方もきまり居る事とは存じ候へども若し幾分にても一考の余地も有之候はゞ原稿を御送致し候につき御覧の上御採否御決定を願度、もし又其余地なければ端書にてもよろしく候間一寸御通知被下候へば仕合せに存候
取急ぎ用事のみ申上候　草々

これに対して、如是閑は秋聲の代作者ならば、秋聲作として掲載することもできると答えた。この回答にも驚愕させられるが、さっそく漱石は秋聲にその旨を伝え、代作の依頼を斡旋した。これに対して、秋聲は漱石に紹介されてよく知っている青涼のことでもあるが、自分はまだ『大阪朝日新聞』や『東京朝日新聞』に代作を載せたことはない、だから秋聲と青涼の「合作」としたらどうかと返信したという。

結局、この原稿は秋聲・青涼の合作「女の夢」として、『大阪朝日新聞』(一九一一年六月一一日〜九月七日)に連載された。内容的にはレベルの低い凡作にすぎなかったが、『黴』の直前、漱石と秋聲にはこのようなやりとりがあったのである。のち『女の夢』は、一九二五(大正一四)年九月、飯田政

良の名前で、秋聲の序文をつけ、実業之日本社から刊行された。その序で、秋聲は漱石からの紹介があったこと、「ドストイエフスキイに似た」作風の「力作雄編」を持ち込んできたが、漱石没後は文壇とも交渉がなかったと書きつけている。飯田の自序には数多くの小説を書いたとあるが、実際に飯田の名義で発表されたものはまだ見つかっていない。したがって、秋聲をふくめ、だれかの代作として発表されている可能性を否定できない(7)。

漱石をも巻き込んだこうした生々しい文学の現場を見るかぎり、文学はまだ文学としてのオリジナリティという観念が共有されていなかったと言えるだろう。漱石が斡旋し、長谷川如是閑が当然のように受けいれていることからしても明らかなように、同時代の文学において、代作や名義貸しは、やむを得ない慣習として維持されていた。創作で職業的に自立できるものはそう多くない。他方、一定の人気を獲得した作家たちのもとには、次第に執筆依頼の注文がふえていった。新聞雑誌といったメディアにおいても、小説の需要は増大しつづけていた。作家を目指しながら芽の出ないままの同門作家たち、あるいは著名作家たちのもとに集まってくる無名の作家志望者たち、彼らの経済的必要に応えるために、秋聲のような作家は師にならって代作の名義を貸し、マージンを取ったのである。

秋聲の名前で発表された文学入門、小説作法の類も、秋聲オリジナルではないと推測される。秋聲の名前で書かれた入門書としては、『小説作法』上巻(小栗風葉、柳川春葉、田口掬汀との共著、新潮社、一九〇六年五月)、『会話文範』(作文叢書第七編、新潮社、一九一一年六月)、『人物描写法』(作文叢書第九編、新潮社、一九一二年九月)、『明治小説文章変遷史』(早稲田文学社文学普及会講話叢書第一編、田山花袋との共著、文学普及会、一九一四年五月)、『小説の作り方』(新潮社、一九一八年二月)、『小説入門』(春陽堂、同年四月)、『小品文作法』(新文章速達叢書第三編、止善堂書店、同年五月)、『日本文章史』(文章講習叢書、松陽堂、一九二五年四月)と、数多くあるが、その大半はやはり他の書き手によるものだろう。しかし、それがどこまでなのか、すべてを委ねたのか、秋聲の関与はあったのかどうかはまったく想像の域を出ていない。

こうした事象に対して、文学的オリジナリティを堅持する立場から、いい悪いと言ってもしかたがない。むしろ、「徳田秋聲」とは、秋聲オリジナルの作品と、明らかな代作、曖味なグレーゾーンにある作品をもふくめた「秋聲工房」の名称と言ってもいいだろう。明らかに秋聲オリジナルによる単数形の「徳田秋聲」と、複数形の「徳田秋聲」をめぐって、それぞれ切り分けて考える必要性もあるのではないか。

秋聲という作家はこうした曖昧さや不純さを隠していない。そこに独自な意義がある。しかも、代作をめぐる問題は彼個人だけで終わらない。やはり、秋聲が親しくなっていくはるかに年下の菊池寛もまた、人気作家となってからは、数多くの代作や名義貸しを平然と行った。横光利一や川端康成など、菊池が評価した若い書き手たちに、物語的要素の強い長篇小説を書かせ、それに手を入れて、菊池寛の名前で発表した。その教えを受けた川端康成もまた、伊藤整や瀬沼茂樹らの代作を自分の名前で出した(8)。

つまり、代作という現象は、まだ近世戯作の伝統が漂っていた硯友社の時代は言うまでもなく、文学が芸術の一部として認知されるようになった一九二〇年代以降も継続し、マスメディアや出版産業のなかで文学が重要なコンテンツとなった時代によりリアルな形で生き延びていたのである。秋聲はその芸術性といかがわしさとをともに担う名前であった。

そうした文学の生態学において、徳田秋聲は絶好の素材を提供しているのである。

4 秋聲とエッセイ

秋聲の全集完結がもたらした成果の一つに、秋聲の評論・エッセイをまとめたことにある。八木書店版の全集では一九巻から二二巻までの四巻が評論・エッセイの収録巻となっているが、全四二巻のうちの四巻であるから、それほど多くないようにも見える。しかし、単行本につけた序跋は別巻に、小説入門などの講座ものも別な巻に収録したことを考えれば、予想以上に秋聲は多くの評論やエッセイを書いていたことになる。

それらを大別すると、以下の四種類くらいに分けることができる。

1、創作時評・概観
2、演劇・芸能・映画時評
3、回想・自作解説
4、その他

秋聲が活躍した時代は、文芸ジャーナリズムが勃興し、盛んになっていくときでもある。はじめはナイーブなエッセイを書いていた秋聲も「秋聲子の創作談」(『新潮』一九〇五年一〇月)あたりから、自作解説を求められるようになる。創作時評の始まりは、二葉亭四迷の同名作をめぐる「『其面影』合評」(『早稲田文学』一九〇七年一二月)や「最近の小説壇」(『新潮』一九〇八年二月)以降である。

　これらを見ていくと、『文藝倶楽部』や『新小説』といった文芸雑誌のほかに、『早稲田文学』『文章世界』『趣味』『新潮』といった雑誌群がふえていき、さらに新聞各紙が文芸欄を設けていくにつれて、その書き手として呼び出されていくことが分かる。もちろん、その多くは、近松秋江や安成貞雄がそうであったように、気楽な文壇ネタの読み物、「書斎雑談」「文界雑感」「文壇時感」「文芸茶話」のような表題からうかがえるような印象批評に過ぎない。

　しかし、とはいえ、この時期の文芸批評は、講壇批評がまだ隆盛で、そのときどきに対面する現在進行形の文学に適切なコメントを発する臨床批評には乏しかった。作家自身が自作について、また他の作家の小説に寄せるコメントは、印象に過ぎないとしても、同時代の証言としての価値をもっていたのである。

　たとえば「最近の小説壇」(前掲)で、秋聲は国木田独歩の「竹の木戸」を高く評価する。

　新年号では独歩君の『竹の木戸』を非常に面白く読む《(ママ)》だ。之れ迄の作に比較すると、文章に蕪雑な処があるけれども、出る人物の性格が何れも躍動してゐるのは独歩君でなくばと思はれる。お源が『お宅では斯ういふ上等の炭をお使ひなさるんですもの、堪りませんわね。』と佐倉の切炭を手玉に取る処などは、何とも云はれぬうまみがある、日本の作家には恁う云ふ事を書いた人が少い。

　ここで秋聲が評価しているのは人物の「性格」や「個性」の表現である。わざわざ引用しているように、そこではとりわけ会話が評価の基準を作っている。『秋聲集』の「犠牲」にふれたところで指摘をしておいたが、これを読むかぎり、秋聲は明らかに「犠牲」を書くに際して独歩の「竹の木戸」を意識していたのであろう。「竹の木戸」が『中央公論』の一月号、そしてこの批評が『新潮』の二月号、「犠牲」が掲載されるのが『中央公論』の四月号という順序になる。こうした、批評と創作のリレーが同時代の作家間で行われていたと考えられるのではないだろうか。
　ここでいう「うまみ」については、同じエッセイで正宗白鳥の「六号記事」という短篇を評価する仕方にも表れている。白鳥はそこで「動揺の激しい過渡時代」の「職業の不安」を描いたという。そしてその文体について「文章が洗練されてないといふ評家もあるが、其錬れて居ない処に妙味がある」、「反つて書放しの方が文章が面白く軽く出来るものだ。ちよい〳〵感じたものを、其のまゝペンの先でインキを零すといつたやうな、勿論、技巧を無視するわけぢやないが、併し技巧の意味が違ふ」と指摘する。独歩の「蕪雑」さにしても、「洗練されてない」白鳥にしても、そこでは技巧と意識されない文体の技巧こそが目指されている。
　些細なところに現れるこうした評価基準は、同じ白鳥の「明日」（『中央公論』一九〇八年一〇月）を取り上げた「最近の小説壇」（『新潮』一九〇八年一一月）にも出て来る。秋聲はふたたび独歩の「竹の木戸」を引き合いに出しながら、「明日」をそれ以上の作だと高く評価する。「あれ丈の家庭を書いたに過ぎないが、然し、それを読んだだけで、人生なら人生全体を描いてあるやうな感じを与える」と、極小な世界と「全体」の世界がつながっているように書かれているとした上で、具体的な指摘を行う。

　性格――殊に面白い所は、お慶が誘はれて芝居を見に行く所、帰つて話をして居る中に、亭主の声色を使つて居る所、それが如何にも巧みに描き出してゐる。さながら生きて目に見えるやうだ。ああ云ふ所の書き方は、殆ど老手と言はなければならぬ。

　ここでも秋聲のこだわりは、会話に向かっている。いかに会話を組み立てるか。それは小説が描く対象領域を広げれば広げるほど、避けられない課題として浮上した。性別、年代、職業や階層、地域に応じて、会話は異なる様相を帯びる。日本語の複雑なニュアンスをどのような言葉の組み立てに盛り込むのか。秋聲はそこに注目をしている。そうだからこそ、「新世帯」の次のようなやりとりがどのような狙いのもとにかかれているかが想像できる。

　「サア、お役は済んだ。此から飲むんだ。」和泉屋が言出した。
　新吉も席を離れて、「私《あツし》の処《とこ》も未だ真《ほん》の取著身上《とつつきしんしやう》で、御馳走と言つちや何もありませんが、酒だけア沢山有りますから、万望《どうか》まア御ゆつくり。」

「イヤなか〱御丁重な御馳走で……。」と兄貴は大《おおき》い掌に猪口を載せて、莫迦叮寧《ばかていねい》なお辞儀をして、新吉に差した。「私《わたし》は田舎者で、何にも知らねえもんでござえますが、何分切望《どうぞ》よろしく。」

「イヤ私《あツし》こそ。」と新吉は押戴《いたゞ》いて、「何しろ未《まだ》世帯を持《もつ》たばかりでして……加之《それに》私《あツし》ア此方《こつち》には親戚《みより》と云つては一人も無《ね》えもんですから、是でなか〱心細いです。マア一つ皆さんのお心添で、一人前の商人になるまでは、真黒になつて稼ぐ心算《つもり》です。」

「飛んでもないこつて……。」と兄貴は返盃を両手に受取って、「此方《こち》とらと違えまして、伎倆《はたらき》がおありなさるから……。」

「オイ新さん、そう銭儲《ぜにもうけ》の話ばかりしてゐねえで、些《ちつ》とお飲《や》りよ。」と小野は向う側から高調子で声かけた。


新開地の酒屋を開業して、とにかく黙々と働いてきた花婿と、田舎から出て来た花嫁の兄と、仲人をつとめた同業者の三者三様の会話がみごとに描き分けられている。ここではとりわけルビが多用され、同じ一人称でもどのように違う声になるか、書き込まれている。エッセイ群は秋聲という長期にわたって活躍した作家の証言を通して、同時代の文学言説を読み解く補助線を多く提供するとともに、このように秋聲の創作における関心事がどこにあったかを明らかにする。

さらにまた、ひときわ数多い劇評も注目される。秋聲の小説は「少華族」（『万朝報』一九〇四年一二月九日〜〇五年四月一五日）[9]を筆頭に、多く演劇化され、舞台に上った。秋聲自身による戯曲としては「立退き」（『中央公論・臨時増刊新脚本号』一九一四年七月）一篇がある。しかし、秋聲の小説が生み出す時間表象は、言葉で組み立てられる小説だからこそ可能なものである。この錯時法は、演劇や劇映画では観客を混乱させてしまう。だからこそ、同時代の作家たちが多くチャレンジした戯曲に、秋聲は消極的であった。しかし、その一方でしばしば演劇に関心を向け、多くの劇評を書いたのである。

歌舞伎や新派、自由劇場や芸術座についての劇評は、もちろん、一九〇七（明治四〇）年に創刊された『演芸画報』のような演劇専門誌の登場と、その編集部に友人の三島霜川が入ったという人脈を背景としている。帝国劇場の落成もあり、演劇が新しい文化のジャンルとして注目を浴びたこともあったろう。しかし、それらを追いかけてみるとたしかに、演劇に対する美学や理論的な追究というより、些細な細部についての証言を取り混ぜた「個人の〝劇場体験〟を記した芝居見物記」(大野亮司[10])の域を出ないとも言えるのだが、そのことによって同時代の演劇状況の「空気」がとらえられてもいた。しかも、興味深いことに、秋聲がまるごと好意を示すのは、演劇以上に、浄瑠璃や義太夫についてである。「大隅一座評」(『新小説』一九〇八年九月)、「大隅太夫と摂津大掾」(『読売新聞』同年一二月二三日)などのエッセイを見ると、徹底して「大隅太夫」への贔屓に貫かれている。渡辺保[11]によれば、大隅太夫と摂津大掾を比較すれば、圧倒的に摂津大掾が名人で、大隅太夫は肩を並べるにいたらなかった。しかし、秋聲は摂津大掾の「美声」を退け、大隅太夫の「悪声」を愛した。ここでも、秋聲は声にこだわり、声の質感に判断を預けていることがうかがえる。声がいいか悪いかではなく、声そのものを意識させるリアリティに惹きつけられたのではないだろうか。そうした連想や発見をもたらすところに、秋聲のエッセイの醍醐味がある。

5 「文壇」の政治学

菊池寛はしばしば徳田秋聲と組んで、いわゆる「文壇」改革を行った。

たとえば、現在の日本文藝家協会の前身である「小説家協会」の設立は、一九二一(大正一〇)年七月一六日のことである。菊池寛が呼びかけ、秋聲はその発起人の一人だった。小説家の相互扶助を目的としたが、背景には前年に菊池が山本有三らと組織した「劇作家協会」の成立があった。演劇ブームの到来によって、許諾をとらないまま勝手に戯曲を上演したり、あるいは改作したりする劇団や興行会社に対して、著作権侵害の訴訟を起こし、交渉していくために、まず劇作家たちが団体をつくったのである。ついで、原作提供にあたる小説家たちの団体を設立した。「劇作家協会」に対して実利の薄い「小説家協会」は組織率もあがらず、やがて、一九二六(大正一五年)に「文藝家協会」へと統合され、より大きな互助団体となることで、社会的な効力を発揮するようになった。

菊池寛が文学者の職業的なコミュニティである「文壇」について考え、メディアとの連携もふくめてマネージメントしていたことはよく知られていたが、そのすぐ脇に呼び出されるのが徳田秋聲であった。もちろん、これは近松秋江が「文壇無駄話」（『時事新報』一九一八年一一月九日）において「今日の小説界で、劇界の歌、羽左、仁佐等の徹底的歌舞伎役者――素人の追随を許さないといふ意味に於ける――と同じ位置に奉る人」としては秋聲と永井荷風以外いないと書いたように、夏目漱石が亡くなり、島崎藤村が隠棲し、田山花袋が衰えてきたなかで、秋聲の位置が相対的にあがっていたこともあるだろう。しかし、それ以上に、同じ一九一八（大正七）年、まだ『大阪毎日新聞』に移る以前に『時事新報』記者で、小説家としてはまだ助走段階にあった菊池寛が秋聲に新聞小説の連載を依頼していることが注目される。このとき『時事新報』に連載したのが「路傍の花」（一九一八年九月二一日～一九年三月一三日）である。久米正雄の連載で、大評判になった「蛍草」（一九一八年三月一九日～九月二〇日）の直後につづいた「通俗小説」ということになる[12]。

つまり、菊池・久米のコンビは、小説をより広汎な読者へ開くためにも、「通俗小説」を開拓すべきだと考えていた。そうすることによって文学そのものを社会的に価値づけようとしたのである。その彼らの思惑に合致し、そして実質的な能力と魅力をもった年配作家の代表が秋聲だったのである。そして実際に、「文壇」は秋聲を軸に動き出す。

『読売新聞』が田山花袋と秋聲の誕生五十年を記念して「国民的に表彰」する動きがあることを伝えるのが、一九二〇（大正九年）の年頭、一月三日である。五月に岩野泡鳴が病死。その追悼会を開催したのが六月九日。その三日後には、長く京都に滞在した近松秋江の歓迎会を開いている。秋江はしばしば、関わった遊女のことを秋聲に相談し、借金の申込みや原稿の仲介を頼んでいた。このときいずれの会も発起人は秋聲である。そして花袋と秋聲の「誕生五十年記念祝賀会」の発起人会があったのが七月三〇日。実際の会合は、一一月二三日に劇場であった有楽座で催され、入場券をとって一般聴衆をも迎えての華々しい式典となった。久米正雄が司会し、島崎藤村、吉江孤雁、長谷川天渓、正宗白鳥の講演と演奏会があった。夜には築地精養軒での夕食会。およそ二〇〇人の「文壇人」が集まり、大町桂月、有島武郎、近松秋江がスピーチを行った。この記念に同日付で、三三人の作家の作品を収録した『現代小説選集　田山花袋徳田秋聲誕生五十年祝賀記念』（島崎藤村・長谷川天渓・有島武郎・片上伸編、新潮社）が刊行され、その印税は花袋、秋聲の二人に贈呈されている。

　この大きなイベントは、翌年二月の「島崎藤村生誕五十年祝賀会」関連行事とともに、文学者たちが集団となって自主的に開催した行事として文学／文壇史に長く記憶されることになる。もちろん、そこには内部の人間関係をめぐって確執や暗闘[13]があり、中村武羅夫を初めとする新潮社など出版社の編集者が関わり、経済闘争もついて回るのだが、そうしたこともふくめて種々のエピソードを満載することで、くりかえし回想される豊かな資源《リソース》ともなった。

　この時期、前後するように秋聲は数多くの懸賞小説の選考委員にもなる。『大阪朝日新聞』の長篇懸賞小説募集（吉屋信子が入選）、大阪『時事新報』、『東京毎夕新聞』、『主婦之友』、『婦人之友』、『福岡日日新聞』などなど。マスメディアは「新人」を待望し、大がかりな賞金をかけてスター候補の登場を虎視眈々と狙うようになった。『新潮』が一九二三（大正一二）年から始めた「新潮　創作合評」の初期メンバーも、秋聲を抜きにはできなかった。たとえばその第一回（三月）の顔ぶれは、ほかに久保田万太郎、田中純、久米正雄、菊池寛、水守亀之助、中村武羅夫となる。ここでも菊池・久米のコンビは秋聲に寄り添う。やがて合評形式の座談会となっていく「創作合評」も、最長老たる秋聲をふくめることで硯友社、自然主義以来の文学伝統につらなる連続性を演出することができた。文芸雑誌や総合雑誌に輩出してくる座談会企画に、秋聲が常連のようになっていくのもそのためである。ここでは何が語られ、個々の作家たちが何を語ったかはひとまず問題にならない。企画し、参加することだけが意味をもった。パフォーマティブな行為の反復が、「文壇」を実体あるもののように組み立てていったのである。

　秋聲の「社会」意識や「政治」感覚が、特別に優れているとは思わない。劇評がそうであったように、印象や感想の個性的な冴えはあるとしても、作家ならではの卓越した識見や深い認識が披瀝されるというわけではない。しかし、求められれば拒まない、肩に力を入れずにさらりと意見を述べる下駄履きの平易さが秋聲にはあった。同時に検閲に対しては、つねに抗議の声をあげ、ときには法廷で証言することからも逃げなかった。その軽さと強かさがこの時期の秋聲には期待されている。

　大宅壮一「文壇ギルドの解体期――大正十五年に於ける我国ヂヤーナリズムの一断面」（『新潮』一九二六年一二月）はこの時期を代表する批評である。大宅は徒弟制に支えられた職能集団の「文壇」が機能してきたというが、それは尾崎紅葉が活躍して以後の二〇年弱に過ぎず、しかも狭い範囲のなかだけのことであった。大宅は、「文壇ギルドの解体」にともなう現象を、「素人」「玄人」の境界の曖昧化、それに関係したプロレタリア文芸運動の勃興、新しさのみを追求する「文壇の飾窓」化、そして「純文芸雑誌及び純文芸出版書肆の経営難又は一般化」をあげる。そして対抗するように現れたのが、資本主義と競おうとする「文壇企業家」の登場と、自分たちだけの世界に閉じこもる同人雑誌・個人雑誌の乱立だという。

しかし、この「解体期」にこそ、新聞雑誌や出版社などの商業ジャーナリズムに支えられ、資本主義と深い相補的な関係を結ぶ本格的な「文壇」が立ち現れてきたのである。たえず話題性のある新人を発見／生産し、イデオロギーに関わりなく文学商品とすることができる。「純文芸」の不振、またそのさらなる純粋化を経済的にも支えながら、いつでも商品として切り替えることができるように価値の転換や切り替えを目指し、大量生産、大量消費を実現する「文壇」アントンプレナーが、この時期を動かす担い手となっていく。それは菊池・久米により集約的に現れた運動エネルギーだと言っていいが、徳田秋聲もまた老体にもかかわらず、みごとに資本主義の市場でステップを踏んだ。

しかも、こうした加速された運動のなかでは、すべてが商品化される。そんななかで互いに職人としての敬意を払い、親しみと友情を維持するマスターに、人々は最大限の尊敬を捧げる。吉屋信子ら「新人」の登場の際には勇気づける選評を書き、「スター」となって傲慢奇矯な島田清次郎がスキャンダル事件を起こしたときには新聞社をたしなめるとともに島田に弁護士を紹介し、極貧の無名詩人に過ぎなかった林芙美子が訪ねて来たときには幾ばくかの金額を包んで渡した。岡栄一郎の離婚問題、岡田三郎の愛人問題の処理にも、秋聲は一役買った。文壇人の「政治」とはまさにそのような日常的なふるまいとつながっていたのではないか。山田順子が近づいたのも、そのためだろうし、順子との事件を通して、秋聲はそのマスターが超越的な存在ではなく、泥にまみれたマスターであることを恥じることなく、さらけ出した。その弱さと非超越性に「文壇」につながる多くの人々は親近感を覚え、受け入れた。

秋聲は資本主義の恩恵を享受しながらも、その過剰さに眉をしかめ、調整役を買って出るとともに、国家による文化の統制には掣肘を加えるべきだと主張した。そう考えてみれば、一九三〇(昭和五)年、第二回の普通選挙である第一七回衆議院議員総選挙において、無産政党であった社会民衆党から立候補するかどうかをめぐって、親族を巻き込んだ一波乱が起きたことも、少しは分かるように思う。秋聲と代議員制は思想的にはまったく結びつく余地はない。しかし、しばしば回想されたように、自由民権運動は秋聲の少年期の記憶にある。新聞人桐生悠々は四高以来の友人である。同党金沢支部から出馬依頼を受けたとき、秋聲は真剣に立候補を考えた。安部磯雄を党首とし、吉野作造らをブレーンとした社会民衆党は「文壇人」としても距離は遠くなかったであろうし、第一回普通選挙における菊池寛の同党からの立候補も念頭にあったにちがいない。結局、次兄の説得などもあり断念するにいたるのだが、資本主義の動きのなかに身を置き、文学が演劇や映画とも結びつきながら、社会においてどのような位置を占めるべきか、秋聲なりに身を挺して体験しようという企みがあったのではないだろうか。

もちろん、立候補は滑稽である。菊池寛と同じように、落選した可能性の方がはるかに高い。秋聲は立候補する石川県第一区の地域共同体からもずっと遠ざかっている。その地域の集団意思を代表することについて、十分に考えがあったとも思えない。しかし、地域ではなくとも、「文壇」を代表するような意思はあったのではないか。ふりかえれば、この時期、多くの文学者が衆議院選挙に立候補した。まだ資格要件のハードルが高かった一九一五(大正四)年の総選挙でも、馬場孤蝶や与謝野寛らが立候補し、いずれも落選した。このとき彼らの選挙戦術がどのようなものであり、どのような狙いがあったかについては、最近、少しずつ解明が進められている[14]。それから一五年、普通選挙となって、秋聲は平等の名のもとの選挙制度への参加を考えた。しかし、「多様な民意の反映」を目指す参議院がまだ存在せず、衆議院と貴族院しかない戦前のこの時代において、秋聲は何も代表することはできなかった。こうした秋聲の「政治」感覚は、プロレタリア文学中心の「政治」的文学史の枠組みからは、無意味なものとして背景に沈められてしまう。しかし、それから四年後の一九三四(昭和九)年一月、秋聲は、文芸懇話会発足時に、内務省警保局長の松本学に対して、政府からの文学保護は無用だと語ることになる。こうした「政治」的発言は決して突発的なものではなかったのだろう。

結局、供託金二千円までを用意しながら、秋聲は立候補を取りやめた。賢明な判断だと言えるかも知れないが、そのあとの無為をはらすかのようにダンスに打ち込み始める。肺気腫など呼吸器系の持病を抱えていた秋聲のかかり付けの医師であった亘理祐次郎に誘われたということから、飯田橋国際社交クラブのダンス教師玉置真吉(一八八五〜一九七〇)の教えを受けるようになった。この玉置こそ、日本の社交ダンスにイングリッシュ・スタイルを紹介し、広く普及に貢献した人物である。

三重県南部の山村に生まれた玉置は、和歌山県東牟婁郡の小学校教員となるが、「大逆事件」で処刑された新宮の医師大石誠之助や沖野岩三郎と親交があり、事件後、からくも逮捕は免れたが、教員の地位を失った[15]。その後、沖野の紹介で賀川豊彦の慈善事業に参加、明治学院をへて浅草オペラに関わり、西村伊作の「文化学院」勤務などをへて、社交ダンスに目覚め、その普及に生涯をかけることになる。『社交ダンスの仕方』(汎人社、一九二八年)、『三〇年型社交ダンスの手引』(誠文堂新光社、一九三〇年)など、その著者は四〇数冊に及ぶ[16]。この一九三〇年には、「日本舞踏教師協会」が発足。玉置がその会長をつとめた。現在の一般社団法人「日本社交舞踏教師協会」の前身である。

そして秋聲は、この玉置真吉を囲む「玉真会」をつくり、会長となった。「町の踊り場」などで書かれるのは、その玉置の教育体系によって仕込まれた日本化したワルツ風のイングリッシュ・スタイルだったのだろう。

しかし、それにしても、ここでも秋聲は「社交」の支援と普及に貢献する。しかも、そこには「大逆事件」の痕跡が揺曳していた。秋聲の「文壇」の政治学は、こうした細くてしなやかな糸によって織り上げられているのではないだろうか。

■注

(1)『白樺』一九一一年一月から一三年三月まで連載。いったん中断するが、書き下ろしを加えて、一九一九年に叢文社から『或る女』前後篇として大成する。

(2) Frank Barrett "The smuggler's secret: a romance", S. Blackett, London, 1890。これまでは、秋聲の回想に従ってシャーロット・メアリ・ブレイムの「スマッグラアス・シイクレット」だと言われていたが、べつな作品が原作であると指摘された(http://kameiasami.blog.fc2.com/blog-entry-48.html)。

(3) 原稿から厳密に調査した大木志門「徳田秋聲旧蔵原稿『鐘楼守』(ユーゴー作・尾崎紅葉訳)の研究」(『金沢文化振興財団研究紀要』四号、二〇〇七年三月)によれば、長田と秋聲の分担はもう少し複雑だと思われる。ただし、協働作業がなされたことは間違いないだろう。

(4) 高橋修「秋聲の明治三〇年代」(『徳田秋聲全集』第一巻月報、八木書店、一九九七年一一月)。

(5) 松本徹はこのうち二冊は代作だとしている。松本「年譜」(全集別巻所収)。

(6) 長谷川如是閑宛書簡一四九九(一九一一年五月二七日付、『漱石全集』第二三巻所収、岩波書店、一九九六年九月)。

(7) 松本徹は「漱石と秋聲——青涼を介して」(『徳田秋聲全集』第一七巻月報、二〇〇〇年七月)で、飯田青涼による代作の可能性ある秋聲作品として『母と娘』『妾腹』『罪と心』『恋と縁』「覆面の女」「日蔭の女」(『妻の心』)をあげ、そのうちの「幾篇かは間違いなく政良の代作であろう」と指摘している。

(8) 紅野謙介「「代作」と文芸時評——複数の作者と文学の共同性」(『川端康成スタディーズ』所収、笠間書院、二〇一六年)参照。

(9) 『少華族』は、一九〇五(明治三八)年九月末から新派によって本郷座で上演された。岩田舜花が脚色、高田実、河合武雄、藤沢浅二郎らが出演した。

(10) 大野亮司「帝劇を観る秋聲——〝劇評〟の一端を覗く」(『徳田秋聲全集』第一九巻月報、八木書店、二〇〇〇年一一月)

(11) 渡辺保「摂津嫌い」(同上月報)

(12) 「蛍草」については、日高昭二「通俗小説の修辞学——久米正雄『蛍草』精読」(神奈川大学人文学会『人文研究』一七五集、二〇一一年三月)を参照。

(13) たとえば、この『現代小説選集』に秋聲が推薦した長田幹彦の小説は選ばれなかった。中村武羅夫の判断によるらしい。長田は回想集『文豪の素顔』(要書房、一九五三年一一月)でこの一件に頁を割いている。

(14) 楠田剛士「立候補する文学者——菊池寛の選挙戦をめぐって」(『九大国文』六号、二〇〇五年六月)、「文学者の選挙を読む——大正四年の総選挙」(長崎大学『国語と教育』三〇号、二〇〇五年一二月)、塚本章子「馬場孤蝶と与謝野寛、大正四年衆議院選挙立候補——大逆事件への文壇の抵抗」(『近代文学試論』四八号、二〇一〇年一二月)、「馬場孤蝶・与謝野寛の衆議院選挙立候補と雑誌『第三帝国』――思想・言論の自由を求める共闘」（同誌五一号、二〇一三年一二月）など。
(15) 玉置真吉『猪突人生』（玉置真吉伝刊行会、一九六二年五月）が自伝としてくわしい。玉置と大石・沖野とのつながりはキリスト教入信によるものであったという。「大逆事件」後の漢詩などに玉置の感懐が詠み込まれている。他に山崎泰「大逆事件周辺の人々2　玉置真吉」（『牛王　熊野大学文集』八号、那智勝浦町・熊野JKプロジェクト）など。
(16) 園部真理「玉置真吉研究――日本の社交ダンスにおけるイングリッシュ・スタイルの導入を中心に」（『舞踊学』二四号、二〇〇一年）、和田博文監修・永井良和編『コレクション・モダン都市文化　第4巻　ダンスホール』（ゆまに書房、二〇〇四年一二月）など。

4　研究案内

大木志門

はじめに

徳田秋聲の研究は、近年『徳田秋聲全集』（一九九七—二〇〇六、八木書店）の完成により、新たな段階に入ったと言える。秋聲の個人全集としては、過去に非凡閣版（一九三六—三七）、雪華社版（一九六一—六四、未完結）および非凡閣版を増補した臨川書店版（一九七四—七五）の三種があるが、それらはいずれも半世紀にわたる創作歴と膨大な著作を持つこの作家の代表作を収めたに過ぎなかった。このたびの全三期四三巻（別巻含）におよぶ浩瀚な全集は、ようやく本来の意味で秋聲文学の全体像を見通し得る材料を提供したのである。これによりいっそう研究の進展が期待され、またその萌芽も徐々に見え始めている。

以下にその手引きとして、第二次世界大戦後から現在に至るまでの研究の流れを概説する。なお秋聲の研究史は榎本隆司「最近における徳田秋聲研究の中から」（『国文学』一九六五・五）、中尾務「研究動向・徳田秋聲」（『昭和文学研究』一九八六・一）などがあるのみで、近年ほとんど更新されず、また網羅的な文献も存在しない。よって、ここでは煩雑を恐れず有用と思われる文献を可能な限り紹介する。

1　戦後における秋聲評価——文学史論の中で

塩田良平「秋聲の文学史的位置」（雪華社版『秋聲全集月報1』一九六一・一二）は、戦前には「藤村には及ばなかつた」秋聲の「名声が世間的に巨匠並になつたのは最後の傑作『縮図』以後、それも戦後単行本として出版されてからである」と述べている。たしかに内閣情報局の干渉で未完に終わった本作が一九四六年に小山書店より刊行されるや、『近代文学』(一九四六・六)の特集「徳田秋聲著『縮図』について」、『プロメテ』(一九四七・三)の「秋聲文学特輯」、『藝林閒歩』(一九四七・一一)の特集「徳田秋聲・人と文学」に加え、『文芸倶楽部』が二度の「徳田秋聲研究号」(一九五二・七、九)を出し、『縮図』(一九四七・四、青玄社)および『秋聲』(一九五〇・五、秋聲遺跡保存会)という顕彰誌も刊行(いずれも一号のみ)されるなど、戦後の数年間はリアリズムと抵抗小説の書き手としての秋聲再評価が文壇を賑わせた時代であった。

しかし、廣津和郎や川端康成を筆頭に戦前から秋聲を支えてきた一部の信奉者をのぞいて、秋聲文学の価値が手放しで賞賛されたわけではなかった。たとえば高山毅「『縮図』の問題」(『近代文学』一九四六・六)は、同作の評価を「未完の作品であるといふことに何か非常な魅力を感じてゐる」ために過ぎないとし、荒正人「庶民的生命観に抗して—秋聲の作品を中心に」(『個性』一九四九・一一)は、『仮装人物』より『縮図』の完成度に軍配を上げつつ、その文学は「庶民感覚そのもの」で「このリアリズムは観念といふ触媒によつてはじめて、戦後の混乱の重さに耐へぬくことができる新しいリアリズムになる」としている。また中野好夫「『縮図』について」(『文学季刊』一九四六・一二)も、同作を「傍観者のリアリズム」として「秋聲文学の宿命的な限界」と指摘し、小田切秀雄「徳田秋聲論」(『近代文学』一九四六・一二、『作家論』所収、一九四九、世界評論社)は、『仮装人物』を挙げ「私小説作家としての自己を切り開くための一つの作家的な冒険」としつつ、「人生のやむなさの側面のみの抉出として、強固ではあるがやはり歴史的に限定された自然主義的人間観にとどまるもの」としている。

これらに共通するのは、秋聲をわが国の封建主義的・前近代的文学たる「自然主義文学」あるいは「私小説」の代表作家と捉え、「過去の文学」の名のもとに清算しようとする身振りである。この立場を丸山眞男的な意味で「近代主義」と定義すれば、その種の典型的な秋聲論として、片岡良一「『縮図』と日本の自然主義」(『人間』一九四六・八)、「『縮図』と日本の自然主義再論」(『人間』同九)がある(ともに『自然主義研究』所収、一九五七、筑摩書房)。片岡は、均平と銀子の性格描写における「あなたまかせの態度」を、「不幸な時代の重圧と、それゆえに熟しそこねた近代的性格の中途半端さとが、まざまざと感じられる」とし、それを「わが国自然主義」が「近代的な写実主義を確立」しながら「主体的条件の未成熟さ」ゆえに「未だしきものの多くを残してしまった」「悲しい宿命」と論じている。また、中村光夫も『縮図』を挙げ「いはゆる自然主義の作家のなかでもつとも日本的な特色がはつきりでてゐる秋聲の小説のうちでも、一番ふかく日本的自然主義の特性を生かした作品」と位置づけ、「我国の自然主義文学」が本家フランスとは異なり「先行するロマン派文学の未熟と、市民社会がそれ自身の倫理と思想を持ち得なかつた」ゆえに「社会的な拡がりも建設的な将来の映像も持ち得なかつた」が「あらゆる既存の価値にたいする徹底的な懐疑と否定といふ点」では「他に比類のない深所に達してゐる」(「解説」、『現代日本小説体系　第六十巻』一九五二、河出書房)と総括している。

もちろん、そのような評価に対し留保的な意見も存在した。猪野謙二『近代文学の指標』(一九四八、丹波書林)は、「わが自然主義文学は秋聲において完成した」が「その反面、民主々義文学としての積極的な意義をそこに認めてゆく立場からすれば、わが自然主義文学は彼によつて没落した、ということにな」るとしつつ、むしろ日本の近代化とは「芸術的純粋性の固執」においてしか達成し得なかった以上、「自然主義文学の完成と醇化の一面に見出される秋聲の諦念的心境だけを取出して、一がいにそれを非近代的な過去のものとしてしまう評価には与し得ない」との疑義を呈した。吉田精一も、片岡の批評はいわば「ないものねだり」とし、秋聲の作家的道程を「日本自然主義の東洋的深化」「名文ならざる真の散文」と評して是々非々で論じている(『自然主義の研究』一九五五、東京堂)。とはいえ、その評価軸はやはり自然主義文学の前近代性を前提とし、特殊日本的性格の上に秋聲を置くという枠組みは共有されていた。

これら戦前から継続する近代主義的批判に対し、残念ながら秋聲文学の擁護者は本質的で有効な言説を組織できなかった。彼らにただ可能であったのは、人格的礼賛と作品の美的・技術的擁護にすぎなかったのである。いずれにせよ以上のように、戦後の秋聲をめぐる言説は『縮図』に対するリアクションとして始まり、また(これはもちろん秋聲に限ったことでないが)作家研究・作品研究としてよりも、わが国の自然主義・私小説をいかに総括するかという文学史論の立場において構成されたのであった。

2 秋聲研究の発展期
――野口冨士男『徳田秋聲伝』など

今日の秋聲研究の基礎を固めたのは作家・野口冨士男である。和田芳恵と併称される戦後文壇きっての秋聲シンパである野口は、『徳田秋聲傳』（一九六五、筑摩書房）、『徳田秋聲の文学』（一九七九、筑摩書房）という二冊の伝記的大著により、信頼に足る年譜すら存在しなかったこの作家に、一つの明瞭な輪郭を与えることに成功した。野口の文壇的不遇時代の執念と言うべき秋聲研究は、現在からでこそ事実誤認や見落としが散見されるが、その資料的価値と伝記文学としての魅力は未だに薄れていない。もっとも野口の作り上げた秋聲像は「自然主義リアリズム」の完成者としてであり、それゆえ作家イメージが固定されすぎてしまった感は否めない。しかし秋聲研究を始めるにあたっては、やはり野口の二著および、その間に位置する補遺的な『徳田秋聲ノート』（一九七二、中央大学出版部）を繙くことから開始されるべきであろう。

この野口の試行に並走して、アカデミズムにおける秋聲研究も本格的に開始された。その先駆者としては既に紹介した吉田精一や片岡良一の存在があるが、これらは当然ながら「自然主義文学研究」の範疇でなされた。片岡『自然主義研究』（前掲、『片岡良一著作集第七巻』所収、一九七九、中央公論社）や吉田『自然主義の研究』（一九五五、東京堂）および『吉田精一著作集8　花袋・秋聲』（一九八〇、桜楓社）に秋聲論がまとめられており、川副国基『日本自然主義の文学』（一九五七、誠信書房）なども包括的な自然主義研究の中で秋聲に言及している。

和田謹吾『自然主義文学』（一九六七、至文堂、増補版・一九八三、文泉堂）、『描写の時代―ひとつの自然主義文学論』（一九七五、北海道大学図書刊行会）の二著は、単純な自然主義否定ではなくその文学運動としての展開を丹念に追いながら、秋聲文学の位置づけを試みるものであった。和田の研究は秋聲の地方新聞掲載作の発見などに功績がある他、前者に収録の「秋聲『仮装人物』の性格」（初出『明治大正文学研究』一九五七・三）は同じモデルを持つ「順子もの」短篇群との照合の上に『仮装人物』の独自性を捉える視点を提示した論である。

岩永胖『自然主義の成立と展開』（一九七二、審美社）収録の「徳田秋聲の自然主義」（初出『東京学芸大学研究報告』一

九五七・一）および「秋聲『縮図』の研究」（同『明治大正文学研究』一九五七・三）のヒロイン銀子＝小林政子への身元調査の深度は野口『秋聲伝』以上である。岩永はそこで浮かび上がる「事実」に対して作品は「虚実混淆」であるとし、それを「自然主義的な虚無の観念が統べている」と最終的には近代主義的立場で作品を裁断するが、徹底した事実確認の姿勢において際だっている。

　その中で早くから秋聲を主な研究対象にしていたのが榎本隆司で、文壇登場以前の軌跡と初期の筆名を指摘した「上京当時の徳田秋聲―附『得田麻水』について」（『国文学研究』一九五六・一〇）や、「『新世帯』について」（『明治大正文学研究』一九五七・三）、「秋聲ノート」（『学術研究』一九七四・一二）など作品解釈にも踏み込んだ多くの実証的な論を発表、さらに秋聲も参加した昭和期の「文芸懇話会」についても継続的な研究を行った。榎本のこれらの成果が未だまとめられていないことは非常に惜しまれる。

　この時期では他に、平野謙『藝術と実生活』（一九五八、講談社）収録の「徳田秋聲」が、『仮装人物』を中心に「私小説論」の流れの中で秋聲を論じ、「破滅型」と「調和型」を相克する契機を同作に見ている（平野の秋聲論は『平野謙全集第七巻』（一九七五、新潮社）にまとまっている）。平野仁啓「徳田秋聲ノート」（『文芸研究』一九五九・四）は同郷の桐生悠々の重要性を指摘するとともに、『黴』を私小説ではなくエドウィン・ミュアの分類を借りて「年代記小説《クロニクル》」と呼称すべきと主張した。森下金次郎「秋聲文学の文体研究」（『宮城学院女子大学研究論文集』一九六四・一二―一九六六・六）は代表的長篇の語用を計量的に分析したところに特徴があり、佐々木徹「徳田秋聲論（1）―初期の創作活動」（『立教大学日本文学』一九六七・六）、「徳田秋聲論（2）―リアリズムへの歩み」（『立教大学日本文学』一九六七・一一）、「『新世帯』論―秋聲のリアリズム」（『日本文学論叢』一九七六・三）は、自然主義前夜の秋聲に遡りその文学的特徴を探ろうとした。なお佐々木には後年、それらの集大成と言える『人と作品　徳田秋聲』（佐々木冬流名義、一九九五、清水書院）があり、コンパクトな評伝・作品研究として目が行き届いている。伊狩章『後期硯友社文学の研究』（一九五七、矢島書房）、『硯友社の文学』（一九六一、塙書房）、『硯友社と自然主義研究』（一九七五、桜楓社）はいずれも紅葉研究の立場で十千万堂塾前後の時代の秋聲にも言及している。相馬庸郎「『黴』―その美について」（『季刊文学・語学』一九六六・六、『日本自然主義論』所収、一九七〇、八木書店)は作品の「日本自然主義をこえようとしている面」を論じ異彩を放っている。相馬には秋聲文学への写生文派の影響を指摘した「高浜虚子と徳田秋聲―『近代文学史と虚子』覚書」(『俳句』一九八〇・四、五、『日本自然主義再考』所収、一九八一、八木書店)もあり、秋聲を花袋・藤村ら自然主義の正統とは別に捉えようとする視点を有していた。

3 秋聲研究の転換期――松本徹『徳田秋聲』など

一九七〇年代になると文学史的拘束が薄まり、自然主義・私小説自体の価値判断を一旦脇に置いた上での作家研究・作品研究が主流になってゆく。「『黴』の構造―擬声音の語彙の研究を通して」(『国文学攷』一九七三・四)など、『黴』について複数の論のある木村東吉は、「『黴』と『道草』―そのリアリズムの特質と自意識の様相」(『近代文学試論』一九七七・一一)で『あらくれ』を「フィロソフイがない」と批判した漱石とのテーマ的共通性と文学的差異を指摘し、「徳田秋聲・明治四〇年前後―自然派への移行」(『阪南論集』一九八三・一一)、「秋聲『黴』論―笹村の固執するもの」(『阪南論集』一九八四・三)など明治期の秋聲を研究対象とした中尾務は、「秋聲『好奇心』について―〈お冬もの〉小見」(『阪南論集』一九八四・一一)で『北国産』『何処まで』『未解決のままに』と同じモデルの登場する別作品の存在を指摘している。片岡懋は「徳田秋聲明治三〇年代の小説」(『駒沢国文』一九七九・三)、「『秋聲集』と『凋落』―秋聲の小説Ⅱ」(『駒沢国文』一九八〇・三)など、『足迹』『黴』以前の展開を中心に論じた他、「『あらくれ』と『奔流』の意味」(高田瑞穂編『大正文学論』一九八一、有精堂)で大正期の作品の重要性を論じた。川端柳太郎「時間観から見た『仮装人物』と『暗夜行路』」(『近代』一九七四・九)は志賀文学と比較しつつ、野口らも指摘していた秋聲作の時間処理の特徴を西洋モダニズム文学と並べて論じた先駆的なもので、根岸正純「徳田秋聲の文体―『あらくれ』を中心に」(『岐阜大学国語国文学』一九八二・三)など、文体や話法から秋聲の個性に着目する論も登場してきた。

その中で文芸評論の立場から饗庭孝男「虚構化された『私』―徳田秋聲『仮装人物』と『黴』」(『文学界』一九七八・一、『批評と表現・近代日本文学の「私」』所収、一九七九、文芸春秋)、岡庭昇「『私』を超えるもの―徳田秋聲の晩年」(『すばる』一九八一・一二）など、主に『仮装人物』を題材に、実存主義的な「私」の問題を読み込んだ論が登場した。饗庭論は小林秀雄、伊藤整、平野謙ら私小説論の先達に寄り添いつつ、『仮装人物』を「自覚的、意識的に実存のネガティブな相を徹底して見つめつくそうとした態度」による「虚構化された『私小説』」として、「体験する『私』から『見る』『私』への道程」を『黴』との差異として指摘した。岡庭論は『仮装人物』を「希な高みを示す実存文学」と述べ、「私小説の一極北」でありながら「客体《もの》に転じた人物像」として「私」がのりこえられているとした。これらの論旨自体は平野謙や戦前の小林秀雄の変奏であるが、「自然主義作家」秋聲の中の特異点として『仮装人物』を見出し、「自然主義リアリズム」「私小説」を内破する可能性を探ったものであった。

野口武彦「『鋭敏なる描写』の文法—徳田秋聲の小説文体をめぐって」（『海』一九八一・八）は、描写への着目から秋聲の小説言語の「エコノミイ」とそれに由来する「鋭敏さ」を指摘し、高橋英夫「二つのリアリズム—秋聲・直哉とその展開」（『文学界』一九八一・一二）は志賀文学との比較の中で秋聲の「無解決」の世界観を読み替え、同時代の野口冨士男や和田芳恵らに「秋聲的なものの現代的復活」を見た。さらに小島信夫が『私の作家評伝Ⅰ』（一九七二、新潮社）、『漱石を読む』（一九九三、福武書店）に秋聲を取り上げ、「一九三〇年代の日本文学において、同時代の文学創造に対してもっとも本質的な影響力」を持った作家として秋聲を挙げる篠田一士「徳田秋聲」（『スバル』一九七二・九、『日本の近代小説』所収、一九八三、集英社）や、ドナルド・キーン「徳田秋聲　日本文学を読む」（『波』一九七四・八）などが書かれた他、のち都市移住者＝「東京者」として秋聲を取り上げた『東京物語考』（一九九〇、岩波同時代ライブラリー）を著す古井由吉の秋聲への言及が目立つようになるのもこの時代からである。これは野口の前掲著作の影響に加え、政治の季節の終焉の中で自我と内面の文学的再構築を行った古井ら「内向の世代」の活躍、野口・和田・川崎長太郎ら私小説伝統の復権があったためだろうが、戦後文学の総括の時期を迎え、文壇の一部にはたしかに秋聲への関心が芽生えていたようである。なお今回は詳しく触れられないが、中上健次や近年の佐伯一麦らを含め、実作者たちの秋聲受容には様々な貴重な視点が含まれているように思われる。

それらと平行して、七〇年代後半から継続してきた松本徹の仕事が『徳田秋聲』(一九八八、笠間書院)として纏められたことは何よりの画期となった。松本は伝記的流れに沿って代表作だけでない多数の作品を俎上に上げ、特に秋聲の創作法の発展を重視した。前述の時間処理の問題など単純な写実主義に収まらぬ独自の方法は、多くの論者が指摘してきたが、本書はそれらを総合的かつ発展的に論じ直し、近代文学史上に希有な手法として、従来の自然主義作家イメージとは異質な秋聲像を提示したのである。同書にはその他、青年期の英米文学やニーチェ主義の受容、大正期の通俗小説への傾倒などの指摘も存在する。なお松本は「大阪の若き徳田秋聲—習作『ふぶき』を中心に」(『武蔵野大学文学部紀要』一九九七・三)、「洋装する徳田秋聲—明治30年代後半の翻訳・翻案から『凋落』まで」(『大阪市立大学文学部創立五十周年記念国語国文学論集』一九九九・六)、「『西洋化』の中の『あらくれ』—大正前期の徳田秋聲」(『武蔵野大学文学部紀要』二〇〇四・三)など同書以降も積極的に論を重ねており、これらの書籍化も待たれるところである。

4　秋聲文学の可能性を求めて

——大杉重男『小説家の起源　徳田秋聲論』など

これらの諸成果や作品論・テクスト批評の流行を受け、一九八〇年代後半から九〇年代にかけては、作家の問題を離れて多様な視点からテクストに接近し、個別の作品の可能性を問う論が多く発表された。

中でも記号論・文体論・物語論などの知識を活用して秋聲の創作法の再検討が試みられ、特にこの分野で研究が発展した。たとえば中丸宣明は「『共同性』が夢想されるとき—『徳田秋聲』の初期」(『文学』一九八七・一二)以降、明治期を中心に複数の作品論を発表しているが、「お庄の成長あるいは成長する『語り』—徳田秋聲『足迹』」(『解釈と鑑賞』一九九四・四)、「徳田秋聲、その長編小説の作法—テクスト『黴』の生成」(『日本近代文学』一九九五・一〇)は明治期秋聲文学の話法をレトリック論などから分析し、前者ではそれがもたらす作品世界の変容を意味づけた。同「『仮装人物』の構造」(『昭和文学研究』一九九七・七)は和田謹吾が指摘した「順子もの」と『仮装人物』との連続性をより積極的に作品解釈に応用している。

紅野謙介「身体、比喩、レトリック―徳田秋聲『爛』を中心に」(『日本近代文学』一九九一・一〇、『投機としての文学』所収、二〇〇三、新曜社)は、作中の身体表現と比喩の分析から「一義性においてはとらえきれぬ包括的で曖昧さをはらんだ意味を伝えようとするレトリック」の存在を指摘し、「徳田秋聲における〈テクストの外部〉―明治30年代・長篇小説から短篇小説へ」(『日本近代文学』一九九五・一〇)は明治三〇年代の秋聲短篇を再考し、偶然性や死など「テクストの外部」の導入をその特徴として自然主義期の長篇への展開を論じている。

和田敦彦「『足迹』に見る《延着》の手法―読書行為論から作品の効果を考える」(『日本の文学』一九九一・六、『読むということ―テクストと読書の理論から』所収、一九九七、ひつじ書房)、「作品の効果と読書行為―徳田秋聲『仮装人物』の作品世界」(『文体論研究』一九九三・三)も、時間処理や文体的特色の問題を、読者論の視点から規範的なテクストとは異なる方法として再考した。

さらに中川成美「モダニズムとしての私小説―『仮装人物』の言説をめぐって」(『国際日本文学研究集会会議録』一九九三・一〇)がその脱規範的性格を西洋モダニズム文学の受容との同時代性として指摘し、大杉重男「徳田秋聲の物語言説における『時間』と『空間』の構造―『足迹』の表現史的意義」(『論樹』一九九三・九)は松本前掲書が作家的個性として処理した文体的特徴を、ジュネットの文学理論を導入することによって定義し直した。これらにより、秋聲文学の可能性を世界文学的な視座により一般化して考察し得る土壌が整備されたのである。なお、この秋聲文体の問題は、近年も渡部直己「志賀直哉の『コムポジション』と徳田秋聲の『前衛小説』」(『新潮』二〇一〇・六、『日本小説技術史』所収、二〇一二、新潮社)がやはりジュネットを援用し、野口の言う「倒叙法」を「無標の『後説法』」と述べるとともに描写の徹底した「瑣末なものへの滞留」を指摘するなど、その探求が継続されている。

大杉重男『小説家の起源　徳田秋聲論』(二〇〇〇、講談社)にまとめられた論は、秋聲の存在を「近代文学」のオルタナティブな可能性として名指そうとする意欲的な試みであった。その意味で『リアリズムの源流』(一九八九、河出書房新社)で秋聲の文体を「写生文」の見地から捉え直し、また「徳田秋聲と『充実した感じ』」(『新潮』一九九〇・三)で秋聲が西欧近代小説を吸収しつつその定型に背を向け、「固有な体験」として「小説の『実質』」を掴んでいたと論じた江藤淳の示した方向性を追求したものと言えるかもしれない。松本徹の前掲書が作家研究の立場を崩さないのに対し、大杉の書は、古層と近代の物語の重奏を聞き取って群像新人賞を受賞した「畏怖と安易—『あらくれ』論」をはじめ、作品論として多くの示唆に富んでいる。他にも広津和郎が『縮図』に見た「自然主義の荘厳」を「自然主義のモダニズム化」であるとする視点や、『縮図』を近代帝国主義のリミットと措定することで開かれる解釈などが提示された。なお、国民国家論による日本近代文学総体の再解釈の中で秋聲を扱った論として、絓秀実「『父殺し』の二つの型—田山花袋『東京の三十年』、徳田秋聲『足迹』『黴』」(『批評空間』一九九七・九、『「帝国」の文学—戦争と「大逆」の間』所収、二〇〇一、以文社)がある。

フェミニズム・ジェンダー批評の興隆を受け、秋聲文学の男性原理を撃つ論としては、『仮装人物』を扱った三枝和子「秋聲の破綻　恋愛小説の陥穽(7)」(『ユリイカ』一九八九・九、『恋愛小説の陥穽』所収、一九九一、青土社)が比較的早いものである。藪禎子「『あらくれ』論—お島を軸に」(『藤女子大学国文学雑誌』一九九五・一一)、渡辺澄子「『あらくれ』論—お島を視座として」(『大東文化大学紀要　人文科学』一九九七・三)はいずれも作中の女性主人公の「生」と「性」の描出に着目しており、秋聲作の中で相対的に主体性を有した女性が登場する『あらくれ』が分析対象となるケースが多い。内藤寿子「『あらくれ』論—『よみうり婦人付録』を補助線に」(『文芸と批評』一九九九・五)は女性の自立を象徴する同時代の婦人雑誌における言説との関係から、「新しい女」を拒絶するお島の姿と、それを描く作者の見逃している「民衆」の存在を指摘する。金井景子「聴く男・語る女・書く男性作家—徳田秋聲『縮図』を読む」(『男性作家を読む』、一九九四、新曜社)は自然主義リアリズムに徹した中立性を装う語りの内包する権力性を、作品の文学的価値と表裏一体に論じており出色である。

小林修「『縮図』論序説—銀座から白山へ」(『昭和文学論考—マチとムラと』所収、一九九〇、八木書店)は、作品冒頭の分析から「銀座」と「白山」という場所の地政学的差異を指摘することで物語を読み直し、「研究ノート『縮図』—ある新聞切抜き」(『実践女子短大評論』一九九一・一)、「徳田秋聲『縮図』の行方—軍靴と三絃」(『歌子』二〇〇二・三)は、前者は出版史的、後者は文化研究的な視点より作品と戦争の関わりを問題にし、「徳田秋聲―金澤という地霊《ゲニウス・ロキ》Ⅰ―秋聲伝に関する基礎調査」（『歌子』二〇〇六・三）、「徳田秋聲―金沢という地霊Ⅱ―秋聲伝に関する基礎調査」（『蟹行』二〇〇六・四）は野口の研究で辿り切れなかった金沢の血族について、現地で由緒書や過去帳などから再検証した貴重な伝記研究である。なお小林には、テクストを利用する側／される側に機械的に分類できない「代作問題」の厄介さを指摘した「代作・代筆問題と原稿―徳田秋聲の事例を中心に」（『近代文学草稿・原稿研究事典』、二〇一五、日本近代文学館）もあり、九〇年代以降の秋聲研究への貢献は非常に大きい。

他にこの時代では、森英一『秋聲から芙美子へ』（一九九〇、能登印刷出版部）にまとめられた論は、林芙美子との相互関係から秋聲が芙美子に与えた文学的影響を論じたものだが、初期短篇の価値づけや『仮装人物』の「額縁小説」性の指摘やイプセンの需要などの指摘がある。十文字隆行には自然主義以前の初期秋聲の社会派的傾向を指摘した「徳田秋聲初期作品に見られる社会小説的傾向についての考察」（『日本文学論集』一九八三・三）や過渡期の長篇の重要性を指摘した「徳田秋聲『凋落』をめぐって」（『日本文学論集』一九八四・三）などがあり、秋聲会の機関誌の調査「雑誌『あらくれ』目録・解題」（『昭和文学研究』一九八五・七）も貴重な基礎研究である。また「徳田秋聲『凋落』試論」（『文芸と批評』一九八八・三）、「『二十四五』への視角―明治四十二年の秋聲〈故郷〉からの測鉛」（『徳島文理大学文学論叢』一九九〇・三）など複数の明治期秋聲論がある上田穂積は、「記述としての観察者―『順子もの』への視点」（『日本近代文学』一九九八・一〇）で文壇ジャーナリズムとの相互テクスト性のもとに紡がれたテクストとして「順子もの」を読み直し、失敗作と見られていた短篇群に同時代メディアとの関係で光を与えた。また「秋聲と虚子―『新世帯』異見」（『徳島文理大学文学論叢』二〇〇六・三）では、前述の相馬庸郎が提示した写生文派との関連を、虚子『俳諧師』との比較からあらためて秋聲「リアリズム」を問い直した。

秋山稔「徳田秋聲『感傷的の事』論」（『金沢学院大学文学部紀要』一九九八・三）、「徳田秋聲〈順太郎もの〉考」（『金沢学院大学文学部紀要』二〇〇六・三）は、いずれも帰郷体験を扱った作品を題材に、事実関係を中心に精査されており、「徳田秋聲『風呂桶』試論―未知なる我の発見」（『日本文学研究年誌』二〇〇〇・三）は、主に長篇作品について指摘されてきた時間処理の問題を、大正期の短篇を例に分析した論である。この秋山と小林輝冶の編による『徳田秋聲金沢シリーズ』(全四冊、二〇〇五—二〇〇六、能登印刷出版部)は、自伝小説『光を追うて』や帰郷もの短篇を中心に編まれた作品集であるが、その解説は当地でしか分からない知見に満ちており有用である。なお、秋聲と郷里との関係を知るのには、古くから血縁関係の調査をしてきた和座(松本)幸子による『石川近代文学全集第二巻　徳田秋聲』(一九九一、能登印刷出版部)の解説もよくまとまっている。和座にはコンパクトな伝記『ふるさとの文学者小伝　徳田秋聲』(一九九五、金沢市文化振興課、改訂版・二〇〇八、金沢文化振興財団)もある。

ここで海外における稀有な秋聲研究書として、リチャード・トランス *The fiction of Tokuda Shusei, and the emergence of Japan's new middle class*(『徳田秋聲の小説と日本の新中間階級の出現』、一九九四、ワシントン大学出版)があることも付言しておく。著者は『あらくれ』(*Rough living*、二〇〇一、ハワイ大学出版)の英訳者でもあるが、本書の特徴は秋聲文学の本質をわが国の近代化とともに勃興してきた「新中間階級」の描出に見るという社会学的な視点にある。彼が同書の出版時に行った自己解説「徳田秋聲の日常時間―「秋聲論」の出版にあたって」(『新潮』一九九四・一二)によれば、「一九〇〇年代以後晩年まで、秋聲は五通りの大衆のイメージに関心を示していた」とされ、最晩年の『縮図』で「これらのイメージは一つの普遍的「中間階級」という化け物に変化しつつあった」とし、戦後に確立する「中間階級」という「都会の大多数の人々を戦前に描いたのは秋聲しかいないと考えられる」と述べている。なお秋聲作品の外国語への翻訳は他に中国語訳『縮図』(『缩影』、一九八二、上海译文出版社)、『新世帯』(『新婚家庭』、一九八七、海峡文芸出版社)、『仮装人物』(『假面人物』、二〇一三、复旦大学出版社)、イタリア語訳『あらくれ』(*Arakure, "la ribelle"*、一九九二、Istituto universitario orientale, Dipartimento di studi asiatici)、スウェーデン語訳『縮図』(*Mikrokosmos*、二〇一五、Vestigo Ab)などもあり、今後は海外からの様々な視点による読み直しも期待される。

5　拡散する秋聲像——『徳田秋聲全集』以後の可能性

本項の冒頭で述べたように、近年の『徳田秋聲全集』(以下

『全集』)の完備が、秋聲文学総体の可視化により、様々な可能性を開くことになった。たとえば純文学作品を中心に編んだ第一期(全一八巻)では、秋聲の自然主義時代の到来を告げた『新世帯』(一九〇八年)に到達するまでに、全集七巻分の分量もの作品が存在することが判明し、紅葉門下時代を中心に秋聲の自然主義〈以前〉の重要性を示した。続く第二期(全一二巻)では、生涯に三冊しか随筆集を刊行しなかった秋聲の五巻にわたる随筆・評論巻から、一人の「知識人」として真摯に社会に応接しようとした作家像が浮上してきた。また、翻訳・翻案と児童文学作品に加え擬代作までを多数含んだ短篇小説群は、秋聲の創作の多面性を証明するとともに、この時代の「近代文学」の過渡期的性格を映し出す鏡となり得るものであった。この刊行に先立ち、秋聲名義のいくつかの作品について、その実作者が三島霜川か秋聲かをめぐり佐々木浩と松本徹の応酬があったが(佐々木「徳田秋聲と三島霜川―代作をめぐって」(『富山大学教育学部紀要』一九九二・三)、松本「徳田秋聲と三島霜川―『みだれ心』と『ふた心』を中心に」(『武蔵野女子大学紀要』一九九五・三)など)、刊行中にも紅野謙介が「漱石、代作を斡旋する」(『文学』二〇〇〇・三、『投機としての文学　活字・懸賞・メディア』所収、二〇〇三、新曜社)で、夏目漱石が仲介をして飯田青涼(政良)に秋聲との合作という形で作品「女の夢」を発表させた事実を紹介し、これを受けた松本徹が「漱石と秋聲―青涼を介して」(『徳田秋聲全集月報17』二〇〇〇・七)で同作以外にも漱石の斡旋で青涼が秋聲の代作をした可能性を指摘しつつ「その点で、漱石も、硯友社の作家たちとあまり変わらないところに立っていた」と述べることになった(なお佐々木浩の一連の秋聲/霜川の代作研究はいずれも貴重である)。さらに大正期以降に秋聲が盛んに手がけた非純文学的長篇が第三期(全一二巻)で初めてまとめられ、秋聲が文学の大衆化という時代の要請の中で膨大な分量の「通俗小説」を手がけ、また単なる原稿料稼ぎではなく意欲的に執筆に臨んでいた様子が明らかとなった。さらにその中に『誘惑』(一九一七年)、『闇の花』(一九二一年)など舞台や映画にもなり大きな評判を呼んだ作品が存在したことは、久米正雄『蛍草』(一九一八年)から菊池寛『真珠夫人』(一九二〇年)へという既存の通俗小説の見取り図では見えなかった秋聲の存在感について、全集の解説で宗像和重(三三巻)、小林修(三三、三六巻)、松本徹(三四巻)が次々に指摘し、これに対して長田幹彦の不在を指摘した山本芳明の反論(「徳田秋聲の通俗小説論をめぐって」、『徳田秋聲全集月報38』二〇〇四・一、および「徳田秋聲『誘惑』・『闇の花』論」、『学習院大学文学部研究年報』二〇〇五・三）も生まれ、「文学史」の正典からこぼれ落ちる膨大な作品群の可能性に一石を投じる結果となった。特にこの「代作」と「通俗小説」の問題に秋聲が提供した素材は一作家を超えて広い示唆を与えるものであり、もちろんこのことは九〇年代以降の文学研究の流れが「文学」という制度自体への問いかけに向かったことと関連しているが、秋聲こそその「文学」の揺らぎと多様性を体現する文学者であることが明らかになったのである。この『全集』以後の秋聲像はまだ確固たる像を結んでいるわけではないが、むしろ積極的な拡散こそ今後いっそう期待されるところである。

以下にここまで触れなかった二〇〇〇年代から二〇一六年九月現在までの目立った研究を順不同で紹介すると、太田瑞穂「身上・女・商売―『あらくれ』の経済」（『文学のこゝろとことば2』、二〇〇〇）と倉持亜希子「『あらくれ』への道―女性／労働／搾取／自立」（『学習院大学国語国文学会誌』二〇一〇・三）はいずれも作中に描かれる職業に着目しながら作品のジェンダー的構制を問題にしており、内藤千珠子「帝国の養女―『あらくれ』のジェンダー構造」（『大妻国文』二〇〇八・三）は、物語の細部から「博覧会」や「養子縁組」など「帝国主義」の記号を看取してそれらが要請する規範を指摘し、江種満子「徳田秋聲の『黴』を読む」（『文教大学国文』二〇一五・三）は笹村の「ヒステリー」と「暴力」を主題として読み取っている。

かつては前近代性の烙印を押されていた「私小説」だが、近年そのラディカルな再考が進む中で、秋聲文学の位置づけ直しも行われ始めた。伊藤氏貴『告白の文学』（二〇〇二、鳥影社）所収の「擬装する告白―『仮装人物』」は、近代私小説の系譜の中で作品を「仮装／擬装」する告白として論じており、これは七〇年代の岡庭昇らの問題意識をアップデートしたものと言える。梅澤亜由美『私小説の技法』（二〇一二、勉誠出版）収録の「〈自分の殻〉を破ること―徳田秋聲『仮装人物』」（初出『法政大学文学部紀要』二〇一〇・三）は私小説の技術論的通史という新しい試みの中で作品を論じている。山本芳明「心境小説と徳田秋聲」（『文学』二〇〇一・七）のように、同時代言説と厳密に突き合わせることで秋聲の立ち位置を探る視点も求められるであろう。

能地克宜「反転する解釈主体としての〈大衆〉―『ファイヤガン』と徳田秋聲の震災言説」（『文学一九二〇年代』、二〇〇五）は関東大震災後に書かれたコント風の短篇を取り上げ、同「〈都会の底〉に生きる少女たちの行方―室生犀星『女の図』と徳田秋聲『チビの魂』の比較を通して」（『昭和文学研究』二〇〇八・三、『犀星という仮構』所収、二〇一六、森話社）は犀星の「市井鬼もの」との関係から昭和期の短篇を読み解いている。西田谷洋「古井由吉『踊り場参り』試論―テクストの引用と構成をめぐって―」（『紀要泉丘』二〇〇四・三）は直接には秋聲論ではないが、古井由吉の短篇と『町の踊り場』との間テクスト的交通を論じ、「消費される児童像―徳田秋聲の少年少女小説」（『富山大学人間発達科学部紀要』二〇一五・一〇）はこれまでほとんど問題とされてこなかった秋聲の児童文学作品を論じている。なお西田谷の編による愛知教育大学のゼミ論集『徳田秋聲短編小説の位相』（二〇一一、コームラ）には大正期短篇の複数の作品論が収められている。井田琇穂「寺田透の徳田秋聲観」（『言語文化』二〇〇七・八）は寺田透研究の立場から、一九五〇年前後の寺田が秋聲の「非知識人」性に着目し、また秋聲を梃子に自然主義文学を仏教的視点から肯定的に見直そうとしていたことを論ずる。藤元直樹「明治のザッヘル―マゾッホ―原抱一庵・大島蘭秀・徳田秋聲」（『翻訳と歴史』二〇一二・六）は秋聲の明治期の翻訳と、その代作者である大島蘭秀をとり上げた。金子幸代「小寺菊子と徳田秋聲―三島霜川と近松秋江と『あらくれ』」（『富山文学の会ふるさと文学を語るシンポジウム4』二〇一三）は最初期の弟子である女性作家・小寺（尾島）菊子の重要さを指摘した。これらはいずれも過去の秋聲研究が着目してこなかった対象を扱っていることが特徴である。

その意味で、中川成美「否定の前の肯定・山田順子と秋聲」（『論究日本文学』二〇〇六・一二）が、これまで秋聲研究の側から一面的に裁断されてきた女弟子・山田順子を初めて正面から取り上げ、その作家的名誉回復を提言したことも特筆される。順子が戦後に著した『女弟子』（一九五四）他の内容は虚実入り混じるが、田山花袋に対する岡田美知代のように、奪われた声の復権は必要であろう。近年、順子の第一長篇『流るるままに』（一九二五、聚芳閣）が復刊（一九九九、ゆまに書房）され、代表作を収めた『下萌ゆる草・オレンジエート　山田順子作品集』（大木志門編、二〇一二、龜鳴屋）が新たに刊行されたことは、彼女の文業を女性文学史の中で位置づけ直すよい材料となる。

なお、本項の筆者・大木志門の『徳田秋聲の昭和―更新される自然主義』（二〇一六、立教大学出版会）にまとめられた諸論も、「順子もの」の時代から『仮装人物』『縮図』までの後期秋聲文学を対象に、原稿等の一次資料を豊富に用いつつ、文壇状況や社会状況との関係から、作家・作品のみならずその外部をもテクストとして読み解いた作家研究として今後の研究に資するところが多いと信ずる。大木には他に、紅葉門下時代の秋聲による「代作」と海外文学受容の問題を論じた「徳田秋聲旧蔵原稿『鐘楼守』(ユーゴー作・尾崎紅葉訳)の研究」(『財団法人金沢文化振興財団　研究紀要』二〇〇七・三)や、伝記的に空白であった大阪の長安寺の娘の生涯を遺族から聞き取り調査した「徳田秋聲初恋の人・於世野考」(『財団法人金沢文化振興財団　研究紀要』二〇〇八・三)など明治期を扱った複数の論もある。

6　秋聲研究への通路

最後に、ここまで紹介してきた研究文献以外に、秋聲研究にアクセスするための諸ツールを紹介する。

戦後雑誌における秋聲の特集記事については先述したが、同時代の評価を知りたければ、まず明治期に『新潮』(一九一二・二)が特集「『黴』の批評」として正宗白鳥・島崎藤村・森田草平・真山青果・島村抱月の言を掲げ、翌三月の『早稲田文学』は「藤村氏の『家』と秋聲氏の『黴』」として相馬御風・中村星湖が寄稿している。これは秋聲が文壇で本格的に認められた時期のものであり、『新潮』は一九一五・一〇にも特集「『あらくれ』の批評」を、一九一七・四には「徳田秋聲氏の印象」を組んでいる。花袋との生誕五十年祝賀があった一九二〇(大正九)年には、一一月に『文章世界』が特集「花袋と秋聲」(岡本一平・正宗白鳥・長谷川天渓・中村星湖が寄稿)を、『文章倶楽部』が特集「二文豪の五十年を記念する為めに」、翌一九二一・一には『人間』が特集「諸家の眼に映じたる人及び芸術家としての花袋秋聲二氏」(中村星湖・水守亀之助・近松秋江が寄稿)を組んでいる。『評論』一九三四・一二は「徳田秋聲研究」号として坂本浩「徳田秋聲論」をはじめ岩崎万喜夫、仲賢礼、竹内真、伊藤整、山川朱実らが寄稿、没後の一九四四(昭和一九)年には一月『新潮』が「徳田秋聲氏のことども」として正宗白鳥、宇野浩二、広津和郎らが寄稿、四月『新創作』が「特輯・徳田秋聲先生追慕」として徳田一穂、小寺菊子が寄稿している。昭和期の秋聲会の機関誌「あらくれ」にも度々同時代の文学者たちの秋聲論が掲載されているが、その中の一人である舟橋聖一『徳田秋聲』（一九四一、弘文堂）には当時の新進作家から見た秋聲像が浮かび上がる。これら秋聲についての同時代言説研究としては、野川友喜編『徳田秋聲文献年表ノート1896－1963』（二〇〇〇、私家版）、および昭和女子大学近代文学研究室『近代文学研究叢書』第52巻（一九八一、昭和女子大学近代文化研究所）が、いずれも遺漏や誤りは多いが重要な手がかりになり、併せて中島国彦他編『文藝時評大系』（二〇〇五―二〇一〇、ゆまに書房）を参照すればかなりの部分をカバーできるであろう。

秋聲を取り上げた論集としては、『日本文学研究資料叢書・日本文学研究　自然主義文学』（一九七五、有精堂）があり、松本（和座）幸子「徳田秋聲の家系・年譜」の他、佐々木徹、佐々木浩、榎本隆司、岩永胖らの論を収録している。紅野敏郎編『論考徳田秋聲』（一九八二、桜楓社）は早稲田の紅野ゼミの論集であり、高橋敏夫「『新世帯』を読む―《立志》幻想のゆくえ」、佐久間保明「『爛』の構造と主題―対象化された女性の実像」、金井景子「『仮装人物』論―風俗と作家主体のかかわりについて」、広瀬朱美「『縮図』の文体とその世界」などを収録。小川武敏編『徳田秋聲と岩野泡鳴―自然主義の再検討』（一九九二、有精堂）には松本徹、十文字隆行、岡庭昇、佐々木徹らの論考の他、参考文献リストを収めている。なお、個別に触れることはしないが、『全集』の月報は各分野の研究者たちによる、最新の成果を活かした秋聲論一〇〇本以上が収録されている。

二〇〇五年開館の徳田秋聲記念館（金沢市）では企画展等で新出資料が度々紹介されており、秋聲文学の研究センターとしての役割を果たしている。記念館およびその所属財団が刊行している図録、紀要、オリジナル文庫、館報などの刊行物も重要な情報源となり得る。この郷里の記念館および石川近代文学館、国立国会図書館、日本近代文学館を中心に、全国の文学館施設に原稿や書簡等の一次資料が収蔵されており、これらの調査も今後の課題となるであろう。石川近代文学館の資料については収蔵目録『石川近代文学館収蔵　泉鏡花　徳田秋聲　室生犀星資料目録』（二〇一〇）があり、「白い足袋の思出」「或売笑婦の話」など国会図書館蔵の原稿は「国立国会図書館デジタルコレクション」で閲覧可能、日本近代文学館蔵の原稿のうち、「初冬の気分」「未解決のままに」など「中央公論」掲載のものは同館編『滝田樗陰旧蔵近代作家原稿集』（WEB版・DVD版、二〇一一、八木書店）で見ることができる。

また近年、愛国婦人会台湾支部の機関誌『台湾愛国婦人』（一九〇八―一九一六）に秋聲の創作「波の戯れ」「紫陽花の窓」といくつかのエッセイが掲載されていたことが判明し、これらは國學院大学文学部共同研究報告書『「台湾愛国婦人」の研究　本文翻刻篇』（研究代表者・上田正行、二〇一四）、『「台湾愛国婦人」の研究　本文篇・研究篇』（研究代表者・高山美佐、二〇一五）で紹介されている。この創作については文体などから代作の可能性が極めて高いが、しかしそれらを含めて秋聲には、地方新聞などを中心に全集未収録の作品がまだ多く残っている可能性がある。伝記的な不明部分も未だいくらかあり、基礎的な研究も引き続き求められる。

徳田秋聲

2

第二部　テクストを読む

5　徳田秋聲のクリティカル・ポイント

大杉重男

1　徳田秋聲とジャンルとしての新聞小説

徳田秋聲は、作品の発表媒体に対して敏感な（あるいはそうならざるを得ない）作家だった。特に新聞というメディアと秋聲の関係は重要である。秋聲は「仮装人物」を除くほとんどすべての中・長篇小説を、新聞小説として書いている。秋聲にとって書き下しで長篇小説を書くことはありえないことだったように見える。これは一つには経済的な理由がある。秋聲の長篇小説は単行本の売れ行きが順調であったとは言えず、新聞連載時における原稿料収入が秋聲にとって長篇小説を書く主要な動機になっていたと考えられる。そしてもう一つの理由は文学的な問題である。秋聲の文学の中核は断片的な「描写」にあり、長篇小説はその断片的エピソードの集積によって生成される。それはストーリーやプロットを最初から緻密に構想し、念入りに推敲して構築する近代的な文学の小説作法とは異なっている。新聞連載という発表方法は、この断片の集積という秋聲の方法に適合したものだったと言える（もっとも秋聲の文学的方法は、生活のための新聞小説連載が生み出したものとも言える）。

ただし秋聲の新聞連載の長篇小説は、その質において作品によって非常な落差がある。秋聲自身が

「芸術」と認めた作品群から、他者の代作や補作などが疑われ確実視されるものに至るまで、それらは一つのカテゴリーで括れない多様性を呈している。そしてこの時特徴的なのは、中・長篇小説の中で「芸術」性が高いと認められる作品が、ある一時期に集中していることである。すなわち「新世帯」に始まり「足迹」「黴」「爛」「あらくれ」「奔流」に至る作品群が発表された明治末から大正初めにかけての時期がそれである。[1] これらの作品、特に「新世帯」から「あらくれ」に至る五作品は、「自然主義文学」の代表作として評価が定着している。

なぜこの時期に秋聲は、これらの作品を書けたのか。もちろんそれは秋聲の文学的成熟が前提となるが、同時にメディアの側の受容環境の問題を考慮することが重要である。新聞という「読者」の支持を常に配慮することが求められる媒体において、「読者」の要求に対して少なくともある程度抵抗しつつ書くことが可能になるには、「作家」と「読者」の間にある「編集者」の主体的な介入が必要になる。「新世帯」から「奔流」に至る秋聲の「芸術的」長篇小説は、この「編集者」たちによる「編集」力の寄与によるところが非常に大きかったと見ることができる。

この観点から見直す時、「新世帯」「足迹」「黴」「爛」「あらくれ」「奔流」という、秋聲の「自然主義」全盛時代の代表作と言える六つの作品群は、その発表媒体によって三つのグループに分けることができる。すなわち(1)「国民新聞」連載の作品(「新世帯」(一九〇八・一〇・一六〜一二・六)「爛」(一九一三・三・二一〜六・五))、(2)「読売新聞」連載の作品(「足迹」(一九一〇・六・三〇〜一一・一八)「あらくれ」(一九一五・一・一五〜七・二四))、(3)「朝日新聞」連載の作品(「黴」(一九一一・八・一〜一一・三)「奔流」(一九一五・九・一六〜一九一六・一・一四))である。それぞれのグループはちょうど、明治期と大正期に一作品づつ書かれていて、「新世帯」と「爛」、「足迹」と「あらくれ」の間にはテーマの連続性が認められる(「黴」と「奔流」は対照的であるが、両者の断層については後述する)。当時それぞれの新聞には文芸記事を統括する個性的な「編集者」的存在がいた。「国民新聞」には高浜虚子、「読売新聞」には正宗白鳥、「朝日新聞」には夏目漱石である。秋聲はメディアによって異なるさまざまな「編集者」たちの要求に、ある時は「応答」し、ある時はすれ違い、ある時は「抵抗」しながら、これらの作品を書いた。本稿ではこの秋聲と「編集者」たち・諸メディアとの「応答」/「抵抗」関係に注目しつつ、「新世帯」→「爛」、「足迹」→「あらくれ」、「黴」→「奔流」と、時系列をジグザグに往来しつつ作品を読み直すことで、「新世帯」から「奔流」までを単純に発表順に線条的にたどるのとは違う、秋聲テクストに対する新たな読解の可能性を探ることを試みたい。

2 「国民新聞」における秋聲——「新世帯」から「爛」へ

秋聲は「新世帯」連載に先立って掲載された予告文「「新世帯」に就て」[2]において、「今度の作は従来新聞に書いてゐたものとは、大に違つてゐるのである」と、「新世帯」の画期性を強調している。秋聲に依頼した「国民新聞社の社員」によれば、従来「際物的のものばかり」であった新聞小説のジャンルにおいて、最近各紙競って「文学的価値のあるもの」を掲載しようとしたが、その企ては失敗した。その理由の一つは作品が無駄に長過ぎたことにあり、そこで「雑誌に出る較長いものといふ心持で当込みとか明日のお楽しみとか、さういふ際物的な考から離れて、充分に書いて貰ひたい、との注文」が秋聲に寄せられた。

実際「新世帯」はこの注文を忠実に実行することで、全三三回というコンパクトな回数の中で、秋聲の小説の中で最も起承転結の整った緊密な作品となった。すなわち「今からちょうど四年前」という新吉とお作の結婚の時点から物語を始め、「開業三周年」にお作の再度の妊娠を告げて語りの「今」におけるお作の出産を暗示して終る構成、新吉とお作が盃を交わす結婚式の場面と、お国が新吉たちと水盃を交わして店を出て行く場面との対照など、「新世帯」はエピソードを慎重に配置構成したと考えられる。この「新世帯」の緊密な構成には、秋聲に新聞小説を注文した「国民新聞社の社員」＝高浜虚子の関与があったと考えられる。虚子は「国民文学欄」を創設し、その目玉となる連載小説の第一作として、秋聲に小説を依頼した（結果的に原稿が間に合わず第二作となった）。虚子が当時の秋聲のどの作品を具体的に評価していたのかは分らないが、秋聲に相当の期待をしていたことは、九段の夜能の鑑賞に誘い、夏目漱石と引き合わせていることでも分かる。[3]かつての「硯友社四天王」の位相から脱皮しつつあったが、まだ「自然主義文学」のイメージもついていない秋聲は、虚子にとって魅力的な存在だったと思われる。

五味渕典嗣は、「「新世帯」に就て」を書いた当時の秋聲を「途方もなく不幸な存在」と形容している。[4]その「不幸」とは「単に読まれないことでは実はな」く、「本当に悲惨なのは、ごく乱暴に言えば、読者からの手応えのなさを、媒体としての新聞と自己の追求する〈芸術〉との原理的な齟齬だととり違え、自身にとっての〈芸術〉性・〈文学〉性の枠に閉じこもってしまうことなのである」とされる。五味渕は、秋聲がこの「新聞小説家の不幸をどこまで捉え得ていたか」について「懐疑的」な立場を表明しているが、この五味渕の言う「新聞小説家の不幸」という見取り図は、二一世紀初頭の日本を支配する売り上げ至上主義的文学観（「読者からの手応え」を第一義的なものとして重視する）から導き出される遠近法的に転倒した逆立ちの解釈であり、少なくとも「二〇世紀初頭のこの時期」における問題を正確にとらえているとは言えない。

すなわち五味渕は「企業としての新聞という観点から言えば、「自然主義」に象徴される新たな文学や芸術をめぐる言説は、実際に読まれるかどうかはともかく、〈文学〉や〈芸術〉を理解できると思っている・理解はできずとも存在意義くらいは認めている高学歴層に対して訴求性を持つ新聞だ、というメディア・イメージを構築することができる、格好の素材だったのではないか」と言うが、同時に、「こうした状況をうけて、メディア・イメージの意識的な構築をもっとも見事に遂行してみせた」のは「自然主義」ではなく夏目漱石を受け入れた「朝日新聞」だったと主張してもいる。五味渕は同時代における漱石と「自然主義」との間の差異を考慮していないが、これは問題の本質を見失うことにつながる。実際漱石は「自然主義」作家とは対照的に、新聞小説家として同時代においておそらく最も「読者からの手応え」を実感して書いた純文学作家であり、「媒体としての新聞と自己の追求する〈芸術〉との原理的な齟齬」がないかのように振舞うことのできた作家だった。そしてこの漱石のような在り方こそ、当時の新聞が最も求めていた作家像だったはずであるが、いわゆる「自然主義」としてカテゴライズされた作家たちは決して漱石と同じ意味で当時の新聞が求めていた作家像ではなかったし、「高学歴層」に満足を与えていたわけではない。「自然主義」は新聞というマスメディアとのゲリラ戦的な戦いの中で、一時的に覇権を握っただけである。

生涯において数十篇以上の新聞連載小説を書いた秋聲は、そのほとんどにおいて「自身にとっての

〈芸術〉性・〈文学〉性の枠に閉じこも」ることを許されない環境の中で使い捨ての小説を書き続けた。ただ「新世帯」以後の数篇(そして最後の長篇「縮図」)において「自身にとっての〈芸術〉性・〈文学〉性の枠」を純粋に追求する機会を得た。それは「不幸」ではなく、秋聲にとって途方もない幸福であり、恩寵の体験だったと言うべきだろう。

「新世帯」が連載される直前に、秋聲は、同じ「国民新聞」に連載された虚子の「俳諧師」(一九〇八・二・一八〜七・二八)について「成程緻密に周到に写せては居るもの丶、其がいつも性格の外部のみに触れた気味があつて、中心に触れて居ない」と批判的な感想を述べている。[5]「新世帯」は「写生文」との関係がしばしば指摘されているが、重要なのはそれがむしろ「写生文」批判であり、「写生文」を踏まえつつ、それを乗り越えようとした試みであるということである。そしてその試みは、自作を批判し「写生文」に抵抗した秋聲に対して、それにもかかわらず「国民文学欄」での連載を依頼した虚子の編集者としての応答能力によって可能になった。重要なのは、「写生文」か「自然主義」かの二者択一ではなく、両者の間の葛藤関係である。

虚子は約二年間「国民文学欄」を担当した後、一九一一年秋に「国民新聞」を退社し、「ホトトギス」の編集に再び専念する。虚子の回想によれば、それは「国民新聞」の社主である徳富蘇峰が文学欄に干渉したきたこと、漱石が「朝日新聞」に「朝日文芸欄」を創設し、「国民文学欄」を凌ぐ発展を見せたこと、「ホトトギス」の部数減少などが原因だった。[6]「国民文学欄」は虚子の部下だった嶋田青峰に引き継がれるが、虚子の影響力はなお残存していたと思われる。秋聲が「爛」を「国民新聞」に連載したのも虚子の依頼によるものであり(その直前に短篇「南国」を三月一〇日付「ホトトギス」に掲載しておおり、あるいはこれがきっかけだったかもしれない）、「新世帯」と共に秋聲の作品の中で虚子の「写生文」を最も意識した作品と言える。実際モデルの差異にもかかわらず、「新世帯」と「爛」はその主題において共通する要素がある。

すなわちそれは「三人暮し」という主題である。「国民新聞」の予告によると、「新世帯」は当初「三人暮し」という題名だったと見られるが、高橋敏夫[7]が指摘しているように、それはまさに男女における三者関係を描くことが「新世帯」の中心的なテーマであることを示している。ただしその三者関係は、同時期に漱石が展開しつつあった「漱石的三角形」の構図[8]とは異質である。「漱石的三角形」は、二人の男性が一人の女性をめぐって争うことを通じてホモソーシャル的な連帯関係を結ぶことと定義できるが、「新世帯」において展開されるのは、二人の女性が一人の男性をめぐって争う関係である。

すなわち「新世帯」では当初、酒屋「枡新」を開業する男性主人公の新吉に焦点化して物語が展開されるが、次第に新妻のお作に視点が移って行き、新吉の友人の妻のお国が居候として「枡新」に入り込むと、夫新吉の理解できない内面、お国と新吉の関係に対する疑惑など、多くの場合お作の視点から出来事が語られるようになる。そこでは、伝統的な家庭教育を受けた女性＝お作と、娼婦上りの社交的な女性＝お国のどちらが、新吉が創業した「枡新」の「上さん」にふさわしいかが問われ、結末は、お国が「枡新」を出て、お作が二度目の妊娠をすることによって、お作が勝利したように見える。しかしそれは暫定的な結論に過ぎない。新吉は身体的には「冷たさ」によって特徴付けられるお作に満足できず、お国によって「初めて女といふものゝ、暖かい或物に裹《つゝ》まれてゐるやうに感じ」る。新吉はお作を妻として「枡新」の「上さん」にしつつ、お国を妾として別の場所に囲うことを考えるが、お国はそれを拒否して、娼婦に戻ることを選ぶ。

「爛」は、家庭的なものが娼婦的なものを排除することに成功したかに見える「新世帯」の物語を、娼婦的なものの側から解体し、書き換えた物語と言える。「爛」の女主人公お増は、会社員浅井によって遊郭から足を洗い家を持たされるが、浅井には入籍した妻のお柳がいることがわかる。しかし浅井は嫉妬で精神の狂ったお柳と離別し、お増は浅井の後妻になる。そこに親戚の若い娘のお今が同居することになり、「三人暮し」的な関係性の中で今度は浅井とお今が親しくなってお増の位置が危うくなるが、お今と資産家の息子の室との縁談を纏めることで、お増は辛うじて浅井の妻の地位を守る。「爛」の最後はお今と室の結婚式が語られ、「私達も、あの人を頼んで、一度お杯をしてみたいぢやないの」と「晴々した顔」で語るお増の言葉で締め括られるが、これは「新世帯」の最後でお国が「水盃《みずさかずき》」を交す場面と比較できる。「新世帯」とは逆に「爛」では娼婦的なものが家庭性を獲得することに成功する。

この「新世帯」と「爛」の差異は、男性主人公の差異でもある。新開地の酒屋という新吉の商売にとって、お国の気働きは役に立たないものだったが、「建築物の受負や地所売買の仲介などを営業としてゐる」会社に勤める浅井は、「経済や自分の機嫌を取ることの上手なお増と一緒になつてから、めきく自分の手足が伸びて来」る。浅井の職業は「新世帯」におけるお国の夫の小野の「小さい口銭取」に似ているが、小野が手形の不正で拘引されるのに対して、浅井は順調に出世する。それは明治四〇年前後と大正初期との時代的雰囲気の差異を反映しているのかもしれない。「モノ」を直接売ることよりも「ヒト」と「ヒト」の間を仲介することが重要になり、自主独立した起業家よりも、大資本に従属したサラリーマンの方が成功する。

秋聲は、虚子の「俳諧師」について「篇中で最もよく顕はれて居る性格は、五十嵐十風の妻君であらう。娼妓上りの女の性格を描いて、成る程と肯しめる節がある。併し其にも前に云つたと同じやうな欠点が見えるのは拒まれない。併し兎に角此丈は自分も可成敬服した」と、述べている。[9]「新世帯」のお国が、「俳諧師」の五十嵐十風の細君を意識して書かれていることは十分考えられる。この時、「俳諧師」に対する秋聲の「性格の外部のみに触れた気味があつて、中心に触れて居ない」という批判の意味は、「写生文」的方法によっては女性の「性格」の「中心」を描けないということだと言える。上田穂積の指摘によれば、[10]「俳諧師」は「新世帯」に先駆けて「三人暮し」を物語に組み込んでいるが、その関係性は、塀和三蔵・五十嵐十風・十風の細君という、男・男・女の「漱石的三角形」に近い構図（この構図は、作中で三蔵、友人の篠田水月・ドイツ語教師の娘鶴子の間でも展開される）である。そこでは物語は全知に近い視点から語られ、十風の細君の内面も描かれるが、語り手の興味の中心は三蔵と十風という男性のキャラクターにある。「新世帯」はこれに対して、男・女・女の「三人暮し」を描くことで、女性の「性格」の内部を描こうとする。語りがお国の視点に焦点化することはないが、新吉の視点だけではなくお作の目を通すことで、お国の「性格」は深く掘り下げられる。そして「爛」では、語りは専らお増の視点に焦点化することで、「娼妓上りの女の性格」を内部から綿密に描いて行く。

秋聲の小説が、虚子の「写生文」と最も異なるのは、この女性の視点への男性的な語りの越境の様相である。秋聲は「女を書く」ことが最も巧みな作家として文壇で評価されたが、それは女性の視点への越境の巧みさであると言える。この越境が少なくとも表面的には「侵犯」とならないとすれば、それは秋聲がモデルの女性の身上話を聴き、そして聴いたことを書くことによって女性を「他者」化することなく書くことに成功しているからである。秋聲にとって「女を書く」とは「女を見る」ことではなく「女を聴く」ことと言える。「写生文」の本質が視覚性に基づいた現在進行形的時間にあるとすれば、秋聲の小説は聴覚性に基づいた過去(それは現在にたどりつくことのない決定的に遅れた時間である)への越境にその本質がある。もちろんそれは「女」の語りを透明に写したものではなく、「書く」というフィルターによって変形させたものである。従ってそこにおいては男性のエクリチュールによる女性の語りの支配という構造が、客観性の見かけの下で潜在的に成立している。

3 「読売新聞」における秋聲――「足迹」から「あらくれ」へ

この「女を聴く」=「女を書く」ことを最も徹底的に実践したテクストは、「読売新聞」で連載された「足迹」と「あらくれ」である。「足迹」連載の直前まで、「読売新聞」文芸欄では正宗白鳥が社員として影響力を振っていた。白鳥は一九〇三年に読売新聞社に入社し、七年間記者を勤めたが、白鳥自身の推測によれば、「岩野泡鳴など自然主義鼓吹の評論を掲載したりして、新聞をその派の機関紙のやうにすると思われた」ため社長交代を機に、一九〇五年五月に辞職させられ(11)、当時連載されていた島崎藤村の「家」は、そのあおりで中途で打ち切りとなった(12)。

その後七月に連載が開始された「足迹」は、白鳥辞職後の作品であり、白鳥が関わっていたかどうかは分らない。ただ白鳥は「『生』のあとで、徳田秋聲が読売に出た。この作家には花袋のやうな主義主張はなかつたのだが、読者を面白がらせやうとする考へは起こさなかつたらしく『足迹』は『生』以上に読者受けはしなかったらしい。それでも社の方では何の文句もつけないで、しまひまで自由に、面白くないまゝに書かせた。これが後日には秋聲一代の傑作と認められるやうになつたのだから不思議だ」と、『足迹』を在職時代の作品のように時期を取り違えて回想しており[13]、白鳥が「足迹」を自身の編集路線の延長線上の作品として高く評価していたことは確かである。

秋聲と「読売新聞」は紅葉門下時代から深い関係にある。秋聲は一九〇〇年、島村抱月の辞職後に紅葉の推薦で「読売新聞」の社会部長となり、初期の代表作「雲のゆくへ」などを連載したが、紅葉の読売退社に倣って退社した。しかし紅葉の死後、秋聲は「読売新聞」に再び作品を掲載するようになる。『読売新聞八十年史』[14]によれば、それは秋聲の「あとを受けて社会部長兼文芸部長となった上司小剣の切なる希望によったもの」だったとされる。その後足立北鷗が一九〇三年初頭から「読売新聞」主筆となり、同じ年に白鳥も入社して秋聲と親交を結ぶようになる。足立は日露戦争時には強硬論を主張したが、「読売新聞」は戦争報道で出遅れ、戦後景気の中でも他の新聞のように順調に部数を伸ばせなかった。「読者層は依然として学生、知識人に限定され」、「購読者の増加する層は庶民階級であったのに、足立主筆の企画はそこに徹せず、以前からの固定読者を持続するのみに止まつた」。そこで一九〇六年西園寺内閣が成立すると、西園寺と関係の深い竹越三叉が主筆となり、「雨声会」を開催し、夏目漱石を招聘しようとする。しかし漱石は「読売新聞」における待遇を不安視して、より条件の良かった朝日新聞に入社し、竹越はこの失敗で意気阻喪し退社、再び足立が主筆となり、「読売新聞」は「自然主義運動の「本部」」のような状態になるが、大逆事件の検挙と平行する形で社内の改革が起り、白鳥は追放される。

『読売新聞八十年史』は「読売紙上における自然主義文学運動は、社の財政に何も寄与しなかったが、日本の新しい文学を育成した点において、わが文芸史上注目すべき一時代であったのである」と総括しているが、「日本の新しい文学を育成した点において、わが文芸史上注目すべき一時代であった」という認識はあくまでも事後的なものであって、「自然主義運動の「本部」」というようなメディア・イメージは、同時代の新聞の上層部にとって望ましいものではなかった。漱石は「広告塔」になれたが、「自然主義」は同時代においても「広告塔」になりえない。にもかかわらず「自然主義」が一時「読売新聞」で繁栄したのは、「読売新聞」のメディア戦略が「朝日新聞」より遅れ、かつ混乱していたからである。

白鳥[15]は「読売新聞」上層部の無戦略に乗じる形で確信犯的に「自然主義」文壇の形成に努めた。白鳥はそのことを「私の在職七年間「面白くない小説」が新聞紙上に続出したことは今から見ると、新聞小説史上、特筆すべき異例のことであつた」と自賛するが、秋聲の「凋落」(「読売新聞」一九〇七・九・三〇〜一九〇八・四・六)はそのような「面白くない小説」の一つであり、そして「足迹」(「社の方では何の文句もつけないで、しまひまで自由に、面白くないまゝに書かせた」と白鳥が証言する)はこの系譜の最後に位置する作品と言える。それは「新世帯」や「爛」のような男女のヨコ方向の水平的関係に焦点を当てた空間的物語ではなく、親子や兄弟親族というタテ方向の垂直的な関係に焦点を当てた時間的物語である。この年代記的な構成は、「生」や「家」に触発された部分はあっただろうが、そうした「自然主義」文学の「平面描写」と「足迹」の関係は、ちょうど虚子の「写生文」と「新世帯」「爛」の関係と類比的に考えることができる。花袋や藤村が自分自身の父系的な家・家族を回顧したのに対し、秋聲が特異なのは、ここでも性を越境して自身の妻とその血族の来歴を書いたことである。そして花袋や藤村の「家」が由緒ある名家だったのに対して、「足迹」の女主人公お庄の家は無名であり、しかも一家で田舎の家を引き払い、東京に上京して来る時点で崩壊している。

「足迹」は「迷子」の物語である。第三章でお庄は「十一か十二」の年で両親に連れられて上京するが、その晩風呂屋に行った帰りに「迷子」になる。お庄はその夜の中に発見され、「母親の側へ寄つて行く」が、このエピソードは、この小説におけるお庄の行動パターンを予告する。たとえばこの後お庄は父親の知合いの浅草の化粧品屋に預けられるが、そこを逃げ出して母親たちが居候している親戚の下宿屋に戻る。また日本橋の堅気の商家に奉公に出るが、朋輩の女中のお鳥にそそのかされてお茶屋に移る。しかし母親や弟・親戚たちに叱られて、築地の叔父夫婦のもとに身を寄せる。

「迷子」は神隠しとは違って必ず家に帰る。ただしその家は既に実体的には存在せず、常に親族に寄食している母親の身体として辛うじて幻影肢のように痕跡を残すに過ぎない。かくしてお庄は繰り返し「迷子」になっては母親の元に帰ることを反復し、「まごつき」続ける。そしてこの「迷子」の物語を読む「足迹」の読者もまた、迷子となり、まごつかざるをえない。それは物語としての起承転結を持たず、「迷子」の物語というよりはむしろ物語自体が迷子になっているからである。そこにはたとえばお庄の「成長」といったものはない。お庄は突然少女から女に変貌して恋をし、初めての男に二股を掛けられ弄ばれる。そして親族たちによって結婚させられ、夫の異常性格に耐えられずに母親の元に逃げ戻るが、そうした出来事がお庄にとって持つ意味は空白のままである。

「足迹」における意味の空白を端的に示す身振りは、作中でお庄たちがしばしばもらす「笑い」という身振りである。「足迹」の「笑い」の特異性については古井由吉[16]以来指摘されるところだが、それはたとえば漱石的「ヒューモア」(柄谷行人)[17]とは全く異なっている。柄谷が指摘する漱石的な笑いは、「大人が小供を視るの態度」であり、「超自我によって、自我の直面している苦痛を相対化してしまうこと」と定義されるが、この笑いは、ラカン的に見れば本質的に「男性的」な性格を持つ[18]。柄谷はフロイトが提示した死刑囚のエピソードを好んで例として挙げるが[19]、それは「最大の「苦痛」は、死ぬことが確実に迫っていること」であり、その「最大の「苦痛」」を笑い飛ばす死刑囚の「ヒューモア」は最大の強度を持ち得るからである。そこではカントが定式化した「自由」と「必然」の間の「力学的アンチノミー」が提示されることで「ヒューモア」が生じる。

これに対して「足迹」における典型的な「笑い」は次のようなものである。

酒で頭脳《あたま》の爛れたやうになつてゐる芳太郎は、汽車のなかでも、始終いら〳〵して居た。そして時々独語《ひとりごと》のやうな棄鉢を言つた。金を掻浚《かつさら》つて家を逃出してくれるとか、お袋を撲殺《なぐりころ》して高飛をするとか、そんな事をすらお庄の耳元で口走つた。是迄にも、酔つて性体がなくなると、芳太郎は、時々然うした口吻《くちぶり》を洩した。

お庄は暗い窓の外を眺めながら、顔に笑つてゐた。(七三)

このお庄の「笑い」に「超自我」は作用していない。それはラカン的な意味ですぐれて「女性的」な「笑い」である。漱石=フロイト的な死刑囚の「笑い」が「自我の直面している苦痛」=「死」を否認することで逆説的にそれを受け入れるのに対して、お庄の「笑い」は苦痛を否認しないが決してそれを本当には受け入れない。ここにあるのはカント的に言えば、「有限」と「無限」の間の「数学的アンチノミー」であり、お庄の「笑い」はこのアンチノミーが引き起す「イロニー」の笑いと言える。

柄谷は「イロニー」に対して「ヒューモア」を優位に置くが、これはラカン的に言えば「男性的」なものを「女性的」なものの上位に置くことである。しかし「ヒューモア」と「イロニー」の間に優劣はない。そして漱石的「写生文」の「ヒューモア」に対して比較するべきなのは、独歩や花袋の男性的「イロニー」ではなく、秋聲的「描写」がはらむ女性的「イロニー」である。柄谷は、夏目漱石の「写生文」を、虚子のそれとは異なり、「「小説」以外の多様なジャンル」(「ロマンス」「告白」「アナトミー」)を含むものであると評価したが[20]、漱石的「写生文」が「小説」というジャンルを外から相対化するとすれば、秋聲的「描写」は「小説」を内部から掘り崩す。漱石が「小説」から逸脱したものを書くことで「小説」を書いたとすれば、秋聲は「小説」を書くことで「小説」から逸脱して行く。「新世帯」が「写生文」とすれば、「足迹」は「アナトミー」、「黴」は「告白」、「爛」は「ノベル」、「あらくれ」は「ロマンス」的要素を持つ。

柄谷は近代小説は文末詞を「た」に統合することによって「物語のメタレベルにある語り手を消去(中性化)」し、「物語の進行をある一点から回顧するような時間性」を獲得したと述べ、漱石はその小説においてこの「た」を拒み現在形を多用することによって「全体を集約するような視点を拒」み、「確実にあるように見える「自己」を拒んだと主張する。[21]しかし語り手の消去と「ある一点から回顧するような時間性」とは必ずしも結びつかない。「足迹」は秋聲の小説の中で文末詞「た」が最も徹底的に使用された作品であり、そこでは語り手が消滅しているようにも感じられるが、にもかかわらず回顧の現時点である「ある一点」の痕跡はどこにも感じられない。「足迹」は統合された回想ではなく、遠近法を持たずにすべての過去が散乱的に投げ出されている。そこでは回想そのものが「迷子」になっている。

「足迹」連載中の一九一〇年八月二九日、日本は韓国を併合する。当時の「読売新聞」の主筆足立北鷗は八月二六日の「編集室より」において、「日韓合邦」「猶早論」を批判し「寧遅論」を唱える。北鷗の言説は当時の典型的に帝国主義的な性質を持つが、その「寧遅」という認識は、北鷗の意図とは別に読み換えることができる。すなわちそれは欧米諸国と比較した時の日本の遅れてきた帝国主義国家(もはや帝国主義的植民地支配が悪として表象されるようになりつつあった時代に帝国主義国家として成熟した)としての絶対的な「遅れ」を表現している。その「遅れ」は「日韓合邦」によっては決して取り戻すことの出来ない致命的なものであり、この「遅れ」において「足迹」は「日韓合邦」と同時代的テクストたりえている。父親の後をついて行きながら見失うお庄は、常に遅れ続けることで「迷子」となり、決して現在にたどりつくことがない。

「足迹」の後、しばらく秋聲が「読売新聞」で小説を発表する機会はなかったが、一九〇四年一月読売新聞社客員に復帰したことを契機に、環境が整い始める。すなわち「読売新聞」は新たに主筆となった五来素川の主導のもとで一九〇四年四月三日の社告で紙面の刷新を宣言し、「よみうり婦人付録」欄の創設をすると共に、徳田秋聲・上司小剣・松本雲舟・正宗白鳥・佐藤紅緑を「読売の五文星」と称し文芸欄を執筆させることを告げた。秋聲は一九〇四年中は文芸欄の編集に専念し、一九〇五年一月から編集業務を退いて「あらくれ」を連載する。

「足迹」があらゆる意味で「迷子」のテクストであるとすれば、「あらくれ」は、「捨子」的なテクストである。それは「足迹」が切り開いた地平を新たな次元において追求する。「捨子」とは、親から棄てられ、親に回帰することのない子供である。それは親からはぐれ、また親に戻る「迷子」とは、根源的に異なっている。「あらくれ」は冒頭において、七歳の時、母親の不条理な「暴い怒り」によって家を出て、父と共に荒川のほとりを彷徨する女主人公お島を提示することから始まる。お島はその後富裕な製紙農家の養女になるが、愚鈍な作男と結婚させられそうになって実家に戻り、缶詰屋と結婚するものの過去を疑われて離縁され、その後も流転を繰り返す。お島はしばしば実家に戻るが、母親と和解できずに突き放され、小説の後半では、裁縫職人の小野田と共に洋服屋を起業して自立しようともがく。

「足迹」と「あらくれ」の差異は、前者が家族的なタテ方向の垂直的な関係の物語であるのに対して、後者は家族的な関係からの逸脱によって男女のヨコ方向の水平的関係へ向かって行く物語であることである。しかしお島は「新世帯」のお作や「爛」のお増のように男女の水平的関係に安住することもできない。それはお島が「男性」ジェンダー的なものへ越境していることと関係する。「あらくれ」後半で大きなテーマとなるのは、お島が夫の小野田との性生活に不満を感じることである。それは小野田のペニス＝「ファルス」が身体的にお島を傷つけることによるが、それはまたお島が理想の「ファルス」を欲望していることにもよる。「ファルス」を持たないお島はそれを想像することしかできず、そしてその想像は常に裏切られる。「足迹」と比較した時「あらくれ」にはしばしば「男性的」な「ヒューモア」を感じさせる場面が出て来るが、お島が「男性」でありえないことにおいて、それは「アイロニー」へと反転する。

「足迹」と「あらくれ」は、モデルとの関係性においても比較できる。「足迹」は、秋聲の妻はまが秋聲と出会う直前までをモデルにして描いた作品であり、「あらくれ」は鈴木ちよがはまの弟小澤武雄と出会うまでをモデルにした作品である。しかし「足迹」に続いて「黴」が続篇として書かれ、はまと秋聲の同棲生活・夫婦生活が綿密に描写されるのに対し、「あらくれ」の続篇は書かれることなく、後に短篇「勝敗」において、武雄とちよの離婚話が書かれるにとどまった。そこには単にモデルの問題にとどまらない秋聲文学のクリティカル・ポイントがあるように見えるが、それは「朝日新聞」における秋聲の位相を含めて考える必要がある。

4 「朝日新聞」における秋聲――「黴」と「奔流」の間の断層

「黴」は「足迹」の後、「朝日新聞」に連載された。それは夏目漱石の推薦によるものであり、漱石がその冒頭を小宮豊隆への書簡で賞賛したことは有名である。漱石は虚子の「国民文学欄」に影響されて「朝日文芸欄」を創設し、「国民文学欄」を凌ぐ勢いを見せた。虚子が「国民文学欄」を離れ、小説家から俳人に戻るのは、漱石の成功を見て身を引いた側面があったように見える。虚子は漱石の「国民作家」化に対して批判的だった。[22]

漱石は「新世帯」の段階で既に秋聲に注目していたと見られ、「黴」の直前には秋聲に飯田青涼「女の夢」(「大阪朝日新聞」一九一一・六・一一～九・七)への名義貸しを依頼している。[23] そして、「新世帯」「爛」が虚子的「写生文」に対する秋聲の応答/抵抗であり、「足迹」「あらくれ」が自然主義的「描写」に対する応答/抵抗だったとすれば、「黴」は「漱石的三角形」に対する応答/抵抗と見ることができる。この作品は、その前年に連載されていた漱石の「門」と比較できる。すなわち「門」は、友人安井の妻お米を奪った主人公宗助が、安井の再現前に怯えつつ、お米と逼塞した生活を送る様を描く。小説の中において安井は回想や噂話の中で語られるだけで、宗助夫婦の前に現れないが、にもかかわらず宗助は安井を意識し続ける。これに対し「黴」では、主人公の笹村は、新しい貸家で手伝いの婆さんの娘のお銀と関係を結び、妊娠を契機として結婚するが、お銀と友人の深山や元恋人の磯谷との関係を疑い続ける。しかしそれは実体的なものではなく「お銀がそれを言ひ出されても、何の痛みも感じないと同じに、笹村の方でも男が真のマッチでないことや、女が自分に値しないことの段々分明《はっきり》して来るのが、心淋し」くなる。「黴」におけるお銀をめぐる三角関係は想像的虚構であり、最終的に否認される。

次の場面は「黴」における笹村の欲望の構造を端的に示している。

笹村は何時までも、此部屋に浸《ひた》つてゐたいやうな気がした。事によると、此処はお銀が婚礼の晩に初めて此家で寝た部屋ではないかと云ふやうな感じもした。寝室の外の方には幾《ほと》んど夜あかし出入の男達が飲食をして騒いでゐたと云ふことや、初めてお銀の見た新夫が、其晩ぐで〳〵に酔つてゐたと云ふ事などが、妙に笹村の頭をふら〳〵させた。そしてビールが思ひのほかに飲めるのであつた。（六五）

笹村はお銀の別れた前夫の飲食店に行き、お銀と前夫の初夜について想像することを肴にしてビールを飲む。この前夫は深山や磯谷と同様、「門」の安井とは異なり、決して再来する可能性がない。笹村にとってお銀は単体では欲望の対象として不十分であり、その欲望の不足を代補するために前夫・深山・磯谷らの欲望が想像される。しかし彼らは物語の現時点ではもはやお銀を欲望していないのであり、それは決して現前することのない幽霊的欲望であるために笹村の現在の欲望を十分代補するものとはならない。

漱石の有名な言葉に「二個の者がsame space ヲ occupy スル訳には行かぬ。甲が乙を追い払うか、乙が甲をはき除ける二法あるのみぢや。」という命題[24]があるが、この命題は「漱石的三角形」において「二個の者がsame space ヲ occupy スル」ことは「禁止」されていることを示している。これに対して秋聲において「二個の者がsame space ヲ occupy スル」ことは「禁止」されておらず欲望すらされるが、単に不可能である。なぜなら時間を異にする存在同士の間にsame spaceはあり得ないからである。笹村にとってのお銀と、前夫・深山・磯谷らにとってのお銀とはsame spaceにいない。前者は後者の幽霊に過ぎない。晩年の秋聲は「文学にも宿命があつて、甲は乙たることを得ず、乙は甲たることを得ない[25]」と書いている。笹村は前夫・深山・磯谷らと競争したいのではなく、彼等のようになりたいが、時間的遅れのためになり得ない。秋聲における欲望の対象としての「女」は「禁止」の対象ではない。「禁止」の不在は「罪」の不在であり、かくて宗助夫婦には「天罰」のために子供ができないのに対して、笹村夫婦は笹村の身体の「毒」にもかかわらず子供が次々と生れる。

漱石門下の森田草平は、「黴」を評して「内部的にサイコロジイの発展が分らない」と批判し、例として「笹村がお銀の情夫や先夫に対する嫉妬の心持なども好く分らない」と述べている[26]。更に森田は、笹村の内面は「恰も、笹村自身から其の談を聞いたぐらゐにしか分らない、想像できるけれども、笹村の腹を潜つたやうに分らない」と指摘しているが、この指摘は「黴」のエクリチュールの構造に対する鋭い洞察を含んでいる。すなわち「黴」の後に書かれた短篇「別室」の冒頭は「初めて其の夫人を見たのは、K―が或時その良人の山内の家へ、ある翻訳の手伝ひに行つた時のことであつた―とK―が自身に語り出した。―」という文章で開始されるが、ここでダッシュによって括られた「―とK―が自身に語り出した。―」という文は、秋聲の私小説に潜在する語りの構造を明示している。「黴」の冒頭の一文「笹村が妻の入籍を済したのは、二人のなかに産れた幼児の出産届と、漸く同時くらゐであつた」の後にも「―と笹村が自身に語り出した。―」という文が幽霊のように潜在的に書き込まれていると見ることができる。「足迹」がお庄が筆記者に語り出した物語であるように、「黴」は笹村が自身に語り出す物語であり、自身が笹村から聞き取った物語である。それは心の耳を通して間接的に聴かれた物語であり、透視によって直接内面を読み取った物語ではない。故にそこには「サイコロジイ」が欠如している。森田は「「黴」プラス、サムシングが大いなる文学である」と述べたが、この「サムシング」とは「サイコロジイ」であり、同時期の漱石文学が追求していたものと見ることができる。

「黴」もまた「足迹」同様、取り戻されることのない「遅れ」をめぐる物語である。「出産」に対する「入籍」の遅れについての記述から始まるこの作品は、「三度目に、こんな責任を背負はされるなんて、僕こそ貧乏籤を引いてるんだ」(四四)という言葉が示すように、笹村とお銀の出会いが取り戻せない「遅れ」を偶然的にはらんだものであることをめぐって執拗に展開する。

後に漱石が書く自伝小説「道草」は、「黴」との類似が指摘されているが、[27]「遅れ」の物語としての「黴」に対する漱石的応答と言えるかもしれない。「道草」の健三は元の養父母や親族たちとの断ち切れないつながりに代表される忘れられた過去の記憶を想起し、倫理的負債を返済することで「遅れ」を取り戻し、現前的な「父」としての「責任」を果たそうとする。「黴」が「父」の死に遅れた状況において、秋聲が偶然「父」の代役、代補となることで非「国民」作家となる物語とすれば、「道草」は、漱石が「父殺し」（養父の島田と絶縁する）において「父」となり自らの「罪」の責任を主体的に負い続ける自覚において「国民作家」となる物語であると言える。

そして漱石は「道草」に続く「朝日新聞」の連載小説を秋聲に依頼することで、「道草」に対する責任ある「応答」を秋聲に求め、秋聲に非「国民」作家から「国民作家」に転向することを求めた。しかし秋聲はこの漱石の期待に抵抗し「娼妓の一代記」という非「国民」的な物語を書きたいと返事をする。困惑した漱石は手紙を送り、「社の方では御存じの通りの穏健主義ですから女郎の一代記といふやうなものはあまり歓迎しない」旨を秋聲に伝え、「たとひ娼妓だつて芸者だつて人間ですから人間として意味のある叙述をするならば却つて華族や上流を種にして下劣な事を書くより立派だらうと考へますので其通りを社へ申しましたら社でも其意を諒としてもしあなたが社の方針やら一般俗社界に対する信用の上に立つ営業機関であるといふ事を御承知の上筆を執つ〔て〕下されば差支なからうといふ事になりました」と書く(28)。

ここには修善寺の大患以後、「教育あるかつ尋常なる士人(29)」を主要な読者と位置づける漱石の姿勢が改めて表明されている。漱石にとって「朝日新聞」に連載された小説に描かれるべきなのは「人間」であって、たとえば「野獣」であるべきではない。漱石の危惧を招いたのは、直接には「あらくれ」後半における性についての記述だったかもしれない。「読売新聞」は当時部数は数万部であり、文学に理解のある新聞としての伝統があり、「新聞商品化の時代に超然」としていたからこそ「あらくれ」が連載できたが、既に数十万部の部数を抱え急成長しつつあった「朝日新聞」では「所謂露骨な描写」は許されない。漱石は「一般俗社界に対する信用の上に立つ営業機関」としての新聞の立場を代弁して、小説家の文学的表現の自由を抑圧しようとしているとすら言える。漱石は同じ手紙で続いて「私は他人の意志を束縛して芸術上の作物を出してくれといふ馬鹿な事をしたくはありませんから万一余程の程度に御趣向を御曲げにならなければ前申した女の一代記が書きにくい様なら「かび」の続篇でも何でも外のものを御書きならん事を希望致すのです」と、妥協案を示すが、この代案も「他人の意志を束縛して」いることに変りはない。「「かび」の続篇でも」という言葉は、漱石の秋聲に対する期待がそもそも「黴」と同系統の夫婦の葛藤を描いた小説にあったことを端的に示している。しかし秋聲はその期待に応えなかった。これは虚子の依頼に応えて「国民新聞」に「新世帯」に続き「爛」を書いたこととは対照的であり、漱石の「国民作家」的抑圧（それは翌年の赤木桁平の「遊蕩文学撲滅論」に接続する）に対する抵抗であったと言える。[30][31]

秋聲は結局「奔流」を「朝日新聞」に連載する。「奔流」の女主人公照子は新橋で半年勤めた後に岩辻という「富有者《ものもち》」の「囲い者」になるが、この小説が「娼妓の一代記」という秋聲の最初の構想を継承しているかどうかには議論の余地がある。身を売っていたのは短い期間だけである照子は、「娼妓」というより「囲い者」であり、物語的には「爛」に類似しつつ、お増のように家庭に落ち着くのではなく、恋人たちと共謀し大金を獲得して岩辻と別れる。「可成の門地」の家の出身であり、家が没落した後も母と共に生活し続ける照子は、「足迹」のお庄のような「迷子」でも「あらくれ」のお島のような

「捨子」でもなく、「腕のある女」[32]（漱石）という物語的表象に回収される。「奔流」は秋聲にとっても漱石にとっても妥協の産物だったかもしれない。漱石は「奔流」連載中に有名な「あらくれ」批判をするが[33]、そこには自分が依頼した「奔流」を直接批判することはできないフラストレーションが底流していたかもしれない。

「新世帯」から「あらくれ」に至る「新聞小説にして純文学」という秋聲にとっての恩寵の時代は、「奔流」を転換点として終了する。それは「新聞商品化の時代」が「純文学」との共存を許さなくなったという歴史的現実の反映と言えるが、秋聲自身の内的原因も考える必要がある。もし「「かび」の続篇」という漱石の希望が実現しえたとしたら、それは「黴」が「足迹」の続篇であったように、「あらくれ」の続篇という形で、義弟夫婦の生活をモデルに書かれるべきものだったかもしれない。それは「黴」の男女逆転版のような物語でありえたかもしれず、漱石の「明暗」を相対化し得るテクストでありえたかもしれない。秋聲文学はこの未完の可能性において現在もアクチュアルである。

■注

（1）「新世帯」と「足迹」の間に「同胞三人」（「東京日日新聞」）「二十四五」（「東京毎日新聞」）という注目作が連載されているが、本稿では割愛する。

（2）「国民新聞」一九〇八・一〇・一五。

（3）徳田秋聲「四名家第一印象」、「東京日日新聞」一九三八・六・三。

（4）「小説家と新聞の不幸な関係」、「徳田秋聲全集月報二二」（第二期第四回配本第二二巻、二〇〇一・五）所収。

(5)「近時の新聞小説」、「趣味」一九〇八・九。
(6)『俳句の五十年』(中央公論社一九四三・一二)。
(7)「『新世帯』を読む——立志幻想のゆくえ」、『論考　徳田秋聲』(桜楓社一九八二・六)
(8)飯田祐子は「男二人と女一人からなる三角形」を「漱石的三角形」と名付け、「「男」二人を物語り「女」を他者化し排除するこの図式は決定的に〈ホモソーシャル〉な物語であ」ると述べている(『彼らの物語　日本近代文学とジェンダー』名古屋大学出版会一九九八・六)。
(9)注5と同じ。
(10)「秋聲と虚子——「新世帯」異見」、徳島文理大学文学論叢二三号二〇〇六・三。
(11)「文壇的自叙伝」、「中央公論」一九三八・二~六。
(12)「自然主義盛衰史」、「風雪」一九四八・三~一二。
(13)「新聞小説の回顧」、「読売新聞」一九五二・六・二三。
(14)読売新聞社、一九五五。
(15)注13と同じ。
(16)「安易の風」、『東京物語考』(同時代ライブラリー、岩波書店一九九〇・三)所収。
(17)「詩と死——子規から漱石へ」、『増補　漱石論集成』(平凡社ライブラリー、二〇〇一・八)所収。
(18)ジョアン・コプチェク『わたしの欲望を読みなさい』(梶理和子・下河辺美知子・鈴木英明・村山敏勝訳、青土社一九九八・六)は、ラカンの性的差異についての定式を、カントのアンチノミーとの関係で解読している。コプチェクによれば「ファルスの作用を受けていないXは一つも存在しない/すべてのXがファルスの作用を受けているわけではない」というアンチノミーは「数学的アンチノミー」=「女性」性を定式化し、「ファルスの作用を受けていないXが少なくとも一つ存在する/すべてのXがファルスの作用を受けている」というアンチノミーは「力学的アンチノミー」=「男性」性を定式化する。
(19)柄谷はフロイトの「ユーモア」で語られる「月曜日、絞首台に引かれて行く罪人が「ふん、今週も幸先がいいらしいぞ」といった」という例を好んで語る。

(20)「漱石とジャンル」、『増補　漱石論集成』所収。

(21)「漱石と「文」」、『増補　漱石論集成』所収。

(22)虚子は漱石没後の『漱石氏と私』（アルス社一九一八・一）において、朝日新聞に入社後の漱石が「素人の域を出して黒人の範囲に足を踏《ふ》ん込《げ》んだ事にな」り、朝日新聞に力を尽すために「国民文学欄」への寄稿を止め、「朝日文芸欄」を創設して「国民文学欄」と対立することになったことを語るが、「けれども其等は決して私と漱石氏との間を疎々しくする程の大事件ではなかつた」と述べる。しかし虚子が朝日新聞入社後の「黒人」としての漱石に以前のような親しみを持てなかったことは、「世の中で持て囃されるやうになつた漱石ではなくつて、失意といふ程ではなくつても、世の中に余りチヤホヤいはれなかつた時分の漱石の方が、沈んだ、しかしながら重々しい影響を私に与へてをつたかと考へるのであります」（『俳句の五十年』）という後の回想からも窺える。

(23)このことについては紅野謙介「漱石、代作を斡旋する――徳田秋聲・飯田青涼合作『女の夢』とオリジナリティの神話」（「文学」二〇〇〇・三―四）に詳細な分析がある。

(24)「断片　明治三十八・九年」。

(25)「あとがき」（『三代名作全集徳田秋聲集』一九四二・九）。

(26)「『黴』の合評」、「新潮」一九一二・二。

(27)たとえば渡辺誠「『黴』と『道草』」（『日本文学研究資料新集16　徳田秋聲と岩野泡鳴』一九九二・八）。

(28)大正四年八月九日付徳田秋聲宛書簡。

(29)「彼岸過迄に就て」、「東京朝日新聞」一九一二・一・一。

(30)注13『読売新聞八十年史』に拠る。

(31)『朝日新聞社社史　資料編』（朝日新聞社一九九五・一）によれば、「朝日新聞」の発行部数は漱石が入社した一九〇七年には大阪・東京を併せて二一万八八七三部、「奔流」が連載された一九一五年には三九万八九〇九部に増加している。これは「読売新聞」の部数が一九一一年頃「四万から五万の間を往復する状態」で、その後も部数は低迷し、一九一八年頃には部数が三万台に落ちていた(『読売新聞八十年史』)ことと対照的である。漱石が「朝日新聞」の「広告塔」たりえたのに対して、秋聲を初めとする「自然主義」作家たちがそうはなりえなかったことをこの数字はよく示している。漱石の「自然主義」批判の背景にある資本主義的イデオロギーを軽視するべきではない。

(32) 注28の書簡において漱石は「私はそんな腕のある女の生涯などを知りません、又書かうと思つても書けません、人間を知るといふ上に於てさうした作物は私の参考になるんだから喜んで拝見したいのでありますけれど」と書いている。漱石の「腕」へのこだわりは絶作「明暗」におけるお延の「腕」に対する批判的叙述(たとえば「明暗」一五〇ではお延の「もし夫が自分の思ふ通り自分を愛さないならば、腕の力で自由にして見せるといふ堅い決心」が彼女に「緊張」をもたらし、その「緊張」が「破裂すれば、自分で自分の見識を打《ぶ》ち壊すのと同じ結果に陥るのは明瞭であつた」と批判されている)につながっているかもしれない。

(33) 「文壇のこのごろ」、「大阪朝日新聞」一九一五・一〇・一一。

6　秋聲と関東大震災──「ファイヤ・ガン」私注─爆弾と消火器─

小林　修

1　秋聲と関東大震災

周知のごとく関東大震災は、一九二三(大正一二)年九月一日午前一一時五八分、東京・横浜など首都圏を襲ったマグニチュード七・九とされる巨大地震である。この地震・津波による死者・行方不明者は約一〇万五四〇〇人にのぼった。家屋の倒壊・焼失などの被害も当然のことながら極めて甚大であったが、その要因は、地震後に起きた広範な火災によることも良く知られている。そして地震翌日には戒厳令が布かれた中、自警団や軍・警察による朝鮮人・中国人の大虐殺、亀戸事件や甘粕憲兵大尉等による大杉栄夫妻の殺害事件など社会主義者等への虐殺が続いた。このように付随して生起した凶災を含めて、〈関東大震災〉とは、単なる自然災害にとどまらず、以降の日本の命運を予言するような社会的事件でもあった。こうした〈関東大震災〉を秋聲はどのように受け止めたのか。地震発生時、秋聲は偶然にも難を逃れた形で東京には不在であった。八月三〇日の夜東京を立ち、前日の午前に郷里金沢に着いたばかりであった。やや行き詰まった姪の結婚話をまとめるため姉の家に滞在したのだが、九月一日の夕刊から少しずつ報道される地震の情報はあいまいで留守宅の安否がわからず、ジリジリとした時間を過ごすことになる。それでも姪の結婚話をまとめるため奔走するのだが、二日午後に駅頭で「ポンペイ最後の日――東京は今や焦土と化しつゝあり」「神田、本郷被害甚大」等の号外の文字を目にして倒れそうな衝撃を受ける。その後も帰京手続きや交通事情の悪化で一四日に帰京するまで、不安や心労は危機の現場に不在であったゆえの焦燥と相俟って秋聲を憔悴させた。こうした経緯は一〇月五日の『東京朝日新聞』に秋聲自らが語っている。これは「夢のおもひ出(八)」として写真入りで掲載されたものであるが、震災関係の報道記事を追っている時に偶然気付いたもので、『秋聲全集』や「著作目録」にも漏れているので、先ずはここに紹介しておく。

夢のおもひ出(八) 「不安の旅先」 金沢に居て震災を聞く・帰京迄の半月厭な心持

徳田秋聲氏の話

私は当時郷里金沢の方へ旅行中で、恐ろしい目には会はなかつたが、十四日夜帰京するまで殆と夜睡眠をとれぬ位厭な不安な気持で頭の中が一ぱいになつて居た。一日夜の号外を振り出しに東京、横浜の惨状が手にとる様に報ぜられる。逸早く避難して来た人も云ひ合はした様に本郷、小石川は、△全滅だと話す、森川町の自宅には身体の不自由な老人と六人の子供を残してあつたので一家悉くやられたか、老人や小さい者のために妻や大きな子供は犠牲になつて居はしまいかと妻が死んだ場合、子供達が死んだ場合といろんな悲惨な場面を頭の中に描いて見てはイラ〳〵して居た。鋭敏になつた私の神経は東京の死者幾万の数字を自分の家族に比例までつくつて割当て見もした。姉達が、占をして貰ふと一家は無事と出たが何うして安心が出来やう、其内五日午後になつて軽井沢まで遁て来た婦人之友社の龍田氏から「このはがきがつけば嬉しい」との書出しで本郷区は安全家族も△無事との消息が只金沢市徳田秋聲だけの宛名で私の手許に届いた。
然し私の不安は依然として去らない。姉達や土地の人人は危険だからと止めたけれど帰京の決心をした。ところが役場から入京に要する証明書か容易に下つて来ない。辛うじて証明書を貰つたが、汽車に却々乗れない、毎日停車場へお百度を踏んで、十三日正午金沢発の列車にやつと乗込む事が出来た。汽車の中には生糸や反物買占めに出掛ける抜目のない北陸関西方面の商人が多数乗つて居た。全く自然界の出来事は何時どのやうな事が突発するかも知れないものだ。

右に語られた帰京迄の経緯や帰京後の心境は、「不安のなかに」(『中央公論』一九二四・一)・「余震の一夜」(『改造』同年同月)・「『梅』を買ふ」(『我観』同年同月)などに描かれている。帰京後の秋聲は一穂と二人で、橋桁のみ残った厩橋を綱渡りのように渡って本所・横網町から被服本廠跡まで被災の激しかったところを歩いている。被服廠跡に積み上げられた死体の山ばかりでなく、隅田川にはまだ死体が浮き、焼けた電車の車台には雀焼きのように真っ黒く焼けた死体が転がっていた[1]という。また、面識のあった大杉栄虐殺事件の報に接したのも帰京後のことであった。こうした中、最初に発表された震災関連の小説は「ファイヤ・ガン」(『中央公論』一九二三・一一)であった。他の作品は、この未曽有の災害に対する自らの体験を私小説風に表現したものばかりだが、「ファイヤ・ガン」のみは、いわゆる客観小説で震災直後の世相風刺の効いた好短篇である。震災後の混乱が続く中、大学構内の草原で見つかった物体が、理学博士によって爆弾だとして警察に持ち込まれたが、間もなく刑事たちによって消火器だと判明するという話。爆弾と消火器という正反対の機能と目的を持つものの異常事態下における誤認、しかもそれが理学博士によってなされ、やがて面目を失うという逆転を描くことによって、当時の不安・混乱・流言蜚語に揺れる世相の一端を鋭く切り取ったものである。消火器を爆弾と誤認した博士の言として、本文には「多分不逞の鮮人が、秘密裏に買ひ取つたものでせうよ。」とか「何しろこの周りに集つて、鮮人が今こゝへこれを落して逃げたと言ふものがあつたものですから、」とあるように、震災直後から、朝鮮人による暴動や井戸に毒を投げ込んだなどという流言蜚語が広まり、これが大虐殺に繋がったことは良く知られている。松尾章一[2]『関東大震災と戒厳令』によれば、事実無根の流言蜚語によって虐殺された在日朝鮮人は六〇〇〇名以上、中国人は七〇〇名以上に上ると言う。これらは民衆による自警団が軍隊・警察と協力して行ったものであった。さらに松尾は、警視庁編『大正大震火災誌』（大正一四、非売品）から、各警察署の報告に見られる流言飛語の伝播状況を時系列に並べ替えて紹介しているが、とりわけ興味深いのは次の二例である。

自警団によって駒込警察署に連行された爆弾・毒薬所持の朝鮮人を調査した結果、爆弾はパイナップルの缶詰、毒薬は砂糖だったという事例（九月二日）。京橋月島署の報告に「民衆が「鮮人」が携えていた爆弾を収容したと本署に持参。爆弾を鑑定すると唐辛子の粉末であった。」との事例（九月三日）である。この他、九月八日の『東京日日新聞』には、「鮮人の爆弾　実は林檎　呆れた流言蜚語」という見出しで、湯浅警視総監談話による報道がなされている。「ファイヤ・ガン」も同様の事例を題材にしていると見られるが、爆弾／缶詰・爆弾／唐辛子や爆弾／林檎といった荒唐無稽な誤認ではなく、何よりも爆弾と消火器という正反対の機能を有するものの誤認という点にこの作品の眼目があると思われる。

2　秋聲・悠々・消火器

ところで、秋聲と消火器には因縁がある。若き日に盟友桐生悠々と小説家を志して上京、尾崎紅葉や坪内逍遥を訪問したりしたが、容易に道は開けず、忽ち生活に窮した二人は郷里の友人谷崎安太郎を頼り、彼の考案になる消火器の部品製造を手伝った体験があった。桐生によれば、谷崎は蔵前の工業学校を卒業し、本所の資産家の娘と結婚、その援助を受けて彼の考案になる消火器を売り出していたという。秋聲は、『光を追うて』(『婦人之友』一九三八・一～一二)に、その時のことを次の様に描いている。

二人はその頃、銀座うらの八官町にあつた谷崎安太郎の家に通つて、彼の発明にかゝる消火器の部分品の製作を手伝つてゐた。ロッシャン・ランプと硫酸とで指先きの爛れてゐたことだけは、今でもぼんやり思ひ出せるが、それが何んな仕事であつたかは分明してゐない。

また桐生悠々も『桐生悠々自伝』[3]中の「職工生活」に、そのことを詳しく回想している。

私たち二人が同行して、この谷崎氏を訪い、生活の資を得る途に関して、氏の教えを請うと、氏は訳もなく、それならば、「ロシアンランプで以て硫酸ビンを溶かすのだ」と言って、その方法を教え、この労働に従事すれば、イクラかの賃金をくれることを約した。

で、二人は隔日に、一人は今日、一人は明日という具合に、今日にいうところ職工となって、この百工商会に通勤した。

いっぽう『写真図説　日本消防史』[4]によれば、「明治二五年（一八九二）にドイツ製硫曹式消火器が一般に公開披露され、その威力を認めた関係者は消火器の生産に着手した。同年、谷崎安太郎が上部破瓶型アルカリ消火器の特許を受け、製造を始めたのが消火器の始まりである」と記されている。つまり秋聲と悠々は我が国最初の消火器製造に関わっていたことになる。二人の上京は一八九二年であり年譜的にも符合する。二人にとって若き日のこの苦い体験は、その後何度も話題にされており、「ファイヤ・ガン」を書く秋聲に何ほどか意識されていたものと思われる。ファイヤ・ガンと銘打たれた作中の消火器も、本文から推察するに、同じ上部破瓶型消火器と思われる。さらに震災前に、桐生の配慮により「名古屋新聞」に連載することとなっていた『掻き乱すもの』が一〇月二七日から掲載され始めたが、震災前に送ってあった原稿内容の記憶があいまいになっていたので、その確認と続きを書き継ぐため一一月七日から一二日まで名古屋に滞在、桐生悠々とも旧交を温めている。この滞在の一端は後に「倒れた花瓶」（『文藝春秋』一九二六・一）に描かれるが、当然、東京で罹災した〈井波のお婆さん〉（「余震の一夜」では井村）の消息が秋聲の口から伝えられたであろう。〈井波のお婆さん〉とは、若き日の桐生と悪縁で結ばれた下宿の主婦である。帝大生となった桐生の後を追って徒歩で上京し、白山下で世帯を持った女性であり、ここを若き秋聲もしばしば訪れたことがあった。桐生の新婚時にも同居していたと伝えられる。その後彼女は東京で一人寂しく暮し、秋聲のところへもよく訪れて来たようだが、この時上野近辺で罹災し、岩崎邸の避難所にいるところを徳田家に引き取られ、数日して金沢に避難して来たのである。そして未だ東京に戻れずにいる秋聲のもとを訪ねている。「余震の一夜」には「私の家も家族も無事だと云ふ簡短な知らせを受取つてから、それが三日目の八日の日であつた。」と彼女が秋聲の滞在している姉の家へ突然訪ねて来たことを記している。この「家も家族も無事だと云ふ簡短な知らせ」が、先に紹介した「夢の思ひ出(八)」にある婦人之友社の龍田氏から「金沢市徳田秋聲」だけの宛名で届いたハガキを指していると見られ、それが五日とあるから、それから「三日目の八日」というのは日付けも符合する。「震災中故郷の姉の家にゐた私が、妻や子供たちは勿論、色々の人の身のうへに、色々の場合を想像してゐたなかにはこの老婆もあつたことは勿論であつた。」(「余震の一夜」)と記している。そして近くの公園の池に死体となって浮かんでいる彼女の姿を想像し、「私は余り好い気持がしなかつたけれど、漸く武内(桐生悠々)が救われたやうな気がなくもなかつた。」(「同」)と述べている。「ファイヤ・ガン」を書く秋聲にとって、若き日の思い出にまつわる二人の存在が意識にあっただろうことは想像に難くない。「ファイヤ・ガン」掲載の『中央公論』の発売日は一一月一日とされているが、実際の発売日は新聞広告[5]によれば、一一月九日である。すなわち秋聲の名古屋滞在中に発売されたことになる。とすれば、この爆弾と消火器にまつわる作品を桐生悠々にも直接見せたのではないかと推測されるのである。

3　爆弾と消火器

ところで、戦後刊行された「ファイヤ・ガン」収録本は、八木書店版『徳田秋聲全集』を除けば次のようなものがある。

① 『或売笑婦の話・蒼白い月』(岩波文庫、昭和三〇・一)
② 『現代日本文学全集63・徳田秋聲集(二)』(筑摩書房、昭和三一・一一)

③『秋聲全集』第七巻（雪華社、昭和三七・六）
④『日本近代文学体系21・徳田秋聲集』（角川書店、昭和四八・七）
⑤『秋聲全集』第六巻、「解説」は第十八巻（臨川書店、昭和五〇・一〇）

これらには、すべて徳田一穂の解説または解題が付されており、「ファイヤ・ガン」に関しても短い言及がある。例えば、②には次の様な指摘がある。

「ファイヤガン」は、大正十二年の関東大震災の折りの一つの事件で、思はざる災害にあつて、社会秩序が混乱をきたした場合には、学問知識なども案外当てにはならず、大学教授が滑稽な失敗をしてしまふ有様を写実的にではあるが、多少カリカチュア風に書いたものである。

短いが要を得た端的な指摘である。①も同様である。③には見るべき言及はない。④には榎本隆司の詳細な注釈があり興味深いが、一穂の解説は引用した②と大差ない内容である。しかし、⑤には十八巻に全集収録作品全般にわたる詳しい解説があるが、その中の「ファイヤ・ガン」に関する言及はきわめて興味深い。

関東大震災の時の人々の動転のなかで大学教授が東大の構内で発見された近くの岩崎邸の外国製の火災消火器の英文の使用法に関する説明書きを誤読して、「ファイヤガン」と云ふ名称から爆弾と思ひ違ひをする諧謔諷刺の入り混じつた短篇がある。何人かの本富士署の刑事が登場し、大学教授の姿がユーモラスに描出されてゐる「『《（ママ）》ファイヤガン』《（ママ）》」といふ短篇があるが、「或る売笑婦の話」と好一対と言へよう。

作品内容の把握にやや誤認が見られるが、何よりも、右の作品要約からは「ファイヤ・ガン」は、実際に在った出来事を題材としているらしいことが窺われる。作品自体は、全て固有名を避けており、「何某署」であり、「〇〇大学」であり、「××博士」などと表記されている。ところが徳田一穂のこの一文は、固有名を全て朧化して書かれていたことなど忘れた如く、いきなり固有名で解説している。ちなみに④で、詳細を極めた注をつけた榎本隆司は、冒頭の「何某署」について、「ある警察署。特定の名を出さないのは、フィクションであるからということとともに、話題が話題なので差し障りを考え、わざとボカした感じである。」と述べ、基本的にこの作品は「フィクション」との見方を提示している。しかし、徳田一穂によれば、「何某署」は「本富士署」であり、「〇〇大学」は「東京大学」であり、「石崎さんのところ」は「岩崎邸」であるという。つまり秋聲の身近にいた一穂は、この作品が事実に依拠して書かれたことを知悉しており、その記憶が、右のような要約になったものと思われる。とすれば、秋聲にとって身近な場所で起こった小事件を題材にしたということになる。おそらく本富士署[6]関係の知人から得た題材ではないかと推察されるが、それゆえに固有名を伏せざるをえなかったのではないか。秋聲の作品にはアルファベットの頭文字を使用する例は多いが、この作のように「何某署」「〇〇大学」などと朧化したものは稀である。それゆえ現在では、固有名を念頭に置いて読解した方が、どこか作り話的匂いのするこの作品のリアリティーが裏付けられるものと思われる。徳田一穂も「写実的にではあるが」と念を押す所以である。

例えば、〈ファイヤガン〉と銘打たれた物体が発見された「〇〇大学」を「東京大学」として考えてみよう。「誰かゞこれを見つけて、騒いでゐた」「何しろこの周りに集まつて、鮮人が今こゝへこれを落として逃げたというものがあつたものですから」という状況を想定してみるに、地震直後、休暇中の東京大学には無数の避難民が押し寄せ、やがて構内建物に収容された。一〇月五日の『朝日新聞』には「梃子でも動かぬ帝大内の避難民」「開校間近くなつて困りぬく大学当局」との見出しで、未だ二千百余名の避難者を収容していることを報じている。つまり、大学関係者だけでなく、不特定多数の避難民が構内におり、その一部の人達がこの物体を見つけて騒いでいたのだと想像が付く。ちなみに『中央公論』編集者の木佐木勝[7]は本郷西片町の滝田樗陰邸で地震に遭遇、帰途、東大構内の建物から火が吹き出し、隣の建物に燃え移るのを目撃している。その後東大構内は図書館はじめ過半を焼失している。構内に消火器がころがっていても不思議ではない。この作品に描かれた時期は地震直後ではなく、一段落を過ぎた頃と考えられるが、一〇月になっても東大構内には、まだ二千名以上の避難民がいたのである。そして朝鮮人による暴動の流言蜚語が煽ぶる中、不審な物体の名称が〈ファイヤ・ガン〉であるところから、ツェッペリンから投下された爆弾と同型のものと速断した理学博士によって、近くの本富士署に持ち込まれる。署長室で初めて目にした刑事たちも「不思議な物体」との印象で、消火器とは思いもつかなかったようである。持ち込んだ理学博士がそうであったのだから無理も無い。作品本文から判断すれば、これは上部破瓶型消火器と思われるが、次のように説明されている。

物体はビール瓶よりも一ト廻り太いくらゐの長さ一尺二三寸ほどの筒形の物であつた。ちよつと見ると、硝子か何かで造つたもの、やうに、つや〳〵した光沢をもつてゐて、黝黒色をもつてゐたが、それが鉄の種類であることは明らかであつた。どちらが頭かわからないが、一方に洗面場の水口の螺旋の把手のやうな、そして其よりも大きなものがついてゐて、その下部の脇の方に、真鍮製の小さい口がついてゐた。

現在残っている消火器で、これに近い上部破瓶型消火器を挙げるとすれば、飯能市郷土館所蔵の図1のようなものである。やはり消火器とは見えなかっただろう。まして〈ファイヤ・ガン〉と銘打たれていればなおさらである。ところで、〈ファイヤ・ガン〉という消火器は本当に実在したのか。作中に、理学博士の言として「勿論元来が独逸で作られたものですが、これはここにも書いてあるとおりアメリカ製でね、ウェルドン会社の製造に係るものです。」とある。前記『写真図説日本消防史』には記載はないが、『社団法人　日本消火器工業会一〇年史』[8]には、次のような記述が見られる。

大正10年という年は不思議な年で、四塩化消火器が神戸のサンタック商会(国内商社名として発音をもじって三徳商会としたというから面白い)が米国のウェルドン会社から容器と薬剤(四塩化炭素)を輸入して国内で販売している。英語のＦｉｒｅ-Ｇｕｎを直訳して消火銃と名づけたのは三徳商会である。三徳商会の販売網として、東京の太進商会、大阪の深田商店、広島の城田商会が大手で、高圧電気に安全で、油が消えるということで電気関係に売り込んだそうだが、翌年の関東大震災を境によく売れたということである。

このように、米国ウェルドン社の「Ｆｉｒｅ‐Ｇｕｎ」という消火器は確かに実在している。ただし、作中の消火器は右に紹介されている三徳商会により〝消火銃〟と訳されたものではなく、ウェルドン社から直接輸入されたものと考えられる。後に〝消火銃〟と訳されたものを、理学博士は震災後の混乱と社会不安の中でツェッペリンの爆弾と同型のものだと早合点し、「さあ何と訳したらいいかね、火銃とでもいふかね、つまり火の鉄砲だ。」と述べている。そして、レッテルに書かれた英文の仕様を解読しながらその危険性を説き聞かすに至る。

やがて出動を命じられた刑事たちの中で、一人がこの危険で「不気味な代物」をどこかで見たことがあると思い付く。「たしか石崎さんとこで見たぞ。あすこの請願巡査のとこに備えつけてあるのは、たしかにあれだ。何でも最新式の消火器だとかいふ話だつたがね、どうも似てゐるよ。」こうして、この刑事はそれを借りて来るため早速自転車で「石崎」邸へ向かうことになる。ちなみに「請願巡

図１　上部破瓶型消火器（飯能市郷土館提供）　直径16 cm・高さ62 cm。飯能市郷土館の教示によれば、製造元は「東京の工藤製作所」

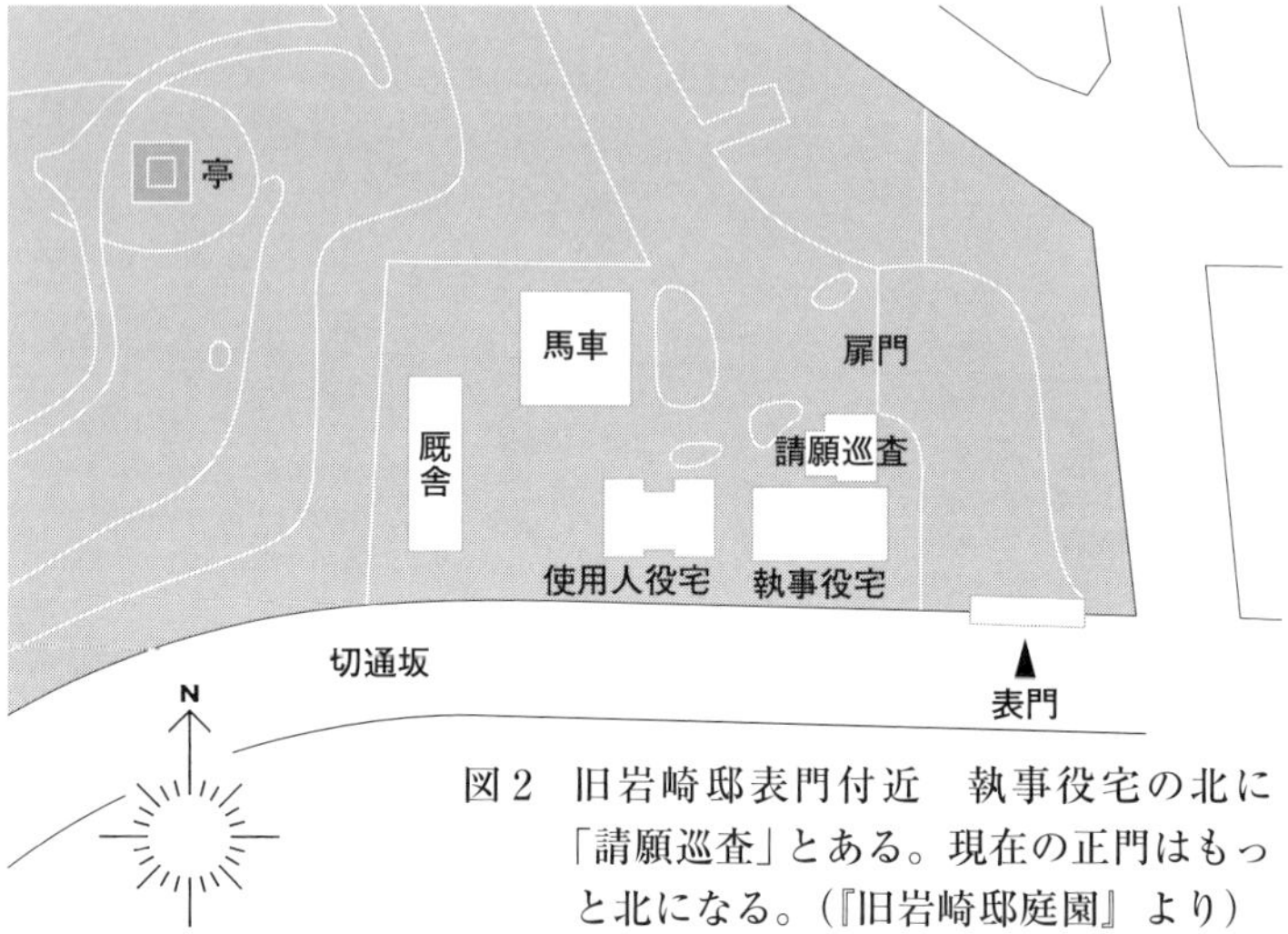

図2　旧岩崎邸表門付近　執事役宅の北に「請願巡査」とある。現在の正門はもっと北になる。(『旧岩崎邸庭園』より)

査」とは、旧警察制度で、町村や私人の要請・請願により配置された巡査のことで、請願者の費用により維持されたものである。昭和三年に廃止された。つまり、「石崎さん」とは町の有力者と想像されるが、前述のごとく徳田一穂によって、これが「岩崎家」と指摘されてみれば、容易に得心が行く。本富士署の前の春日通りから湯島の切通し坂を下りれば、旧岩崎家の正門は数分の距離である。自転車で行けば、理学博士が帰らない内に本富士署に帰り着くことも可能である。東京都公園協会『旧岩崎邸庭園』(9)によれば、図2のように旧表門内に請願巡査の建物があったことがわかる。さらに同書によれば、「大正12(1923)年、東京を襲った関東大震災の際は、地元市民に屋敷が開放されました。庭の芝生は5千人ほどの避難民によって泥のようになったといいます。岩崎邸は本邸のみならず馬小屋まで、一時難を逃れた人々が住んでいたそうです。」と記されている。

先に触れたように、「井波のお婆さん」はここに避難していたところを捜し出され徳田家に引き取られたのであった。[10]北原糸子『関東大震災の社会史』によれば、この後、岩崎家はこの本邸内および切り通し坂を隔てた霊雲寺境内に一三七戸のバラックを建て、計六二三人の被災者を収容している。「ファイヤ・ガン」が掲載された『中央公論』の同じ号には「バラック生活者を見て」という特集が組まれ、田山花袋等一五人の作家が寄稿しているが、秋聲も「デッサンの東京」を書き、不忍池までブラブラ歩いて観察したと記している。池端のバラックを見るためだが、おそらく春日通りを行き、本富士署の前を通り岩崎邸の正門前を過ぎて不忍池に出たものと思われる。(帰りは湯島天神に立ち寄っているから春日通りを帰ったことは確実である。)あるいは、東大構内を抜け岩崎邸の裏を通るかたちで無縁坂を下ったかも知れない。因みに大杉栄の死に触れているのもこの一文である。

かくして刑事が岩崎邸から借りて来た同型の消火器が目の前に並べられることによって、理学博士は面目を失い、「何うも飛んだ粗忽で……。」とそこそこに退散する。こうして、この物騒で人騒がせな一件は、作品冒頭の場面に描かれた次の様な刑事たちの話題に回収され、また一つ恰好の事例を加えるに至ったのである。

> 刑事たちは、その時ひどく一般から恐怖されてゐる鮮人の行動や、錯誤から来た残虐などについて各自の見聴きしたことを話し合つてゐた。頻繁に警察に舞ひこんで来る報告も報告も、その元を捜索してみると、何の根拠も事実もないことが確かめられるばかりであつた。彼等は各自にそんな事実を話しあつて賑やかに興じ合つてゐた。

だが、署長一人は刑事たちとは異なる表情を残している。消火器と判明した時は、「笑いもせず、少し慍《いか》つた様な表情」であり、「私の威信にも係る」という「苦い微笑」であり、最後の「苦笑」である。先に触れたように湯浅警視総監の談話や月島警察署の報告に見られたような、爆弾／唐辛子や爆弾／林檎という荒唐無稽な誤認と異なり、爆弾／消火器という正反対の機能と目的をもつものの誤認というところにこの作の眼目があり、秋聲の関心もそこにあったと思われる。〈ファイヤ・ガン〉というウェルドン社の消火器が実在したところから判断すれば、この作に書かれている英文の仕様書きも実際の物と思われる。とすれば、秋聲は本富士署か岩崎邸に出向き、実物から英文を写し取ったと推察されるのだが、このような取材は秋聲にとって極めて珍しいと言わねばなるまい。爆弾／消火器という題材への一通りでない秋聲の関心が窺われる。しかし、その上で、刑事たちの笑いに同調しきれなかった署長の苦い思いで作品を締めくくったところに、この作を単なる諷刺に解消させることの出来ないものが残っているように思われる。

4　ツェッペリン・軍用飛行機・爆弾

理学博士は当初この〈ファイヤ・ガン〉をツェッペリンの爆弾だと誤認して警察署に持ち込んだ。アメリカ製だと気づいてからは、それと同型の爆弾だと説明するのだが、ここにいま一つ見落とせない問題がある。博士は九年前の第一次世界大戦下においてツェッペリンから投下された爆弾によるロンドンやパリ市民の恐怖を語る。そして、空から投下されないまでも、今回の火災のすさまじい拡がりは、これが使われたのが原因かも知れないと早急に捜査を促すのである(11)（ドイツ飛行船ツェッペリン伯号が世界一周の途中、日本の霞ヶ浦飛行場に寄港し大歓迎を受けたのは、関東大震災から六年後の一九二九（昭和四）年になってからである）。だが、秋聲にとって、この〈ツェッペリン〉という表象は、作品内における理学博士の早とちりと戯画化には解消しきれない意味を持つものであった。「余震の一夜」では、またどういう災害に遭うかわからないから、家族はいつまでも一緒にいたいという「私」に対し、「さう云ふことばかり考へてゐたんぢや仕様がないもの。地震やテッペレンのためにのみ生活してゐられないやうなもんでね。」と「年長の子供」が答える場面がある。徳田一穂に比定される人物の発言だが、唐突に「テッペレン」が出て来るのは、明らかに「ファイヤ・ガン」を意識した発言であろう。既に述べたように、「ファイヤ・ガン」が事実に依拠した作品であることは、他ならぬ徳田一穂の一文によって明らかである。作中の理学博士が「テッペリンから投下され」た爆弾と誤認したことも事実と思われるが、これを書く秋聲自身も爆弾投下の危惧は共有していたものと思われる。つまり「地震やテッペリンのためにのみ生活してゐられない」という一穂（と見られる人物）の発言は、「ファイヤ・ガン」だけではなく、この時期秋聲自身も口にしていた脅威であったのではないか。

戦後のことであるが、広津和郎は吉田精一との対談[12]で、秋聲独特の発想力の鋭利さに触れて次のように語っている。

　さつきの文芸懇話会の時に、徳田さんの一撃のもとに松本学氏が方向を転換したのと同じことで、大正のころ、スミスの飛行機が来て宙返りした時かその前か、（略）兎に角飛行機が出来てみんなの好奇心を湧き立たせていたが、その頃『新潮』の合評会の席で飛行機の話が出ると、徳田さんが、

「とんでもないものを作つたものだ。これを悪く利用されたらどんな悲惨なことになるか知れない」と言つたものです。徳田さんは日本の空襲の前に亡くなつてるんですがね、空襲を知らずに。しかしそういう時にパッとそんな風に頭がひらめく。帰りにはそのことを忘れてほかのことでも考えて歩いてるでしょうが。……兎に角面白い頭ですよ。（「対談〝あるがままの肯定〟の作家」）

代々木練兵場におけるスミスの宙返りが話題になったのは一九一六（大正六）年のことであるが、秋聲の飛行機への脅威はツェッペリン同様に関東大震災時にも持続されている。「ファイヤ・ガン」と同時に発表されたエッセイ「秋興雑記」に大震災後の復興に触れて、秋聲は次の様に記している。

アメリカがいかに物質が豊富だといつても、それはアメリカの豊富さで、羨んでも仕方がない。人類がもつと進歩したら、もつと何うにか融通がつくかも知れないが、おそろしい軍用飛行機なんかを盛んに作つてゐるやうな現在では、そんなことは望まれない。我々は東京復興について地上の地震や火災とゝもに、その飛行機の襲来をも念頭におかなければならないといふのは、我々は現代文明から何を恵まれてゐるかを疑ふと同時に、人類の生活意志が那の辺にあるかを解するも《（ママ）》苦しむのである。

（『随筆』創刊号（大正十二年十一月）傍点小林）

「ファイヤ・ガン」と時を同じくして書かれた右のエッセイにおいて、地上の地震や火災とともに飛行機の襲来にも備えるべきだと述べている。ツェッペリンから投下された爆弾の脅威は、地震と火災による壊滅的被害の惨状を体験した中で、もはや他人事ではないと述べているのである。広津の指摘したように、秋聲は東京大空襲を体験することなく逝去したが、それを予見するような警告を、地震という自然災害の中で想起しているところに秋聲の「面白い頭」の真面目がある。「ファイヤ・ガン」は関東大震災という未曽有の災害と混乱の中で、消火器を爆弾と誤認する理学博士が描かれているが、流言蜚語を背景に爆弾／消火器という誤認にこの作の一つの眼目があることはすでに見て来たごとくである。だが、〈ツェッペリンの爆弾〉に注目すれば、地震という地下から地上へというベクトルによる自然の脅威とともに、空中から地上へというベクトルの脅威、すなわち戦争の脅威をも喚起している事に気付かされる。

既に記したことだが、名古屋に滞在していた秋聲は、『中央公論』の発行日からみて「ファイヤ・ガン」を盟友桐生悠々に見せたかも知れないとの憶測を書き付けた。二人とも消火器については苦い思い出を共有するからである。これは勝手な憶測の域を出ないだろうが、次のことは付け加えておきたい。桐生が有名な「関東防空大演習を嗤ふ」[13]を書いて『信濃毎日新聞』を追われたのは、一九三三（昭和八）年、関東大震災から一〇年後のことである。悠々は、敵機の爆弾投下は「関東地方大震災当時と同様の惨状を呈するだらう」と述べ、その最終部を次のような一文で結んでいる。

要するに、航空戦は、ヨーロッパ戦争に於て、ツエペリンのロンドン空爆が示した如く、空撃したものの勝であり空撃されたものの負である。だから、この空撃に先だつて、これを撃退すること、これが防空戦の第一義でなくてはならない。

秋聲が関東大震災時に危惧したツェッペリンや「軍用飛行機」による空襲の脅威は、盟友悠々にあたかもリレーされたかのごとく受け継がれ反復されるのである。

桐生悠々が軍部の言論弾圧に抗して個人誌『他山の石』を発行しつつ抵抗を続け、「戦後の一大軍縮を見ることなくして早くもこの世を去ることは如何にも残念至極に御座候」と書き残して憤死したのは一九四一(昭和一六)年九月一〇日、秋聲の『縮図』が中絶を余儀なくされたのはその五日後のことである。二人とも空襲を体験することなく世を去っている。

■注

(1) 徳田一穂『秋聲と東京回顧』(二〇〇八、日本古書通信社)ちなみに、一穂自身は銀座通りを走るバスの中で地震に遭遇している。

(2) 松尾章一『関東大震災と戒厳令』(二〇〇三、吉川弘文館)

(3)「思い出る儘」(一九三九・六〜一九四一・八)は『他山の石』に連載されたが、本稿では、大田雅夫編『桐生悠々自伝 思い出るまま・他』(一九七三、現代ジャーナリズム出版会)より引用。

(4) 藪内喜一郎監修『写真図説 日本消防史』(一九八四、国書刊行会)

(5) 一一月九日の『朝日新聞』に『中央公論』一一月号の広告が掲載され、「十一月九日発売」とある。なお、目次紹介の「ファイヤガン」徳田秋聲には「大混乱大動遙の中に起れる一つのユーモラスの出来事を描く。流石に老手」と紹介されている。

(6) 関東大震災直後、徳田家の裏の家作(フジハウスは未だ建てられていない)に、三組の夫婦が避難して来ていた。「余震の一夜」によれば、T氏夫妻とS氏夫妻ともう一組みで、これは「『梅』を買ふ」で「南溟」という骨董屋だとわかる。T氏は法律家だとあるが、S氏のみはどういう人物か書かれていない。しかし、後の「贅沢」(大正一三・四『新小説』)によれば、「山村の裏の廃屋に避難してゐる警察の人の話によると」などとあり、S氏は警察であったことが判明する。また「未解決のまゝに」などからも警察関係者とのつながりが窺われる。

(7)「未発表稿　関東大震災体験記」(一九九八・一〇『中央公論』

(8)『社団法人　日本消火器工業会十年史』(一九七一、日本消火器工業会)

(9)『国指定重要文化財　旧岩崎邸庭園』第七版(二〇一一、公益財団法人　東京都公園協会)

(10)『関東大震災の社会史』(二〇一一・八、朝日新聞出版)

(11)宮武外骨『震災画報』第一冊(大正一二・九・二五)によれば、「火災中に頻々と聴こえた大爆音は、薬店や諸学校の薬品が爆発したのであるに、不良漢が放火目的での投弾だと誤認した者が多かった。」(ちくま学芸文庫より引用)とある。理学博士もこうした誤認を犯した一人。

(12)『現代日本文学全集』「月報78」(一九五七、筑摩書房)

(13)「関東防空大演習を嗤ふ」(一九三三・八・一一、『信濃毎日新聞』)本稿は『畜生道の地球』(一九五二、三友社)から引用。

7　秋聲文学における「自然主義」と「私小説」の結節点――明治四〇年代短篇小説の達成

大木志門

1　はじめに――「自然主義」／「私小説」作家としての秋聲

秋聲文学の評価は長く日本近代文学の前近代性をめぐる論争の中にあった。(1) すなわち、西洋文学の「正しい」受容に失敗した自然主義文学、またそこから派生した私小説の代表作家ということである。しかし、私小説の起源として田山花袋や近松秋江らが名指しされるのに対して、秋聲については大正後期の「心境小説」から「順子もの」をへて『仮装人物』（一九三五）への私小説的展開は指摘されるものの、明治期の仕事が重要視されることはなかった。近年ようやく「私小説論」を形成してきた小林秀雄の「近代的自我史観」、中村光夫の「『蒲団』史観」の影響力が薄れる中で、海外の日本文学研究者(2)からの問題提起に呼応して私小説ジャンルの根本的な見直しがなされている。たとえば「『私小説』という色眼鏡を外し、〈自分を書く〉という表象行為が立ち上がってくる様相に眼をこら」す必要から、花袋『蒲団』以前に作者自身を主人公とする「自己表象テクスト」が流行していた事態を指摘し、それが要請された明治三〇～四〇年代の文学的・社会的背景を論じた日比嘉高(3)や、その「自己表象テクスト」から一人称「私」を用いた「私を語る小説」が分離し、大正期に「私小説」と名付けられる「心境小説」

へとつながっていく流れを近松秋江と志賀直哉の作品から跡づけた山口直孝(4)などである。しかし、これら新しい私小説研究においても秋聲についてはほとんど触れられていない。それはもちろん秋聲が当時の文学運動を理論的にも実作的にも先導しなかったからであるが、加えてこの時代に完成した秋聲テクストには自らそこに入ることを拒むような要素が存在するのではないか。

その問題には後で戻るとして、では秋聲が自己の作風を獲得できた時期をいつと考えれば良いか。一般にはリアリズム文体を確立したとされる『新世帯』(『国民新聞』一九〇八〔明治四一〕・一〇〜一二)から私小説的作風の『黴』(『東京朝日新聞』一九一一〔明治四四〕・八〜一一)の間に置かれることが多い。その飛躍の一つの契機に、「写実」の獲得があることは疑いない。『徳田秋聲全集』(八木書店)第六巻解説の石崎等が「『新世帯』以前」の重要性を言い、同じく第七巻解説の紅野敏郎が「『二老婆』『出産』を含む単行本『出産』全体の重みを、いっそう重視せねばならぬ」と述べたように、秋聲は短篇集『秋聲集』(一九〇八、易風社)『出産』(一九〇九、佐久良書房)収録作品が書かれた時代に急速に描写のリアリズムを高めてゆく。論者も下層に生きる人々を題材にとった「絶望」(『趣味』一九〇七・一二)「二老婆」(『中央公論』一九〇八・一)「北国産」(『太陽』一九〇八・九)など、『新世帯』への助走となった短篇群の達成を認めるにやぶさかではないが、だがそこから後述の先行研究が指摘するような秋聲固有の特徴が顕在化する『足迹』『黴』へのステップアップには、より大きな質的差異が存するのではないか。つまり写実の成長に加えて秋聲文体の生成を後押ししたものがあるのではないかということだ。本稿ではこれまで主に写実の成長として語られてきた自然主義文学的性格とは別に、『黴』以外で問題とされることの少ない、明治四〇年代の秋聲文学における「私小説性」の展開を追うことで、同時期の短篇小説の意義と、そこで完成した文体から見えてくるものを考察してみたい。

2 「自己表象テクスト」の完成まで

秋聲がその作家イメージに反し、規範的な私小説的作品を手がけるのは遅い。『黴』に至って「はじめて後の『私小説』の原型的な作品があらわれた」とする吉田精一も「後の秋聲の作風から見て不思議とも思われることは、純然たる私小説的なものが、『診察』(明治四一《原文ママ》年五月)『甥』(六月)の二篇くらいにすぎない」と指摘している。(5) これは後述のように不正確ではあるのだが、同じ自然主義系の田山花袋や島崎藤村と比べて遅れがあるのはたしかなのである。

広義には秋聲が自身の体験をベースとした作品は尾崎紅葉門下の明治三〇年代初頭から存在する。この時期の作者が自ら作中に登場する作品の性格を大正期の「私小説」の用語成立以後と区別する必要から、以下前掲日比にならい「私小説」ではなく「自己表象テクスト」を用いることにするが、たとえば初期の「雪の暮」(『東京新聞』一八九七・二・二二)は桐生悠々との上京時の体験が、「風前虹」(『読売新聞』一八九八・一二・八)、「惰けもの」(『新小説』一八九九・一二)は郷里の政党新聞時代の体験がベースになっている。特に「風前虹」は一八九二(明治二五)年の大阪放浪時代に知った初恋の娘(兄の下宿先・長安寺の長洲於世野(6))を思わせる娘も登場するが、それらはフィクション中の一つの要素に過ぎない。これに対し「観海寺の五日」(『中学世界』一九〇三・三)は、「自分」が旅行中の体験を語る形式で、前年の別府行きが元になっている。同じく「自分」を視点人物とする「紀行の一節」(『新小説』一九〇三・九)や、芸術家らしき「自分」が登場する「寂莫」(『清光』一九〇五・一〇)など、同じ旅を元に複数の短篇が成立している。また、これも別の船旅（房州行）を元にした「お俊」（『新潮』一九〇五・一〇）や「夜航船」（『新潮』一九〇六・九）などがあり、これらは一見すると私小説的だが、しかしそこでの自身はあくまでも事件の目撃者にすぎず、作中の出来事にはほとんど関与しない。すなわち自身のことを語ろうという欲求とは無縁であるということだが、ここでは秋聲の自己表象テクストが旅行記的なものから始まっていることはまずおさえておきたい。

もう一つ、初期の秋聲がくり返し描いた題材があり、それは父親のように愛情深く接してくれた年の離れた異母兄・直松の存在である。たとえば『驕慢児』（一九〇一、新声社）はアルフォンス・ドーデ[7]の翻案だが、青年詩人・谷川清とその兄・正也の関係は秋聲とこの長兄が下敷きになっている。「召集令」（『新潮』一九〇四・一〇）は日露戦に赴く若者を描いたフィクションで、太郎と次郎兄弟にはやはり秋聲と長兄が重ねられている。他に「発奮」（『中央公論』一九〇七・一）の晩酌だけを楽しみに生きる下級巡査や、「犠牲」（『中央公論』一九〇七・一〇）で自身の幸福と引き替えに弟妹たちを育て上げた四〇男のいずれも虚構化されているが直松がモデルである。身近な存在で敬愛していた兄を格好の素材としたということだが、そこにはおのずとそれを眺める弟としての自分の姿が反映されることになる。またここでも重要なのは、秋聲がオリジナルではなくまず翻案において、家族や自分の姿を本格的に描き始めたということだ[8]。このことは同時代の多くの作家の方向とも通ずる。すなわち、まず身辺の家族や友人をモデルにし、次いで自分を描くという方向性である。特に田山花袋が兄・実弥登や友人たち、中でも柳田國男をモデルにすることから私小説的作風へと移行し、またハウプトマン『寂しき人々』を参照しつつ『蒲団』を書いたことは知られている。また金子明雄が一連の研究[9]で論じたように、島崎藤村も始めは自身の心理を描くのに他者の姿を借り、そのことが「並木」「水彩画家」などのモデル問題を引き起こしたのであった。明治三〇年代後半の「身辺小説」の流行を経て一九〇七（明治四〇）年半ばの文壇ではすでに「作家が自分自身を登場人物として描いた」作品（自己表象テクスト）が興隆し始めていたが[10]、その方法はいまだ試行錯誤の段階にあった。

これに遅れて秋聲は、一九〇八（明治四一）年半ばから堰を切ったように自身とその周囲をモデルにした短篇を書き始める。吉田精一が指摘した「診察」（『文章世界』一九〇八・五）は、倦怠と不安の中に日常を送る小説家らしい「芳雄」が医者の診療を受けることで生きる希望を取り戻すスケッチ風の作品で、「甥」（『中央公論』一九〇八・六）は帰郷の体験が元になっており、「私」が自身の暗鬱たる過去を回想しながら同じように先の見えない青年期を送る甥に出会う。「出産」（『中央公論』一九〇八・八）の「努」も自身で、直前の次男の出生を題材にしている。「さびれ」（『趣味』一九〇八・一〇）は小説家らしい「僕」が友人と夜の街で痛飲し女遊びをする体験を描いて、同時代評で「これでもやはり小説と云へるだらうか」[11]と揶揄された身辺雑記である。「糟谷氏」（『新天地』一九〇八・一〇）は、「私」が新聞社時代の恩人（渋谷黙庵がモデル）の死を知り過去を回想する形式、「入院の一夜」（『新潮』一九〇八・一〇）は虚構化されているが長男一穂の入院で、『黴』に描かれたのと同じ体験を元にしている。「四十女」（『中央公論』一九〇九・一）は大阪放浪時代の体験で作中のお里と磯野は母方津田家の従姉夫婦がモデルである。「病室」（『文章世界』一九〇九・二）、「借家」（『趣味』一九〇九・三）、「女客」（『趣味』一九〇九・九）はいずれも作家の日常風、「隣の医師」（『秀才文壇』一九〇九・八）は家族での温泉療養を日記体で描く。「我子の家」（『中央公論』一九〇九・四）は老母を故郷から引き取る主人公・健吉を描き、この出来事自体はフィクションだが、母お北は実母(タケ)がモデル、「娶」(『中央公論』一九〇九・九)と「祭」(『新小説』一九一一・一二)は妻はまの故郷信州での体験を描き、父雲平の死を描いた「死後」(『早稲田文学』一九〇九・九)など、人生上の大きな事件を次々と俎上に載せるようになる。そして『足迹』『黴』をはさみ以後一九一二(明治四五)年までの(代作や翻案を除く)作品は多くが自身や身辺を描いた小説で占められるようになるのだ。

なぜこの時期急速に秋聲作品の自己表象性が高まったかと言えば、もちろん前年の花袋『蒲団』(『新小説』一九〇七〔明治四〇〕・九)の文壇的好評が少なからぬ刺激を与えた結果であろう。そして同年末から翌年にかけて「自己を描いた作品がメディア空間の中で台頭」し「小説というものは作家自身の心情を作品の主な描写対象として選んでもよいのだ」という認識が一般化する中で秋聲も流行に飛び込んだということだ[12]。中でも秋聲が花袋から影響を受けていたこと自体は疑いない[13]。たとえば、この直前に「あの女」(『江湖』一九〇八・三)という短篇がある。小説家らしい主人公の「僕」は妻への不満を抱いており、そこに現れた筆耕を頼んだ男・日向の若く美しい妻に心を動かされるが踏み切れないという物語である。村瀬紀夫[14]は本作を「秋聲の最初の身辺小説」としており、それ自体は他者の聞き書き形式であるところから退けられるが、むしろ本作のプロットは『蒲団』のあからさまな模倣と言ってよい。家庭生活の倦怠とそれを破る若い女への関心や、当の女性の名が「芳子」であることも『蒲団』との類縁を感じさせる。

秋聲は文壇で喧しくなってきたモデル問題について度々言及しており、たとえば「画のモデルと小説のモデル」(『文章世界』一九〇七・九)では、「雲のゆくへ」(『読売新聞』一九〇〇・八〜一一)のヒロインは前述の「大阪の寺の娘」を元に造形したとし、「親子」(『文芸界』一九〇三・五)は実際の事件を脚色したとする。また「小問題」(『時事新報』一九〇七・三・一)は兄の使っていた男がたびたび借金に来た体験を元にし、「夫恋し」(『早稲田文学』一九〇七・九)は知人で地方にいる小官吏の夫婦を事実と違えて書いたとする。「凋落」(『読売新聞』一九〇七・九〜四一・六)の主人公は「私の感じを書く」ため「私に似るだらう」が登場人物に「モデルと云ふべきものの無い事を云つて置く」(「『凋落』に就いて」、『文庫』一九〇七・一〇)とした。続く「事実と想像」(『趣味』一九〇七・一一)では「モデルは余り使はない方」としながら「犠牲」(前掲)は「兄貴」(長兄直松)を題材にしたとし、「廃れもの」(『趣味』一九〇七・六)は「想像を加へた」が知人をモデルにした「あの通りの事実」とする。しかし『蒲団』が「主人公に自分が出ている」のに対し自身は「事実は避けて書き度い」と述べている。「小説家思考法」(『成功』一九〇八・一)でも、「事実を作にする」場合もそのままを書くより「或る事実からヒントを得て、それを基礎とし土台として自分の想を加へ」るのがよいと書く秋聲は、「近来の作家」が「家庭以外に何の閲歴も経験もないと云ふのか」と疑問を呈し、書くことで「作家の家庭は作家の犠牲になる」と、後年の「芸術」と「実生活」論争に通ずる危惧を述べている(「作家と年齢」、『新潮』一九〇八・四)。『黴』の段階においても、自身をモデルにしたことを「作の緊要な問題」と言われるがあくまでも「空想を交へて描いた」ので「事実有りの儘のことではなかつた」(「感想の断片」、『秀才文壇』一九一一・一二)と、作品と作家自身は異なることを強調している。しかし同時代において『黴』が好評を得て、秋聲の評価を決定的にしたのには、やはりこの自己表象性にあるのであり、そこから翻ってモデル小説『足迹』[15]が評価されたことは不思議ではない。もちろん事実性と書き手の人格性を結びつけ重視する大正期の批評コード成立以前の文壇であり、『黴』に対する同時代評でも描写や人物についての技術論ばかりが言われている。(16) しかしその技術を担保するものが真実性＝自己表象なのであり、秋聲はこれを採用することで文壇の潮流へ追いついたのである。そして、この自身を題材に据えたことが結果的に秋聲の創作法をも確立したのではないか。

3 「る」と「た」のヒエラルキー

秋聲の長篇小説が、『新世帯』（一九〇八〈明治四一〉年）以降、『足迹』（一九一〇年）『黴』（一九一一年）とその独自性を際立たせていったのと並行して、明治三〇年代から四〇年代の短篇を見てみると、こちらもかなりドラスティックに文体が変化していることが分かる。前述のように既に三〇年代後半において写実的作風は完成していたが、同じ「写実」とはいえその感触はかなり異なるのである。たとえば『新世帯』の前年発表で吉田精一が「『秋聲集』の中での逸品」「自然主義風の短篇の代表的なもの(17)」とした「絶望」（『趣味』一九〇七・一二）は次のように始まっている。


「オイ、、何処へ行くんだよ。」

とお大と云ふ裏町のお師匠さんが、柳町の或寄席の前の汚い床屋から往來へ声をかける。

声をかけられたのは、三人連の女である。孰《いづれ》も縞か無地かの吾妻《あづまコート》に、紺か渋蛇の目かの傘を翳《さ》して、飾《めか》し込んでゐるが、声には気もつかず、何やら笑ひさゞめきながら通過ぎやうとする。

「オイ、、、素通は不可《いけな》いよ。」とお大は一段声を張あげて慣《じ》れつたさうに、

「此にお大さんが控えて居るんだよ、莫迦野郎唯は通しやしないよ。」三人のうちで、一番丈の高いお山と云ふ女が偶《ひよい》と振顧《ふりむ》くと、「可厭《いや》だよ。誰かと思つたらお大なんだよ。」と苦笑しながら罰が悪いと言ふ体で顔を見る。

樋口一葉『にごりえ』(一八九五)の影響下にあることを感じさせる冒頭がすでに前自然主義的な印象を与える本作あたりまでの本文は、いずれも引用箇所のように会話に主導され、地の文はその間を埋めるように配されていた。もちろんこのような書き方は秋聲に限ったものでなく、同時代に共通するものであるが、秋聲の場合は語り手の視点を場面に密着させ、その内部から人物たちの会話をスケッチ的に切り取ることで写実性を高めることに成功していた。またそこでは文末詞「る」の現在形の連続により、読者がその現場に立ち会っているかのような迫真性が生まれていた(18)。しかし「絶望」と前後して発表された「夫恋し」(『早稲田文学』一九〇七・九)あたりから「詞」ではなく「地」の割合が急速に増してゆき、この傾向は長篇『凋落』(『読売新聞』一九〇七・九〜四一・四)を挟んで顕著になる。またその文末も、「る」が過去形の「た」を主導していたのが、「背負揚」(『趣味』一九〇八・一)前後から「る」と「た」の配分がほぼ拮抗してゆき、「あの女」(『江湖』一九〇八・三)以後は「た」が主となり、「糟谷氏」(『新天地』一九〇八・一〇)あたりでほぼ文末「た」止めに固定される。これにより、それまでの対象に寄り添った現場密着型の描写が、同じく写実的であっても、過去の事件を語り直すかのような印象に移ってゆくことになる。そして以後、秋聲はこの文体を生涯手放すことはなかった。

中長篇作品においても『新世帯』では現在形「る」が多用されているのが、『足迹』以降急速に過去形に統一されてゆくことを検証した大杉重男[19]は、秋聲の紅葉門下時代から「自然主義」小説への発展の過程を、文末表現の「『る』と『た』のヒエラルキーの逆転、『た』による地の文の文末の統一の過程」とし、『足迹』をその近代文学上の最大の発明とされる「た体[20]」の拒絶ではなく、むしろそれを徹底することによって「脱構築」し「多視点的・多時間的」な作品世界を構築すると論じている。実際、同時代の多くの小説は客観性を容易に演出し得る「た」体にシフトしていくが、花袋や藤村と比較しても秋聲ほど「た」体に徹した作家は希有である。しかし、青柳悦子[21]が「場面を過去形『た止め』で語りの超越的なポジションから提示」するとともに、「同時に視点を場合によって登場人物に合救させ、登場人物の知覚を通したかたちで出来事を現在形(「ル型」)で伝える」という「出来事を時間的に遠く隔たったスタンスから提示したり、きわめて接近した位置から描き出したりするポジション変化」を重視し、あるいは安藤宏[22]が「日本の近代小説においては、『〜た』に表象される『かつて—そこに—あった』世界を提示する視点が不可欠だが、同時にそれだけでは作中世界を構成することはできず、背後でそれを読み手に伝えている叙述主体——隠れた『私』——の判断が同時に求められる」とするように、実際には「た」と「る」あるいは「である[23]」の混用こそが「近代文体」の完成と言うべきである。よって秋聲における「た体」への統一とは、より正確に言えば「た」と「る」の適切な配分による遠近法の拒絶ということになる。しかし、だとすれば、秋聲が明治三〇年代にある程度実践しかつ成功していた「た」と「る」の混用を拒絶したのはなぜだったのか。

4 「自己表象テクスト」における文体実験

秋聲自然主義期の創作法の独自性については、これまで繰り返し指摘されてきた。その特徴の最たるものとして常にあげられるのが時間処理の問題、野口冨士男の言う「倒叙法」である。[24] これについては、早くは近松秋江が「文壇無駄話」(『文章世界』一九一三・八)で「叙述を秩序的にしないで一寸した事件の継続から思い出されたことをアツト・ランダムに片端から書いて行つてそれで可なりに複雑なる意味を味はしめる」と言及していたのが知られており、秋聲本人も「徳田秋聲氏に人生・芸術を訊く」(『新潮』一九三四・二)で、舟橋聖一が『あらくれ』や『足迹』を例に話題にしたのに対し、「弛緩し易いことを恐れる」「なだらかに書いて行くと、叙述が平面的になりはしないかと言ふ気になる」ので「それを畳み込んでしまはうという方法を用ひるやうになつた」と答えている。これはもちろん後年からの視点だが、ある程度意識的な方法であったということだ。

松本徹[25]は、その秋聲文学の特徴が現れた画期となる『足迹』について、自身に出会うまでの妻の半生という長い時間を圧縮して語るために「省略と要約」の必要から様々な「時間の錯綜」の方法が選択されたとしている。さらに『黴』については「自身の恥多い姿を克明に描く」ための、「思い出す過程に積極的に身を委ね」、「絶えず時間的距離を設定し、思ひ出すかたちをとる」ことで『足迹』より進んだ時間の錯綜を行うことができたとした。これを受けた大杉重男[26]は、松本の指摘をジェラール・ジュネット[27]の物語論によって整理し直し、「省略と要約」は「黙説法」、「倒叙」は「錯時法」(その中でも「後説法」[28]と)、「一回的な出来事と習慣的な出来事との融合」は「括復法」に対応すると指摘した。さらに近年渡部直己[29]がこのうち「錯時法」についてやはりジュネットを参照してむしろ「無標の『後説法』」と呼ぶべきとした(以下これら近年の研究にならい、本論でも「後説法」を用いる)。

しかしこの主に長篇小説について指摘されてきた特徴は、その前後に著された多数の短篇小説においてはどのように考えればよいだろうか。渡部のようにいくつかの長篇を例外的な達成としてすませてよいのだろうか。[30]というのは、これらの特徴もまた、同時代の短篇小説において確立していったと考えられるからだ。たとえば「甥」(『中央公論』一九〇八・六)は前述のように金沢への帰郷が題材になっており、「私」が「暗い街」へと戻って過去に東京で面倒をみた上の姉(次姉太田きん)の息子(順太郎)の噂を聞き、翌日近隣の山(卯辰山)に登り「暗愁の多かつた十七八時代の面影」を回想しながら歩いていると、下の姉(三姉依田かをり)の長男で顔が「叔父の私に似寄つてゐて」「勇気や決断力のない」性格の甥・嘉吉(春一)に偶然出会い、幼くして嫁いだこの姉の過去を回想し、やがて帰京するという物語である。しかし唐突に作品の末尾で二〇〇字ほどの後日談が現れ、「私が甥の嘉吉を東京に連れて来たのは此時である」との情報と、現在は写真技師の助手として「奴僕のやうに苦使」されている嘉吉の様子が示される。[31]一応この箇所は、嘉吉の今後を下の姉から相談される直前の場面に連続しているのだが、しかしその時は母や上の姉に援助の必要はないと忠告され、そのまま「故郷の可懐しい感じもなく成つて東京へ戻る私の姿とは断絶がある。後日談として示された「現在」は、そこまでの郷里の出来事全体を無理に因果的に意味づけるために置かれた印象を与えるのだ。すなわち本作に見られるのは一種の錯時法であるが、それまでの出来事が回想であることが明示されず、私が「田圃なかのステーションを出る」ところから現在密着的に物語が進行することにより、その「現在」と後日談の「現在」が齟齬を来しているために失敗に終わっている。

これが「出産」(『中央公論』一九〇八・八)になると、「努は午少し前から、苦しい金策に出かけて、(中略)今し方帰つて来たばかりである」と始まり、それが少し前の「淀橋へ入つて来た頃」に遡り、彼が「一歩々々息苦しいわが家の光景を目に浮かべつゝ、歩いて行つた」様子から、やがて「幽暗い木蔭に自分の門の光が見え出し」「不安なやうな思を抱いて」「飛つくやうに古い門を啓けて入」る様子が描かれる。その後主人公は金策が不首尾に終わったため帰宅後に再び質屋へ赴くも、その金でビヤホールに立ち寄ってしまい、さらに馴染みの女に会いに「暗い横町」へと折れてゆくのだが、冒頭では短いシーンということもあり無標の後説法が危なげなく用いられている。長男の入院体験を題材にした「入院の一夜」(『新潮』一九〇八・一〇)では、第三章が「その晩方、子供は病院へ担込れた」と始まる。ここでも時間が戻り主人公の貞吉がかかりつけ医を呼んで息子の診察を受けるとすぐに入院を勧められ、躊躇する妻を説き伏せて駿河台の病院まで辻車で行き紹介状を渡すと、そこの医師から「左に右お連れなすつて下さい」と言われ再び辻車で帰宅する様子が描かれた上で、ようやく第四章の冒頭に「十時少し前に、病児は此へ連込まれた」と前章の冒頭の内容が描かれることになる。「我子の家」(『中央公論』一九〇九・四)では健吉夫妻が郷里の母を引き取る場面から始まり、次章でその母が「森本へ縁づいた」時代へと遡行し、健吉の幼少期以来の母の姿が回想されてゆく。それから現在に戻って東京の家での新生活が描かれてゆくのだが、やがて健吉と妻の加奈子との間に諍いが絶えなくなり、結局母は一緒に上京した孫の咲子を置いて郷里へ帰ることを決意する。この場面でも「其晩加奈子と健吉の間に、劇しい諍《あらそい》が初《はじま》つた」という一文から、加奈子の帰宅へと時間が戻り、健吉が母親の帰郷の決意を加奈子に告げ、その後母親が寝床へ入ってから「座敷の方で何やら言合つてゐる夫婦の声」を「薄暗いなかで、延

（健吉の子）を抱締めて」聞いている描写で場面が閉められることになるという、より複雑で大胆な後説法が試みられている。

重要なのはこの最も秋聲的とされる文体の特徴が、先に紹介した自己表象性の高まりと並行しているということだ。そこでは自身の過去を描こうとするとき、事実性への拘泥による回想性が強まり、事件の現場に密着するのではなく、すでに起こったことをそのままに語り直そうとする傾向が強まる。特に「甥」「我子の家」「四十女」「死後」など明確に自身の過去と親族を題材にした作品では、細密さへの志向から相対的に長大化する傾向にあり、そこでは「弛緩し易いことを恐れ」てか後説法が導入されるのである。やがてその特徴が『足迹』『黴』などの長編においてより明確に現れるようになったと考えられるのだ。

5 「遠さ」の創出

しかし別の角度から問えば、はたしてそのような秋聲の自己表象テクストには語るべき「自己」があるのだろうか。前述のように明治四〇年代文壇の自己表象テクスト群では後の「私を語る小説」（山口直孝）のような告白性は確立していないが、それにしても秋聲文学における告白性の希薄さは際立っている。換言すれば、明治三〇年代から四〇年代の秋聲作品は、自己表象性が高まれば高まるほど自己から離れてゆくように見えるという逆説があるのだ。そしてこのことこそ秋聲テクストの本質を示しているのではないか[32]。

この意味で和田敦彦[33]が読者論の立場から『足迹』を題材に指摘する秋聲文体の特徴は示唆的である。

重要な観点の多い同論を要約すると、①人物の思いや感情が「〜やうな」、「〜さうな」、「〜らしい」と表現されることで、心中が描写されていてもそれは「外から見、推測して分かる程度の心理」にとどまり「まるで遠くで起こっている出来事のように、それらとの突き放された距離を我々に強いる」。②あたかも「記憶の手掛かりをたぐりよせている」かのような話法で「その時」「その頃には」「そこら」「その家」などの指示語の多用、親族・人間関係の呼称が「その時々の焦点に有る人物をもとに編成」され変化することによる「空間や時間の曖昧さ」が生ずる。③継続相「〜てゐた」「〜であつた」の多用により「出来事は既に始まっていることを、あるいすでに過ぎ去ったことを我々に受け入れさせる」。特に重要なのは三番目の指摘であり、秋聲テクストにおける文末詞「た」への傾斜は、出来事を過去完了的に記述するだけでなく、継続相「てゐた」「であつた」と結びつき、その他の文体的特徴と絡み合いながら、「思い出す人のいない回想」(和田)のようになるのである。このことはまた、中丸宣明が『足迹』について、お庄のただ茫然と「彳《たたず》む」描写や、心中を明らかにせずただ「笑う」描写の独自性を指摘し[34]、あるいは『黴』について、作品が「過去のある一時点、あるいは記憶の中の出来事のその場面性が再現されている部分」と、「過去が顧みられある長さなり繰り返しが圧縮されている部分、あるいは過去の出来事が反省され分析されている部分」に分けられるとし、その二つの時制間の往復がテクストに「立体感」を与え「そのリアリズムを支えている大きな要素」[35]としたことも関わってくる。いずれも描写することがかえって現前性を奪い、対象との距離をもたらすことにおいて共通するからだ。

そして、これら『足迹』『黴』について指摘される特徴が出そろうのがやはり自己表象テクストの「四十女」(『中央公論』一九〇九・一)なのである。本作は前述のとおり母方の従姉(津田すが)の家での体験を描いていた。その際たとえば、父親が「茶が一杯、溢れさうに入れ」ているのを見とがめたお里（すが）が「御父さんのお茶の入れ方にも呆れまッせ」と言うある日の一回的な行為が、普段父親が娘義太夫に熱狂する大阪人をあてこすり「始終《しよつちう》若いもの、言ふことを笑ひつけてゐた」（傍点引用者、以下同）ことや「娘が一人の親の自分に同情がないことや吝なことを、蔭で私などに零してゐた」という習慣的（反復的）な行為につながる。(36) 逆にお里になつかない養女お鶴の「儀野（お里の夫）がいないと、お鶴は物蔭へばかり隠れてゐた。飯も食はず、一日外で遊んで来る事もあつた」という反復的な行為は「帰つて来た姿を見つけると、細君（お里）は強情もの、意地悪だと言つて、其処へ突飛《つきとば》した」という一回的な行為に結び付けられる。また、お里は「体の小い、何処か力味のある、勝気のやうな女」、彼女のお鶴への気持ちは「何だか気味の悪い子のやうにも思はれる」と、「勝気な女」「やうに思つた」ではなく常に非断定的に記述される。さらに儀野が家に女を連れ込む事件が起き、お里が三味線の稽古中も「終には手が無意識に動くばかり」になり、「頭脳の中には、折々他の問題が閃いて居る」様子が示される。非人称的な神の視点から語られているゆえにその心理を直接的に語ることが可能であるにも関わらず、あくまでも語り手は外面的な描写に徹するのである。(37)

前掲「我子の家」（『中央公論』一九〇九・四）でも心中を明らかにせず「ニヤ〳〵と唯笑つてゐ」るばかりの咲子や、縁側で「ベツタリ其処に坐つて、青々した庭面へ懈《だる》い目を曝してゐ」る加奈子に加え、健吉についても「何もかも滅茶々々になつて、如何することも出来ないもの丶やうに思へた」り「何処か深い山のなかへ入つて、広々とした座敷の真中で、引くら返つて見たい気がした」と自己の分身でありながら外側から心中を推し量る語りが多用されている。(38) 明治期の秋聲が私小説研究史の中で重視されないのは、一つにはこの自己を描くときの距離に起因するのではないか。

6　おわりに――「空白」と「現実効果」

以上の問題を詳しく考察する紙幅はもはやないので、今後のアウトラインのみを示して稿を終えることにするが、そのような文体の特徴については、作品世界に「立体感」を与えるとするもの（前掲大杉・中丸論など）、あるいは遠近法を欠いた描写の「平面性」（前掲渡部論）と見る、相反する評価がある。しかし、これらはコインの裏表であるだろう。どちらと捉えるにせよ、通常の意味での文学的リアリティからの逸脱が問われているのだ。

この秋聲文体の立体／平面性のもたらす効果については、渡部直己（前掲）が示唆し、しかし最終的には秋聲作の非構築性から退けた、ロラン・バルトの有名な概念「現実効果」を当てはめてみたい誘惑にかられる。バルトはエッセイ「現実効果」[39]で、フロベール『純な心』（一八七七）のオーバン夫人の部屋の晴雨計の記述やミシュレ『フランス革命史』（一八五三完結）の死刑囚シャルロット・コルデーの牢獄の扉の描写など物語の因果関係や筋そのものに奉仕しない「無用な細部」こそが、修辞の規則による「古代の真実らしさ」とは異なる真実らしさを生み出すとして、それを「現実効果」と呼んだ。そのバルトを下敷きにしてジュネット[40]がより明快に解説するように、それら「無益で偶発的な細部」の描写こそ現実がテクストの外部に存在し、テクストは世界をなぞっているという錯覚を生み出すというのである。紅野謙介[41]は、「二老婆」（『中央公論』一九〇八・一）の結末に見られる登場人物の突然の死など「合理性や因果論的一貫性とは異なる、通俗性に由来する偶然性と出来事性に満ちた、不条理で暴力的ですらある『自然』」としての「テクストの外部」の導入をその特徴として秋聲の自然主義前期の通俗的長篇から短篇への展開を論じている。「秋聲テクストにおける自然主義への移行とは、〔引用者註・家庭小説など〕さまざまなジャンルの小説を書き分けながら〈書き苦しむ〉なかで抱え込んだ〈テクストの外部〉を、いかなるかたちで外部性を保持しながら再配置するかにかか」り、それまでの場面を過剰に解説する語り手の退行によりかえって「可視と不可視の境界線」が引かれ、「部分が書かれざる全体を想像させるという短篇小説自体の、現実に対する換喩的な関係(部分と全体)が秋聲テクストにおいて全面的に発揮される」とする。この「外部性」としての「自然」の導入という視点は慧眼であるが、それは物語レベルの「外部」にとどまらず、ここまで問題にしてきたような文体のレベルで完成し、翻って短篇から長篇に流れ込んだと思われるのだ。

とはいえ、バルト/ジュネットの「現実効果」自体は「写実小説」の「ミメーシス効果」、すなわち近代的リアリズムの規則そのものを述べたに過ぎない。ゆえに、秋聲文体の特徴をどこまで固有のものと見るかには慎重さが求められる。たとえば、先の「我子の家」の加奈子の内面を語らず「懈《だる》い目を曝してゐ」る描写は、金子明雄[42]が島崎藤村『春』における〈目つき〉の描写を分析し、その多くが「外的焦点化」によって描かれているゆえ、本来は全知の視点から登場人物の内面を説明できるはずであるのに対し、「表現と登場人物の内面とのずれ」が場面のいたるところに「空白=謎」を生み出していると論じたことと重なる。さらに『春』では秋聲テクスト同様、「やうに見えた」など「やうに」が多用されており、これは同時代評で秋田雨雀が「『といつたやうな』という風の言葉は読者に『不安』と『不正確』を与える[43]」と難じたものだ。金子論は藤村の試みを「物語の外部への依存を強める小説表現を認知させた」とし、同時にこの「空白＝謎」を埋めるような読者の発生をモデル問題との関係から論じてゆくのだが、ここから見れば、秋聲文体の変遷は、ある程度まで当時の自然主義文学の文体生成に合致していたとも言える。しかし同時に藤村の文章は前掲大杉論が『足迹』との比較に用いたように、文末詞「た」と「る」の適切な配分により作品世界はずっと遠近法的に整理されてもいる。また野口武彦[44]は、その秋聲の『爛』(一九一三)に至るやはり「目つき」に着目し「他の作家たちのように、言葉のかわりに眼に演技させるもの」ではなく、「作中人物の眼に宿る言葉にならぬ情感を、無告の訴求を、眼そのものの表情を読みとり、それを再現する」として藤村の描写と秋聲のそれを切り分けている[45]。だとすれば、文末「た」止めの徹底もそうだが、明治期の秋聲は大杉の言うように、近代文体を酷使することでそれを「脱構築」していると言えるのかも知れない。しかし結論は急がず、今後秋聲テクストと同時代文学の差異を精査する必要をここでは指摘するにとどめたい。

少なくとも、一九〇八(明治四一)年から一九〇九(四二)年にかけて発表された秋聲短篇は、自己表象性を高める中で独自なリアリズム文体を確立させ、「物語の外部への依存を強める小説表現」(金子)を成立させていた。これが秋聲文学における「自然主義」と「私小説」の結節点である。またそれが『足跡』『黴』『爛』『あらくれ』と続く長篇を準備し、『新世帯』からの一見したところ些細な、だが実は決定的な飛躍を可能にしたのである。本稿はこの軌跡を、主に一九九〇年代以降の文体研究の成果を参照しつつ、同時代の中に再配置することを試みたものである。

■注

（1）詳しくは本書の研究案内を参照のこと。

（2）イルメラ・日地谷＝キルシュネライト『私小説　自己暴露の儀式』（一九九二、平凡社）、鈴木登美『語られた自己　日本近代の私小説言説』（二〇〇〇、岩波書店）など。

（3）『〈自己表象〉の文学史』（二〇〇二、増補版二〇〇八、翰林書房）

（4）『「私」を語る小説の誕生』（二〇一一、翰林書房）

（5）『花袋・秋聲　吉田精一著作集8』（一九八〇、桜楓社）

（6）この女性については拙論「徳田秋聲初恋の人・於世野考」（『財団法人金沢文化振興財団　研究紀要』二〇〇八・三）を参照のこと。

（7）『ル・プチ・ショーズ』。原典からではなく英訳からの翻案と推定される。

（8）なお「小軋轢」（『中央公論』一九〇七・五）は、家族の転居先の家に以前殺人犯が住んでいたことを妻が聞きこんできて再度転居する話、「背負揚」（『趣味』一九〇八・一）は妻の結婚前の不品行を気にする男が背負揚の中の手紙を発見するという話で、いずれも『黴』に同様の挿話が見られることから、ある程度事実に基づく可能性はあるが、設定は完全なフィクションとなっている。

（9）「『旧主人』をめぐる〈物語の周辺〉――島崎藤村の小説表現」（『立教日本文学』一九九一・七）、「『水彩画家』と事実をめぐる虚構の表現―島崎藤村の小説表現Ⅱ」（『流通経済大学社会学部論叢』一九九二・一一）、「『並木』をめぐるモデル問題と〈物語の外部〉―島崎藤村の小説表現Ⅲ」（『流通経済大学社会学部論叢』一九九五・三）

（10）日比前掲書

（11）「十月の雑誌」（『文章世界』一九〇八・一〇）

（12）日比前掲書

（13）その長篇作品の関係性は松本徹「秋聲と花袋―『蒲団』『凋落』『生』を軸に」（『花袋研究学会々誌』二〇〇八・三）に詳しい。

（14）「徳田秋聲論―文壇雌伏期の明治三十年代」（『大阪青山短期大学研究紀要』一九八九・二）

(15) 本作は「はじめ自分自身の足跡を書くつもりであつたのだが、途中で外れて」(「創作雑話」『新潮』明治四三・一二)、妻が自身に出会うところまでの物語を書いたものであった。

(16) たとえば『新潮』(一九一二・二)の特集「『黴』の批評」(正宗白鳥・島崎藤村・森田草平・真山青果・島村抱月)。

(17) 『明治文学全集68』(一九七一、筑摩書房)の「解説」

(18) その最大の成功が「夜航船」(前掲)である。

(19) 「徳田秋聲の物語言説における「時間」と「空間」の構造―『足迹』の表現史的意義」(『論樹』一九九三・九)。なお根岸正純「徳田秋聲の文体―「あらくれ」を中心に」(『岐阜大学国語国文学』一九八二・三)でも同様の検証がなされている。

(20) 文末「た体」については、その完成が「中立的な言語空間を存立させるための「三人称」の形態表示」とした野口武彦(『三人称の発見まで』、一九九四、筑摩書房)、「語り手の中性化」とした柄谷行人(「「日本近代文学の起源」再考Ⅱ」、『批評空間』一九九一・七)らにより近代文体を完成させた制度として論じられてきた。

(21) 「日本近代小説の成立と語りの遠近術――『地の文』における『タ型』と『ル型』の交替システム」(『文藝言語研究』二〇〇九・三)

(22) 『「私」をつくる―近代小説の試み』(二〇一五、岩波新書)

(23) つまり、「た」と「である」は過去と現在を示すのではなく、描写されるものとそれを統御する主体との存在論的関係を示している。このことは絓秀実(『日本近代文学の〈誕生〉』、一九九五、太田出版)が「である体」は話者の言葉を「上演《リプレゼンテーション》」から「直接的な現前」に見せるように作用すると指摘し、のち柄谷行人も「「である」体は、「た」体では散乱してしまう多数の時点を、超越論的に統合するような視点(遠近法)をもたらす」(『定本柄谷行人集一 日本近代文学の起源』、二〇〇四、岩波書店)としている。

(24) 『徳田秋聲の文学』(一九七九、筑摩書房)。これより前に平野仁啓「徳田秋聲ノート」(『文芸研究』一九五九・四)は「遡往法とでも名づけるべき時間処理」としている。

(25)『徳田秋聲』(一九八八、笠間書院)
(26)前掲論文
(27)『物語のディスクール　方法論の試み』(邦訳一九八五、花輪光訳、水声社)
(28)これについては紅野謙介も「身体、比喩、レトリック―徳田秋聲『爛』を中心に」(『日本近代文学』一九九一・一〇、『投機としての文学』、二〇〇三、新曜社)で同様に指摘している
(29)「志賀直哉のコンポジションと徳田秋聲の『前衛小説』」(『日本小説技術史』、二〇一二、新潮社)
(30)渡部は秋聲の凡作と傑作を分かつものが前述の後説法の無標性であるとし、「『名作』への割高な通行手形」と述べている(傍点は原文通り)。
(31)この後日談形式は秋聲の明治三〇年代の短編に頻出するものである。
(32)秋聲の私小説的「告白性」を有したテクストは大正後期の「お冬もの」「順子もの」を待つことになるが、それらにしても内容に比して意外に思えるほど告白的でないのはやはり秋聲の文体によるものではないか。
(33)「『足迹』に見る《延着》の手法」(『日本の文学』一九九一・六)
(34)「お庄の成長あるいは成長する「語り」―徳田秋聲『足迹』」(『解釈と鑑賞』一九九四・四)。これは松本徹(「錯綜する時間」『徳田秋聲』所収)も指摘していたものである。
(35)「徳田秋聲『黴』―転義の様相あるいはダブル・トゥループス」(『国文学』一九九四・六)
(36)これがジュネットの言う、n度生起したことを一度の語りで語る「括復法」である。
(37)また本作のお里が場面によって「細君」と儀野に対する関係性で呼ばれたり、お里の父が「父親」「老人」と呼び分けられるなど、前述の和田論の指摘にもあった、場面ごとに親族関係の呼称が変わるという『足迹』と同様の問題がみられるのも特徴である。
(38)なおこの健吉の思いは、『黴』の笹村が物語の終盤に突如「何事も投り出して、ペンと紙だけポケットへ入れて」郊外の温泉へと赴く場面と呼応しており、自身の家庭生活の不如意とその中で苦しむ妻というテーマは、本作が『黴』の前身であることを物語っている。
(39)『言語のざわめき』所収、邦訳一九八七、花輪光訳、みすず書房

(40)「出来事についての物語言説」『物語のディスクール』所収
(41)「徳田秋聲における〈テクストの外部〉―明治30年代・長篇小説から短篇小説へ」(『日本近代文学』一九九五・一〇)
(42)「沈黙する語り手―島崎藤村「春」の描写と語り」(『日本文学』一九九三・一一)
(43)「島崎先生の『春』に就いて」(『読売新聞』一九〇八・一一・一五)。引用は金子論より。
(44)「『鋭敏なる描写』の文法―徳田秋聲の文体をめぐって」(『海』一九八一・八)
(45)前掲中丸(「お庄の成長あるいは成長する『語り』」)も「その空白に読者は、様ざまにお庄の内面を読み取る」効果を指摘している。

8　徳田秋聲『黴』における中断と反復の構造

梅澤亜由美

1　現実描写の芸術

徳田秋聲の『黴』は、『東京朝日新聞』に一九一一（明治四四）年八月一日から一一月三日まで連載された小説である。その回数は、現在の八木書店版『徳田秋聲全集』に収録された八十の章と一致している[1]。『黴』が発表された翌年、片上天弦は、自然主義的な客観性の内に、主観的な生の動きを求める「現実描写の芸術」について述べている。

現実描写の芸術は、散漫なる生活そのものを、飽くまでもそのまゝに認めるところに根底を有する。生活の散漫なる実相を変化することなしに、その奥に動ける生命を捉へんとするのである。

（「生の要求と芸術」『太陽』一九一二・三）

この言葉は『黴』そのものに向けられた言葉ではないが、天弦言うところの「散漫なる生活そのもの」を「そのまゝに」認めること、その上で、「生活の散漫なる実相を変化することなしに、その奥に動ける生命を捉へんとする」というのは、『黴』にこそふさわしい特徴だと思える。秋聲自身もまた、後にこれに近い発言をしている。

「黴」時代から私の芸術はひどく現実に肉迫して来たように感ずる。しかし「黴」などに於て、私は少しも以前のような感傷癖を出してゐないかといふと、必ずしもさうではない。又謂ふところの人情を総て没却してゐるかと見ると、必ずしも然うとは思へない。あの中には、私としては相当に人生に対する熱烈な要求も苦痛も悦楽も愛も潜んでゐるように思ふ。(「創作生活の二十五年」『新潮』一九二〇・一二)

「現実に肉迫して来た」という秋聲の芸術、そして、その中に潜んでいるとされる「熱烈な要求」「苦痛」「悦楽」、前者は天弦言うところの「生活の散漫なる実相」であり、後者は「その奥に動ける生命」を連想させる。また、夏目漱石が秋聲の小説に対し、「現実其儘を書いて居るが、其裏にフイロソフイーがない」、「フイロソフイーがあるとしても、それは極めて散漫である」と評したのはつとに有名であるが(「文壇のこのごろ」『大阪朝日新聞』一九一五・一〇・一一)、この漱石の批評もまた中心は同じであると言ってよいだろう。秋聲の文学、そしてその代表作である『黴』とは「生活の散漫なる実相」を描きながら、その奥に「生命」、もしくは独特な「フイロソフイー」を秘めた文学なのである。

「現実描写の芸術」としての『黴』に描かれる出来事は、秋聲自身の一九〇二(明治三五)年から一九〇七(明治四〇)年の年譜的事項とほぼ重なり、『黴』は現在でいうところの私小説の要件を備えている。

妻となる小沢はまとの出会い、長男の誕生、入籍、長女の誕生、そして、小石川、森川町と繰り返される転居と、これらは年譜で公表されている秋聲の実人生にほぼ重なっている。小説内の時間は特定しにくいものの、七十七章には「坊ちやんはお幾歳?」と聞かれた笹村が「五つ」と答える場面があり、これに長男が生まれるまでの時間をあわせると、先にあげた期間とほぼ重なることが分かる。

また、こういった作家の身辺情報以外にも、『黴』には文壇的な大事件であったM先生、尾崎紅葉の死といった読者に特定しやすい事項も含まれている。あわせて、M先生の弟子として登場するI氏が泉鏡花、O氏が小栗風葉であることもまた分かりやすい情報である。

笹村の職業が秋聲同様作家であることは、一章においては「これ迄係はつてゐた仕事を、漸く真面目に考へるやうな心持になつてゐた」とあるだけで、書生的な暮らしをしていることは分かるものの断定はしにくい。その後、M先生に頼まれた「或大きな仕事」(二十二)や、「田舎へ送る長い原稿」(三十八)、「或雑誌から頼まれた戦争小説」(四十二)などが書きこまれることでようやく判断可能となっていく。だが、作品名までは書きこまれていないため、当時の秋聲の仕事を熟知しているか、また後の読者が作品年譜と照らし合わせなければ実際にどの作品にあたるのかまでは判断できない。なお、更に作品外の情報と照らしていくなら、『黴』がはまに当たるお庄を描いた『足迹』の続きにあたること、また昭和一〇年代に発表される『光を追うて』『西の旅』『浴泉記』につながっていることも分かる。[2] また、小説はお銀の視点も含まれるものの、基本的には秋聲に重なる笹村を中心に進んでいく三人称の限定された視点で進んでいく。その点もまた私小説的である。

このように『黴』は、おおむね徳田秋聲の実生活を下敷きにした私小説と言っていい小説である。だが、実生活をただ書くだけでは小説にはならない。このことについて、秋聲自身は「感想の断片」において、以下のような言葉を残している。

私は「黴」を朝日に発表する前に、自分の今度描く事は事実有つたこと許りではない、或る場合、想像や捏造の交ることもある、と断つて置いた。そして私は开の通り「黴」の中へは空想を交へて描いた、事実有つた事を描いた部分にしてからが、あれが事実有りの儘のことではなかつた。私は彼の作を始から終ひまで一方に偏つた観方をして描いたから、誇張した個処も、緊縮して現した部分もある、私は一体、たゞ事実の有りの儘を描いても、小説にはならないと思ふ。

（「感想の断片」『秀才文壇』一九一一・一二）

「たゞ事実の有りの儘を描いても、小説にはならない」という秋聲の持論は、現在の私たちからは自然なことと思われる。では、秋聲の足かけ六年にわたる実生活を「材料」とした『黴』は、いかにして小説となり得ているのだろうか。そして、『黴』という小説の魅力である「生活の散漫なる実相」、および「その奥に動ける生命」はいかに現されているのか。

2　『黴』における「枠」づけ

芸術作品、および小説を小説として成立させる要素の一つとして、「枠」があげられる。ボリス・ウスペンスキイが言うように、絵画、写真、演劇、そして小説もまた、「現実世界から表現世界への移行の過程」として「枠」、「初めと終り」を必要とするが(『構成の詩学』一九八六、法政大学出版局)、私小説の場合もまた「枠」は重要である。作者自身の実生活を「材料」とする私小説においては、長く続く実生活のどの部分をいかに切り取るかがまずは小説を成立させる大きな鍵であるからだ。更に言えば、その切り取った部分をいかに「方向づけ」ていくかが重要となる。(3) 私小説における出来事の切り取り方については、論者は改めて論じてみたいと考えているが、ここではさしあたって『黴』を論じるにあたって必要と思われる点を指摘しておきたい。

私小説における主要な「枠」の作り方としては、主に以下二つ――時間によって「枠」を作る方法、中心となる話題によって「枠」を作る方法――とがあげられる。一つめとしては、嫁と姑の不和を描いた森鷗外の『半日』(一九〇九)などがまず思い浮かぶ。日常繰り返されていると思われる妻と母の諍い、書きようによってはもっと長い時間枠で書くことも可能な題材であるが、『半日』では夫婦の起床から昼の食事の支度までが描かれる。もう一例として、「一夜」という切り取り方をあげたい。藤澤清造は金もないのに急な病になってしまった不安な状態を『一夜』(一九二三)として描き、その藤澤に私淑する西村賢太は同棲する女との暮らしの一場面を『一夜』(二〇〇五)として切り取っている。徳田秋聲もまた、『黴』にも描かれた長男の入院を『入院の一夜(病院の一夜)』(一九〇八)として書いている。

二つめは中心となる話題によって、「枠」づけする方法である。分かりやすいところで、志賀直哉とその父との不仲と和解の様相が描かれた『和解』(一九一七)があげられる。ただし、『和解』は二人の和解の場面で終わらず、和解後の章では主人公が和解が本物であるかを何度も確かめる様子、および、小説『和解』の成立までが差し挟まれる。志賀直哉にとっては、そこまでを含めての和解であったということだろう。秋聲で言えば、風呂桶を求めた男がいざそれが据えられると、自分の棺桶のように感じるという『風呂桶』(一九二四)がこれにあてはまる。これら二作のように、タイトルに話題を示す語が提示されていなくとも、同様のパターンは数多い。

では、『黴』はどうかと考えると、タイトルは『黴』であり中心そのものが見えにくい。それどころか、「枠」づけを拒否しているようにさえ見える。かといって、明確な時間の「枠」が決められているわけでもない。なお、秋聲自身は「森川町より」の中で、笹村がお銀の過去を暴いていく「一種惨酷な興味と苦痛」を書きたかったのだが、「回数に制限があつた為め、思ふやうに書けなかつた」と述べている(『新潮』一九一二・三)。新聞連載の回数という時間的な制約によって秋聲が意図したことは実現せず、結局『黴』は現在、私たちが読むことのできる「枠」によって成り立つ小説となったわけである。

では、『黴』全体を括る「枠」とは何か。『黴』は「笹村が妻の入籍を済したのは、二人のなかに産れた幼児の出産届と、漸く同時くらゐであつた」(一)ではじまり、その現在時は三十五章「この婆さんの報知で状況して来たお銀の父親が、また田舎へ引返して行つてから間もなく籍が笹村の方へ送られた」(三十五)につながる。つまり、冒頭の一文は八十章のうちの半分ほどを括っているにすぎない。だが、冒頭の一文に続く文章を見ていくと、別の「枠」らしきものを見い出すことができる。

家を持つといふことが唯習慣的にしか考へられなかつた笹村も、其頃半年弱の西の方の旅から帰つて来ると、是迄長いあひだ厭〳〵執着してゐた下宿生活の荒れたさまが、一層明かに振顧へられ

た。（一）

夏の初に、何や彼やこだはりの多い家から逃れて、ある静な田舎の町の旅籠屋の一室に閉籠つた時の笹村の心持は、以前から友達から頼まれた仕事を持つて、そこへ来た時とは全然変つてゐた。（七十七）

一章で「西の旅」から戻ってきた笹村は、七十七章で再び旅に出ている。江藤淳は漱石の『道草』（一九一五）との比較から、『黴』を「「帰って来た男」が世帯を持つ話」と定義づけたが[4]、冒頭の一文に続く一連の四文、および七十七章冒頭の一文、更には八十章末尾の一文をあわせると、更に「旅から帰って来た男が再び旅に出る話」という「枠」を見出すことができる。小説の中心となっている笹村とお銀の「物語」は、二人の出会いから順に話が進みながらも、出会いから結婚、出会いから別れなどの明確な結末を見出すことができない。「散漫」である。また、3節で見ていくように、二人の関係、その展開は極めて「散漫」である。それらを包み込むように設定されているのが旅の終わりとはじまりという「枠」であり、これによって「散漫なる生活」が「表現世界」へと昇華されているのだと考えられる。

長谷川達哉は、一章で言及される「西の旅」について笹村が三十九章、七十七章で振り返る点を指摘し、「二度の回想の意味を考えることは、「黴」という作品の世界を解明するための大きな手がかりとなるはずだ」と述べている。更に、長谷川は削除された六十八回を除いた七十九章の『黴』を、三十九章、四十章のあたりを境に前半、後半に分けられるとしている[5]。論者もまたおおむねこの分け方に賛成である。以下、『黴』八十章を中心となる話題ごとに分類してみる（使用するテキストが異なるため、本論と長谷川論では、六十八章以降、一つずつずれが生じている）。なお、『黴』は新聞連載であったため、各回が互いにつながるように書かれているのだが、そういう部分は強引に分けている。

一～六　お銀と笹村の出会いから肉体関係
七～十三　関係の露呈
十四～十九　お銀の妊娠
二十～二十四　M先生の入院
二十五～二十八　お銀の出産
二十九～三十　M先生の様態
三十一～三十五　笹村とお銀の入籍
三十六～三十七　M先生の死
三十八～四十二　引っ越しと笹村の下宿住まい
四十三～四十五　お銀の再びの妊娠
四十六～四十九　笹村の帰郷
五十～五十五　お銀の出産と産後の肥立ち
五十六～六十　笹村と深山の関係復活
六十一～六十五　お銀の元の嫁ぎ先を訪ねる笹村

六十六〜七十三　正一の入院と退院
七十四〜七十六　磯谷とお銀の再会
七十七〜八十　笹村の旅

前半部は、一章から三十七章のM先生の死までとしたい。この前半部は、冒頭の一文である「笹村が妻の入籍を済したのは、二人のなかに産れた幼児の出産届と、漸く同時くらゐであつた」に直接つながる三十五章を含み、その三十五章を挟む形でM先生の闘病と死が語られている。つまり、入籍という形で二人の関係が一段落した三十五章までの回とそれ以後を接続する話題として、M先生の話が有効に機能していることが分かる。と同時に『黴』という小説の前半部は笹村とお銀の関係を追いながら、その合間、合間にM先生についての話題が挿入されることで、笹村とお銀の「物語」の連続性が随時中断されることで成り立っているのである。

そして、一家の引っ越しと笹村の下宿暮らしが描かれる三十八章から四十二章は、この小説の中間部、前半と後半をつなぐような役割を果たしている。その論拠としては『黴』を「旅から帰って来た男が再び旅に出る話」として見た場合、まずは三十九章の「西の旅」を思い起こした笹村が現在の自分の境遇に思いを馳せる場面があげられる。

九州からの帰途、二度目に大阪を見舞た時には、二月も浸つてゐたそこの悪諄い空気に堪へられないほど、飽き荒んだ笹村の頭は冷されかけてゐた。そして静に思索や創作に耽られるような住居を求めに、急いで東京へ帰つた。

笹村は自分の陥ちて来た処が、漸く解つて来たような気がした。（三十九）

笹村はお銀と入籍し家を持ったものの、自分は「陥ち」たと感じていることが分かる。更に、四十章では「この家で、到頭お正月を二度しましたね」というお銀の言葉、および「お銀が初めて此処へ来てからのことが、思出された」という笹村の述懐と、互いが夫婦の来し方を振り返るような場面も描かれる。中間部にあたるこれらの章は、前半部を総括するような役割を持っている。

四十三章からの後半部では、お銀の再びの妊娠出産と、産後の肥立ちの悪さ、正一の入院と夫婦にとっての大事が続き、そこに笹村の帰郷や、笹村と深山の交友の復活、笹村のお銀の元の嫁ぎ先への訪問、お銀と磯谷の再会といった夫婦となった二人の関係を試すような話が挿入されていく。『黴』八十章は、中心である笹村とお銀夫婦の「物語」、およびその中心とは微妙にずれる「物語」の連続性を中断する挿話とを組み合わせることによって構成されていると言える。

3　中断と反復の構造

「物語」を中断するように機能するのは章構成だけではない。描写、および「物語」の展開においても同様の傾向が見られる。まずは描写である。渡部直己は秋聲文学の描写に注目した上で、「「物語」そのものが「構造」を持ちたがらぬ」点を指摘している。[6] 渡部は、秋聲文学の特徴でありこれまで小説に「立体感」をもたらすとされてきた「倒叙法」にまず意義をとなえる。

秋聲作品における「倒叙法」とは、野口冨士男によると「結果を先にかかげておいて原因にさかのぼっていくという方法」(前掲)であり、木村東吉の言葉を借りてもう少し分かりやすく説明するなら「回想的叙述の大筋が随時中断され、その時点より過去にあったことが挿入的に叙述される方法のことで、いわば時間的倒叙である」ということになる(「『黴』の研究――客観的認識の内部構造について」『近代文学試論』一九七六・一二)。

渡部も触れている代表的な例を一つあげれば、お銀の母の帰京の問題がある。笹村とお銀を残し郷里に帰っていた母親は、「母親が果物の罐詰などを持て、田舎から帰つて来てからも、お銀は始終笹村の部屋へばかり入込んでゐた」と十章冒頭で帰京する。だが、十章では母親から帰京を知らせる手紙が来た際のことなどに時間が戻り、十一章冒頭は「母親と顔を突合す前に、体の始末をしやうとしてゐたお銀は、母親が帰つて来ても、如何もならずに居た」と、再び母親が帰京したかのように書き出されるのだ。

この「倒叙法」はこれまで秋聲文学において作品に「立体感」をもたらすものとされてきたが、渡部は逆にこれによって「秋聲的平板さ」が生まれるとする。渡部によれば秋聲の「倒叙法」とは「無標の「後説法」」ともいうべきもので、後に加えられる説明が登場人物にとって「取るにもたらぬ些事」であり、小説においての意味よりも「描写の欲望それじたいの徹底した無償性」、つまり書き手の描写への欲望によって成り立っているのだという。そして、このような「無標の「後説法」」は「出来事にたいする潤滑油であるどころか逆にその進行を阻みたが」る、すなわちその進行を中断する役割を果たしているのである。

次に「物語」の展開である。『黴』において、笹村とお銀は夫婦にとっての大事をいくつも体験するが、それによって夫婦仲が深まっていく、あるいは崩壊していくなどの明確な展開が特にあるわけではない。二人は、特に笹村はことあるごとに別れ話を繰り返すが、そうしながらも別れることもない。なお、関係ができた当初、磯谷とのことを笹村に語るお銀は、それを暗示するかのように「……厭なもんですよ。終に別れられなくなりますから」(七)と言っている。以下、かなり「散漫」にはなるが、全編を通して別れ話が繰り返される様子から「物語」が中断される様相を確認し、あわせて『黴』の成り立ちにおけるもう一つの重要な構造と思われる反復の様相を指摘する。

関係ができた当初から、二人にはそれを長く続けようとするような気持ちはなかった。郷里に戻っていたお銀の母が帰京し、関係が露見した際の二人の心情は以下のようである。

磯谷との間が破れて以来、お銀の心持は、動もすると頽れかゝらうとしてゐた。笹村は荒んだお銀の心持を、優しい愛情で慰めるやうな男ではなかつた。お銀を妻とするに就いても、女を好い方へ導かうとか、自分の生涯を慮ふとか云ふやうな心持は、大して持たなかつた。(十)

頽廃に傾くお銀と、お銀との関係にも自分の将来にも積極性を持たない笹村。二人の関係は、このような心持ではじまっている。

その後、お銀の妊娠が発覚し、笹村もお銀も互いの関係について決断を迫られる。だが、笹村は自分の子だと信じる気になれず、「今のうちなら、如何かならんこともなさゝうだがね」「そんな訳はない。

己は知らないよ」と、お銀の行いを疑う。お銀はお銀で「そんなに気にしなくとも、愈妊娠となれば私が巧く私と産んぢまひますよ」(十四)と応じる。そして、お銀の妊娠が確定すれば、笹村は「出来るだけ穏和に、女から身を退てもらふやうな話を進め」るし、それを受け入れたお銀とその母、三人の間には「軽卒のやうな可恐しい相談」(十七)、お腹の子を始末するような話が囁かれるのである。

子供が生まれても、「笹村は乳房を啣んでゐる赤子の顔を見ながら、時々想ひ出したやうに母親の決心を促」すのであり、笹村の厄介にならず育てるというお銀の言い分を聞くと「別れることに就いて、一日評議」(二十八)をする。その後、笹村がM先生の仕事を急いでいる間も、「別れる別れぬの利害が、二人のあひだに暫く評議され」(三十一)る。結局、友人の口添えがあり、二人は入籍へと向かうわけだが、笹村には「一緒になるについても不服はなかつたが、女の心持がしみ〴〵自分の胸に通つて来るとは思へ」ず、お銀や友人と花を引きながら思うのはやはり「今日話をきめてしまつたことが何となく悔いられるやうにも思へて来た」(三十二)という後悔なのである。

三十五章でようやくお銀の籍が移され、親子で成田参りをし正月を過ごした後の四十一章にも「時々お銀に厭な気質を見せられると、笹村の神経は一時に尖がつて来」て「奇食してゐる法律書生を呼つけて、別れる相談をした」とあり、小説は後半に入っていくがこの後も別れ話は繰り返される。

四十四章でお銀の再度の妊娠を聞かされた笹村は、「また手を咬れた」と思い、「責任を脱れたいような心持は、初めての時よりも一層激し」い。笹村は、お銀に「三度目に、こんな責任を背負はされるなんて、僕こそ貧乏籤を引てるんだ」(四十四)と言い放ち、長女が生まれ一〇日ぶりに産室から戻った際には、「お前に帰つて来てもらはない心算なんだがね」と「侵入者を拒むやうな調子で言」(五十三)うのである。
五十七章、五十八章、五十九章では、もっとも頻繁に別れ話が繰り返される。五十八章では、お銀が知人の女に、「……私もいつ逐出されるか知れないから、偶然したら彼処を出て了はふかとも思ふんですがね」と相談し、笹村もまた、「お銀を呼つけて、また同じやうな別れ話を繰返」(五十八)す。五十九章でもまた、二人は互いに別れるつもりであること言い合う。

「……貴方にもお気毒ですから、方法さへつけば、私だつて如何しても置いて頂かなければならないと云ふ訳でもないのでございます。だけど、さアといつて、今が今出ると云ふことにもならないものですから……。」

お銀はいつもの揶揄面と全然違つたやうな調子で、時々応策へをするのであつたが、今の場合双方にその方法のつけ方のないことは、よく解つてゐた。

「左に右僕はお前を解放しやうと思ふ今迄に然うならなければならなかつたのだ。」(五十九)

続く六十章においては、笹村のお銀に対する暴力が描かれるが、最後の笹村の言い分は、「一体あの時、お前と云ふものが、己のところへ飛込んで来なければ、こんな事にはならなかつたんだ」であり、「けど今からでも遅くはない。お互に、傜してゐちや苦しくて為様がない」(六十)なのである。

正一が入院した際にも、笹村は、「「どうにでも成れ。」さう心のうちで叫んで外を彷徨」き、「自由な世界が目の前に新しく開けかゝつて来たやうな気」を感じ、「自分の思断一つで、如何にでも出来る時が来たやうに」（六十八）考える。二人の子の誕生、入籍、長男の入院と回復、様々なことを経ても、笹村もお銀も変わらない。そして、旅に出る直前の七十六章、お銀から磯谷と会ったことを聞いた笹村は「女が自分に値しないことの段々分明して来る」のを心寂しく感じ、二人の子を出産したことで衰え、すでに三十になろうとするお銀に向かって次のように言い放つ。

「お前も先の知れた己などの家にゐて苦労してるよりか、今のうちに如何かしたら可いだらう。工面の好い商人か、請負師とでも一緒になつて、姐とか何とか言はれて、陽気に日を送つてゐた方が、どのくらゐ気が利いてるか知れやしない。箱屋をしたつて、立派に色男の一人ぐらゐ養つて行けるぜ。（後略）」（七十六）

結局、笹村は最後までお銀に別れ話をしている。そこからは夫婦の成長という「物語」も、夫婦の崩壊という「物語」も、積極的には見出せない。笹村も、お銀もことあるごとに別れ話を繰り返し、同じ地点に戻っていく。そして、「物語」としての直線的な進行は中断される。ここまで見てきたように、『黴』においては章構成、描写、そして展開もまた、「物語」を中断するように機能している。そのかわりにあるのが別れ話という反復である。

4　反復される「物語」

最後に、『黴』という小説の「枠」である「旅から帰って来た男が再び旅に出る話」を結論づける。

ここからは変化と反復という、一見、相反する二つの機能を見出すことができる。3節では『黴』における「物語」の中断と反復の様相を確認した。だが、『黴』では微妙ながらも笹村の変化もまた確認できるのである。まずは、「西の旅」についてが言及される冒頭、三十五章、七十八章の意味を確認していく。すでに引いた冒頭、旅から戻った笹村であるが、旅の途中、「若い妻などを連れて船へ入込んで来る男」を気にかけ、大阪の嫂には「早く世帯を持つやうに勧め」(一)られる様子が続いていた。それまで家に関心がなかった笹村が、家をもちたくなっているのである。そして、笹村は偶然やって来たお銀と関係を持ち、妊娠させ結婚へと向かったのであった。だが、冒頭の一文と時間軸がつながる三十五章において、笹村が思っているのは以下のようなことである。

お銀の生立、前生涯、家柄、その周囲の人達――そんな事は、自分の祖先の事すら聞かうとしたことのない笹村には、一顧の価値すらなかつた。(中略)零落れた家の後添の腹に三男として産れて、頽廃した空気のなかに生立つて来た笹村の頭には、家庭とか家族とか云ふやうな観念も自から薄かつた。果敢ない芸術上の努力で、如何かして生きられるものならば……と、それに縋りついて、此六七年一日々々と引摺られて来た笹村は、お銀との長い将来の事などは、少しも考へてゐなかつた。(三十五)

お銀と家を持ったはいいが、笹村に家や家庭という観念はいまだ薄い。続く三十九章で旅を振り返った笹村が、「自分の陥ちて来た処が、漸く解つて来たような気がした」と感じているのは前に引用した通りである。旅から戻った笹村はなし崩しにお銀と家を持ったものの、その現実的意味を感じはじめるのは入籍した後からなのである。そう考えると、『黴』の前半部とは父となり入籍もした笹村が、家を持つということの現実に気づくまでの話と言える。そして、後半部は家を持った笹村が現実といかに向き合うかの話と言え、三十五章までを統括しているように見えた冒頭の一文もまた、実は「物語」の後半部、入籍以後を強調するためのものであったように見えてくる。

そして、七十七章、笹村は再び旅にでる。その際の笹村の様子は「その前から、笹村はどうかすると家を飛出しさうにしては、お銀や老人に支へられてしまつた。春から夏へかけての笹村の感情は、これまでにも例のないほど荒んでゐた」(七十七)とかなり混乱している。そんな笹村は七十八章において「何処へ旅しても、目は始終人や女の影を追うてゐた七八年前の心持」、「西の方へ長い漂浪の旅」の際「家族と一緒に歩いてゐる旅客」を見ていたことを思い出し、三十九章同様、現在の自分を思う。そして、七十九章において、笹村の頭は「総ての感覚を絶れたやう」で「真空のやうに白け切つてゐ」るのだが、思い浮かぶのは家とお銀のことである。

家のことが、時々目前に浮んだ。向合つてゐる時には見られなかつたお銀の心持や運命も、傣して遠く離れてゐると、分明解るやうに思へた。(中略)「子供にも然う不自由をさせず、時々のものでも着て行ければ私は他に何にも望みはない。」お銀の然う云ふ言葉には、色の剝げて行く生活の寂しい影がさしてゐた。(七十九)

更に、笹村は「ある日劇場の人込みのなかで卒倒したお銀の哀な姿」（七十九）をも思い出している。旅は笹村に、自分の潜在的な願望を気づかせる役割を果たす。そして、八十章「午後に笹村は、長く壁にか丶つてゐた洋服を着込んで、ふいとステーションへ出向いて行つた。そして丁度西那須行の汽車に間に合つた」（八十）と小説は結ばれる。(7)

このような家やお銀に対する笹村の意識の変化は、出来事以外に大きな変化の乏しい『黴』における重要な要素である。そのきっかけとなるのが、四十六章から四十九章の笹村の帰郷、および六十六から七十三章の正一の入院と治癒という「肉縁」に対する思いであると思われる。

まず、四十六章から四十九章では、笹村の生まれた家の問題が描かれる。四十七章、笹村は「日に〳〵育つて行く正一を見るにつけて」、「此十年来の奮闘に疲れた頭に、しみ〴〵其処のなつかしい空気が嗅ぎしめて見たいやうな気がし」、「荒れてゐる父親の墓の前で、今一度敬虔なその頃の、やさしい心持を味はつてみたいとも考へ」ていた。だが、結局、「荒れたその町に包まれた自分の青年時代の厭な記憶に、面を背けたいやうな心持」（四十七）になるのであり、そこに長く留まっていられない。四十九章においては母のことを思い、「これからは金も些とはきち〳〵送らなけア……」と思うが、「汽車が国境を離れる頃には、自分の捲込まれてゐる複雑な東京生活が、もう頭に潮のやうに差しかけてゐ」（四十九）る。ここでは、まだそれほどの変化は見られない。

だが、七十章からの正一の入院の際には変化が見られる。「如何かすると気がいら〳〵して、いきなりお銀の頭へ手をあげるやうなことがあつたが」と笹村は相変わらずであるが、「病児を控へてゐる二人の心は、一緒に旅をして狭い船へでも乗つた時のやうに和ぎあつて」もいる。そして、笹村の肉縁に対する思いも変化してくる。正一を心配する郷里の母からの手紙を読む場面で、笹村は「肉縁の愛着の強い力」を感じるのである。

それを読でゐる笹村の目には、弱い子を持つた母親に苦労の多かつた自分の幼いをりの事などが、長く展がつて浮んだ。同じ道を歩む子供の生涯も思遣られた、さうして何時かは行違ひに死決れて行かなければならぬ、親とか子とか孫とかの肉縁の愛着の強い力を考へずには居られなかつた。（七十一）

また、続く七十二章、七十四章でも、正一と自分を重ねるような場面が見られる。この『黴』後半部の大きな出来事である正一の入院の前までは、笹村の変化は感じられない。むしろ、お銀の長女出産と産後の肥立ちの悪さが語られる五十章から五十五章、笹村と深山の関係が復活しお銀が二人に疑心を持つ五十六章から六十章、刺激を得るために笹村がお銀の元の嫁ぎ先を訪ねてみたりする六十一章から六十五章と、全体として笹村とお銀の仲互いの方に描写は重きを置かれているように見える。それでも、六十一章では「何時女らしく着飾つたこともなしに、笑つたり泣いたりしてゐるうち、もう二人の子の母になつた。四年の月日は、夢のやうに流れた」とお銀の感慨が、六十六章では「一皮づゝ剝して行くやうに妻のお銀を理解することは、笹村に取つて一種の残酷な興味であると同時に、苦痛でもあつた」と思いながらも「家へ来た当時のお銀」を振り返る笹村の様子と、中間部同様、これまでが総括されるような場面がある。また、六十一章では、七十九章と似た外出先で倒れるお銀の様子を思い出す笹村が描かれる。別れ話を繰り返し続ける笹村と、少しずつではあるが肉親というものへの思いを変化させていく笹村。どちらも笹村なのであり、『黴』にはその両面が描き出されている。

旅には笹村が現在の自分を自覚する効果があるわけだが、旅という「枠」にはもう一つ反復という機能がある。『黴』という小説の結末において、笹村が旅に出る、すなわち『黴』直前の状態、もとに戻るのは示唆的である。「物語」の展開において笹村とお銀の関係が様々な出来事を経ながらもいつも同じ状態にもどる、反復することを考えれば、「枠」となっている「旅から帰って来た男が再び旅に出る話」もまた反復の可能性を持っている。『黴』では旅のはじまりから終わりという分かりやすい「枠」ではなく、旅の終わりとはじまりという逆の「枠」づけがなされている。旅に出た男は再び旅から戻ってくる、そして新たな「物語」をはじめねばならない。

笹村はこの先も別れ話を繰り返し、時に旅出る。それを繰り返しながらお銀との家を営んでいく。「物語」の「構造」を持ちたがらぬという「構造」そのものが、まさに『黴』という小説の「構造」なのであり、微妙な変化を有しながらも『黴』の世界は反復される。繰り返され続ける日常とその中にもある微妙な変化、だが、その両面こそが「生活の散漫なる実相」でありその奥に確かに存する「動ける生命」である。『黴』一篇から伝わってくるのは、そういう秋聲の「フイロソフイー」なのではないだろうか。秋聲の実生活を「材料」とした『黴』はこのような秋聲的「フイロソフィー」によって、小説として「方向づけ」されているのである。

■付記

『黴』、および徳田秋聲のその他の文章は、すべて八木書店版『徳田秋聲全集』による。

■注

（1）周知のように、『黴』には単行本（一九一二（明治四五）年、新潮社）収録の際、連載の六十八回めが全削除されたという経緯があるが、本論では削除の問題には踏み込まない。よって、初出、および今回の使用テキストを優先し、全八十回として捉える。

（2）『黴』と秋聲の身辺情報との照合、およびその他作品との関連などは、野口冨士男『徳田秋聲の文学』（一九七九、筑摩書房）に詳しい。

（3）尾崎一雄は「一私小説家の呟き」（『群像』一九五一・三）の中で、私小説は「現実」をそのままなぞっても小説にはならず、必ず「選択と省略と方向づけ」が行われているとする。詳しくは、拙著『私小説の技法』（二〇一二、勉誠出版）を参照のこと。

（4）江藤淳「解説」（一九六六、『日本の文学第一〇巻　徳田秋聲（二）』中央公論社所収）。なお、秋聲の『黴』と漱石の『道草』を比較した論は多く、他にも渡辺誠「『黴』と『道草』──その時間感覚についてのノート」（『文芸と批評』一九七六・一）、木村東吉「『黴』と『道草』──そのリアリズムの特質と自意識の様相」（『近代文学試論』一九七七・一一）などがある。

（5）長谷川達哉「徳田秋聲『黴』」（『国文学　解釈と鑑賞』一九九一・四）。また、中尾務も「秋聲『黴』論──笹村の固執するもの」（『阪南論集（人文・自然）』一九八四・三）において、小説が前半、後半に分けられるとしている。

（6）渡部直己（『日本小説技術史』二〇一二、新潮社）の「第六章　志賀直哉の「コムポジション」と徳田秋聲の「前衛小説」」。渡部の論は、志賀直哉の小説手法との比較から導き出されているのだが、同書第五章とあわせて漱石との比較言及もなされている。

（7）この末尾の文章には、単行本化の際「午後に笹村は、長く壁にかゝつてゐた洋服を着込んで、ふいとステーションへ独りで出向いて行った」と「独りで」という語句が加筆されているが、今回はこの問題にも触れない。詳しくは、八木書店版『徳田秋聲全集』を参照のこと。

9 徳田秋聲「花が咲く」の修辞的リアリズム

西田谷洋

1 はじめに

リアリズムは文字の外部の現実を志向する。徳田秋聲には、物語世界の出来事に現実世界の伝記的な事実が対応する小説がある。

徳田秋聲「花が咲く」(『改造』一九二四・五)は、作家・磯村が花の咲く季節なのに肉体関係を持った彼女との縁切りに妻共々悩むが、息子・芳太郎もようやく大学に合格し、吾妻夫妻の尽力によって問題が解決して、花見に行こうと誘われるという物語である。

「花が咲く」は「人間愛欲の変化極まりなき姿」を描く「うまい小説」(広津和郎「五月の創作を読む(八)」)と評され、「今までの彼の作品に欠けてゐたほのぼのとした底明りが指して来た」「転機」(広津和郎「徳田秋聲論」)に位置づけられる作品であり、親族の死や震災を経て老いと死の意識が高まっていく中で「市井の男女の日常を三人称多視点で」(曾根博義「主観の窓ひらく」)描いた作品群の一つに挙げられる。

「花が咲く」は、一九二〇年に十数年ぶりに関わった女性と秋聲が交渉を持ち、生まれた双子が秋聲の子らしいとされて第三者を仲介にたてたが、震災を経て再び女が現れるという伝記的出来事を描いている。この事件を、秋聲は、「花が咲く」以外に、「北国産」（『太陽』一九〇八・九）・「黴」（『東京朝日新聞』一九一一・八・一～一一・三）・「何処まで」（『時事新報』一九二〇・一〇・四～二一・三・二八）・「未解決のまゝに」（『中央公論』一九二五・四）でも描いている。このうち「黴」を除く短編四作は「おもの」（野口冨士男『徳田秋聲の文学』）と呼ばれる。なお、本稿では作中で「女」「彼女」と表記されるその女性を彼女と記すことにする。さて、野口冨士男は「花が咲く」を「眼前の事実を正視しながら、職業意識の火を掻き起す」（『徳田秋聲の文学』）とそのリアリズムへの姿勢を称揚する。

しかし、たとえば自伝小説ジャンルは、対応する事実が現実世界に存在しなくても、虚構の人物の自伝形式として成立する。この点で、リアリズムとは、二次元の文字が三次元の対象に到達しうる効果を作り出す技法なのであって、実際には到達しえない対象を希求する点で、原理的にロマンティズムの一形態である。

また、リアリズムは政治手法としても用いられる。しかし、ある局面における政治的方略は様々にあるが、一つの手法がリアリズムと評されるとき、文学と政治において共通することは、それ以外が現実として考えられなくなる事態が起きることだ。ヘイドン・ホワイトが「字義的な言説と修辞的な言説の間のとても大きな違いは完全に慣習（主義者）的な識別であって、実際に起こる社会政治的な状況との関連によって理解される」（Figural realism）と指摘するように、リアリズムは今・ここととは異なる他への想像力を抑圧し、特定の方向性のみを肯定・推進するレトリックとして捉えられる。リアリズムはそれ以外はありえない現実という全体性を獲得するのである。

本稿では、「花が咲く」を現実生成という意味でのリアリズムの観点から検討する。ただちに補足しておかねばならないのは「花が咲く」は文学史概念としてのリアリズムによって書かれた作品ではなく、本稿ではあくまでどのような現実効果をもたらしているかという分析者の問題意識からリアリズムという操作概念を用いていることである。しかし、リアリズムが世界の現実的な構築の過程であるとするならば、構築されたリアルは別のリアルにその都度交替していく。私たちはその交替・変化を自然な時間の流れとして捉えてしまう。しかし、流れとはその都度の不整合や変化、亀裂といった非連続的な事態を連続的なものとして事態把握させるメタファーに他ならない。流れからは逸脱するオルタナティブな外部はその都度、常に生起していると捉えることもできよう。そこで、第二節ではいかに現実が修辞的に構成されていくかを検討し、第三節ではその際の「勿論」のレトリックの効果を検証し、第四節ではそうして構成された現実が主人公のポジションを正当化することを考察し、第五節ではそうした正当性の外部にある女の主張を分析する。

2　構築される現実

妻子持ちの作家・磯村は、白木蓮がたくさん咲きそろい、その下に茂っている山吹も一分綻ばせ、「何となし晩春らしい気分をさへ醸して」いた庭を歩いて机の前で座るが、そのときの雰囲気を語りは次のように提示する。

何かしら例年の陽気に見られない、寒さと暑さの混り合つたやうな重苦しい感じがそこに淀んでゐるやうな日であつた。それは全くいつもの春には見られないやうな、妙に拍子ぬけのした気分であつた。彼は何だか勝手がちがつたやうな気がしてゐたが、それは彼の神経の弱々しさも一つの原因であつたが、余り自然に興味をもちすぎる彼の習慣から来てゐるものだとも思はれた。其のうへ彼は又この二三日、ひどく煩はしいことが彼の頭に蔽被さつてゐることを不快に思つた。それは磯村のやうに、家庭に多勢の子供をもつてゐると同時に、社会的にも少しは地位をもつてゐるものに取つては、可也皮肉な出来事であつたからで、気の小さい、極り悪がり屋の彼は、何うかして甘くそれを切りぬけようと、頭脳を悩ましてゐた。（傍線は西田谷）

寒暖の変動という時間的経過は時間的静止としての混合と意味づけられ、淀んでいるように、例年にない重苦しさが停滞・継続している。また「妙に拍子抜け」「勝手がちが」うように、その場と視点人物・磯村との不和、主体と環境の不一致が提示される。この違和感は、根本的には磯村が引き起こした事件の処理の煩わしさに由来するが、むしろ異常な天候や磯村の性格を原因とすることで、磯村の行為に原因があると認めることを回避する。また、事件の内実を、妻子を持ち社会的にも経済的にも安定した磯村にとって「皮肉な出来事」とぼかすことで、妻ならぬ彼女との間に出来た子どもが問題であることを明らかにすることを先送りしつつ、物語世界内で磯村の悩みが持続していることを提示する。「皮肉」とは、彼女と肉体関係をもつことの報いは本来磯村にはないという自己正当化を意味する。傍線部はそうした状態の維持、事態の継続を示す表現であり、この事態把握＝表現は物語現在からの印象操作なのである。

次に、事態展開の事例である。

原稿執筆中に二浪中の息子・芳太郎の受験について思いを巡らせる挿話は、庶子問題の解決のプロットとは一見無関係である。

怯気のついた彼に取つては試験勉強ほど気分を憂欝にするものはなかつた。現代の試験その物、教育その物に幾分、疑ひを抱かずにはゐられなかつた。そして其の間それを傍観してゐる磯村の堪へ忍ばねばならなかつた苦痛は、むしろそれ以上であつた。何事にも不検束な彼にも、監視と鞭撻の余儀ないことが痛感された。彼は時々芳太郎の気分を、数学や英語の方へ牽きつけようと力めた。その結果、彼は時々思ひのほか苛辣な言葉を口へ出さなければならなかつた。

しかし、ストーリーと無関係な要素が現実を構成するという現実効果以上に、受験勉強をする芳太郎に苦言する場面は受動的な磯村が能動的・主体的に行動する局面でも、状況からやむなく行動に追い込まれていることを示すものである。そのため、単に注意するだけで芳太郎の学力向上には関与しない。磯村にとっての主観的な苦痛回避が示される。また、嫡出子に対してのみ父親の心配・愛情・保護が与えられることを示すのである。

磯村はそれらの雑念から脱れようとして、強ひて机に坐り返して、原稿紙のうへの埃を軽く吹きながら、漸とのことでペンを動かしはじめた。すると暫くしてから、格子戸の開く音が彼の耳へ入つた。磯村は原稿の催促か、来客かと思つて、ちよつと安易を失つた気持で、ペンを止めてゐた。そこへ縁側の方へ芳太郎の影がさした。

磯村は、雑念によって執筆を中断し、それから「脱れようとして」執筆を再開する。「すると暫くしてから」格子戸が開き、芳太郎が現れるように、常に事態は受動的に変動し続ける。同様に、物語の冒頭近くでも、磯村は妻から彼女の到来を告げられる。

磯村が何か深い心配事があるやうな調子で、さう言つて、妻に脅かされたのは、三日ばかり前の夜のことであつた。その夜彼は会があつて、帰りが思ひの外遅くなつた。おしやべりをしたり、酒を飲んだりしたので、彼はひどく疲れてゐたが、妻にさう云はれると、又かと思つて少しは胸がどきりとなつた。

彼女の到来は、磯村自身の始末の結果のはずが、妻に脅かされると把握されるように、磯村には受動的に捉えられる。

本節の分析を要約する。物語世界の現実は、状態維持・継続的な位相を持ちつつ、事態展開として変化する。[1]このとき、主人公にとって世界が受動的に把握＝表現されることで、世界はそれ以外ではない／これしかない全体性を獲得する。

3 「勿論」のレトリック

前節で見たように現実を構成する語りは磯村の正当性も構成するのであり、その際、現実の全体性の構築を支えるのが「勿論」のレトリックである。「勿論」は六つ用例がある。

①勿論その女のことは人に頼んで間へ入つてもらつて、去年の冬とにかく一段落ついた形になつてゐたが、しかし相手が執念く出れば、彼はいつまでたつても安心する訳には行かないのであつた。

②「いゝですよ。そんな積りぢやないんですわ。私まだお金はありますから。」彼女は言つた。勿論さうでもないことが、その後磯村にわかつて来たとほり、彼女は田舎に縁談があるので、そこへ行くについて、少しばかり金のいることを、三度目に逢つたとき、その相談を受けてそれを賛成した磯村に打明けた。

③子供の顔を見た彼女の慾望が、段々大きくなつて行つた。磯村の要求がいつも裏切られた。勿論それは彼女だけの智慧ではなかつた。

④「子供をつれて来ましたよ。」と、妻はわざと突きつけるやうな調子で言つた。で、何の子供かと思つて、磯村が問ひ返すと、それは大きい方の子だと言ふので、いくらか安心した。a勿論小さい方の子にしたところで、それが自分の子であるか何うかは、その時の彼女の身のまはりを、一応取調べる必要もあるのであつたが、何だか似てゐるやうにも思へるので、それを自分に見るのはb無論不愉快だつたが、連れてまで来られるのは、慄然とするほど厭であつた。c勿論それは多分地震のために、人間の感情が、総て放散的に、密度を稀薄にされてゐるせゐもあつたが、一つは一年

と云ふ時日が、彼の悩みを緩和してゐた。そんな事のために頭脳を苦しめることの馬鹿々々しいことは、彼にもはつきり判つてゐた。(傍線は西田谷)

⑤「どこかへ行つてしまはう。」彼はさうも思つた。勿論仕事の都合さへできれば今年は吉野の花を見に行かうなぞと思つてゐた。それとも健康を恢復するためには、どこか静かな山の温泉が好いかとも思つてゐた。

①は、危機をもたらす彼女の到来に対し、一応解決済みであるとする。しかし、「一段落ついた」とは問題が完全に解決したというより、終わったようで解決しきらず未だ問題が継続していることを意味する。彼女によって磯村の状況は変化すると共に、庶子問題の解決のための手を打ってあることを示すことで、磯村側に非がないことを含意する。

②は、金を要求する彼女と関係したことを、もともとは「そんな積り」、つまり金目当てではないと彼女の発言で示しつつ、しかし実際には金が要求されるという展開で磯村側に非がないことを含意させるものである。磯村が彼女の再婚に賛成するのも、彼女との肉体関係を一時的なものとして処理したいからである。

③は、出産した彼女が子供の養育等のために金を要求し続け、縁を切りたい磯村の要求が叶わない展開を、彼女だけの知恵ではないとすることで、本来は金の要求をする女ではないと、関係を持ったことを弁明する。(2)

④は彼女の連れてきた子供が自分とは関係のない大きい方の子供なので安心する一方で、aは自分の

子かもしれない小さい子供がいるために不安は解消せず、その子に対する嫌悪に対し、cは、地震による薄情さと時間による悩みの希薄化があるとする。a・cは危機が磯村に依然としてあり、磯村の不快の原因である子どもはそもそも磯村に責任はなく悩む必要はないという弁明である。妻の「わざと」と評される発言は磯村に非がないのに理不尽に責められるという印象が作られる。しかし、「当時大方の男の女問題に対する考え方を反映」させた「無責任」(榎本隆司「注釈」)という評もあるように、妻からすれば責任が磯村にあることが明白である。悩むことの馬鹿らしさにしても、彼女や子どもとは関係があるにもかかわらず、磯村の都合によって無かったことにされ、不本意に安寧が脅かされる世界が作られるのである。

⑤は女性問題に苦しめられている現在どこかに行きたいという磯村の心情に対し、もともと当初から花見に行く予定だったと提示することで、問題解決から逃げ出すことを正当化する。しかし、時間的に金銭的に余裕のない状態は自分が彼女に手を出したからである。

「勿論」とは前段の記述を反転させることで磯村に非はないことを示すレトリックである。一方、④bの「無論」にはそうした反転性は見られない。

本節の分析を要約する。「勿論」は、磯村の判断・言動がやむをえないものであると示すことによって、多くの場合視点人物である磯村の正当性と現実の構築を補助するレトリックなのである。

4　解決される女性問題

本節では、改めて物語全体の構図を確認する。

「花が咲く」は花咲く季節に磯村が関係を持った彼女によってぎくしゃくした夫婦関係が、というよりは磯村の心の安寧が回復する物語である。

原稿料で安定した生活を送っている磯村のもとに、大正の不況下に工場持ちのパトロンを失った彼女から十年ぶりに手紙をもらい、小説の材料探しに「飯でも一緒に食べて話を聞かうと」再会した磯村は女に「幻滅を感じ」「嫌悪の情がむら〳〵起」る。この再会は「不運な彼のために用意された陥穽」であり、庶子事件は「思いかげない災難」であったと語るように、地の文からは磯村は彼女と関係を持とうと思っていたわけではなく、榎本も「女そのものにかくべつ惹かれていたわけでもない」(「注釈」)と非主体的な磯村には責任がないと捉えている。しかし、三度も訪問し性交渉に及ぶとなれば、嫌悪感は関係が破綻した後の後付けとも考えられる。そもそも彼女が「多分来ては下さるまい」と思っていたのであるから磯村は会わなくてもいい相手に会いに行ったのである。

また、内面が推測から断定へと変わる箇所も磯村を被害者として提示する基盤となる。

強ち彼女も不真面目ではなささうに見えた。ビールに酔つてくると、彼女の生活から来た習慣で磯村の膝へもたれかゝるやうにしたりしたけれど、もう三十年を越した彼女としては、前途の不安を感じないではゐられなかつた。

不真面目ではないということは身持ちが固いように外見は判断でき、実際には違うことで磯村の「不要心」(榎本隆司「注釈」)さを示す演出である。また、彼女の前途の不安という若さに頼った人生の切り開きが難しくなりつつある内面を語ることで、彼女が磯村につきまとう理由を示す。こうして焦点化の転調は磯村の免責をはかるのである。

物語内容の結末は、磯村と子供とが関係ないという念書を交わし、磯村が彼女を批判できる立場・安全圏を確保するが、こうしたお膳立ては吾妻夫妻によってなされている。この展開と、芳太郎の合格が付き合いの普段無い磯村の甥から伝えられるという展開は、当事者の問題解決の尽力とは別に問題解決の結果が伝えられる点で構造的に類似する。

磯村の庶子問題に対し、妻は「今となつては、それは単に彼一人の苦労ではないことは判つてゐた。寧ろ彼女の方が、余計気にしてゐるくらゐであつた」とされ、磯村も「彼女の神経が尖つてゐるやうに思へて、それに触るのが辛かつた」とする。前者は磯村単独の不始末ではなく夫婦の問題として妻が捉え、磯村も妻を心配しているかのような表現である。

しかし、彼女が訪ねてきた「翌日から磯村は妻の険悪を感じ」るが、「彼女の態度を見ると、余り感じが好くなかつた」ため「出来るだけ口を利かないことに」する。険悪は磯村の非に対する妻の怒りを意味するが、磯村は関わらないようにし、自ら問題解決をしようとはしない。

吾妻夫妻の尽力により彼女からの危機を脱した後、花見に誘われ妻も同意するが、妻は安心しきれない。

けれどまだ何処かに安心し切れない何かが、彼女に残つてゐた。磯村にはそれが何であるかがよく解つてゐた。それを彼女の利己心だとばかりも思へなかつた。彼はこの出来事を、思ひのほか重大

視してゐる彼女の心を、今までにも屡〱経験する機会をもつてゐた。それは寧ろ曾て見たことも
なかつたやうな、彼女の可憐しさだとしか思へなかつた。

磯村は妻の不安を妻の「利己心」のみとは思わない。庶子事件を重視する妻を磯村は「可憐し」いと思う。榎本は「これまでの長い夫婦生活の間に妻が見せたことのない、磯村への愛情のあかしであることを知った」(「注釈」)、「妻に対して、いまようやくにして知った「可憐しさ」を、それとはっきり確認し、明確に語っている」(「補注」)と、夫婦の心の通い合いを見ているが、前者は妻の立場、後者は磯村の立場からの論述であり、ここは検討が必要だろう。

地の文は妻のそうした心情を磯村が「今までにも屡〱経験」しつつ、それは「嘗て見たこともなかった」とも語る。これは、これまでの経験したことを今回新たに感じたという出来事の反復性と評価の現在性と捉えた場合、今回の事件が磯村にとって妻の評価の転換に至る重要なものであったと言えよう。一方今回の事件に対する妻の心を「今まで屡〱経験」したのであれば、この結末の二文は第一次物語言説の現在以後の時間を語るものである。磯村は、妻のそのあとの言動から妻を「可憐し」いと思うのである。

妻の「利己心」とされるものは磯村の愛や妻としての法的立場、経済的安定、自分や家族の生活の安定を確保するものと解釈できよう。庶子を持つ彼女の登場は家族の亀裂を生じさせるのであり、磯村や先行論はそれを重大視する妻の自分に対する愛を感じて「可憐し」いと考えている。

しかし、ここに愛があるとは限らない。それはあくまで磯村の認識であり、妻の不満や批判はなかっ

たことにされているのである。

5　彼女の主張

本節では排除されてしまった彼女の評価を試みる。

家族は、男が活動する公的領域に対置される「次代再生産によって統合されたものとなり、それ自体の意味を攪乱する不穏因子はそこには含み込まれない」(竹村和子「生存／死に挑戦する親族関係」)親族関係である必要がある。

「花が咲く」で登場する女性は他人の妻(吾妻夫人)と自分の妻(妻)とに大別される。彼女はもう一人の自分の妻でもあるとすれば、彼女と庶子は磯村とは親族関係を持ちうる。

これまで見たように磯村は自分を正当化し彼女を都合のいい女として消費しようとする。しかし、彼女はそうして消費・忘却・排除されることに抵抗する。彼女は母でありながら磯村だけでなく大佐の子も産み、他の男とも関係を持つように、形が崩され、ずらされた親族関係を表象することになる。複数の男と関係を持ち、妊娠・出産・養育を理由に金を取る彼女は、親族関係の危機をもたらし、家族から追放されている。あなたの子という言葉は家族の権利の獲得のための負荷である。それゆえ、彼女の要求は、彼女が磯村の妻であり子供が磯村の子供であることを可能にする生の条件をめぐる闘争の言葉となるのではないか。

ジュディス・バトラーはアンティゴネーの分析を通して「親族関係は、単に彼女がそのなかにいる状況というのではなく、彼女がおこなう一連の実践であり、その反復実践をとおしてのみ、時を通じて再制定されていく関係である」（『アンティゴネーの主張』）と主張する。磯村が代理人を立てて交渉できるのに対し、彼女は自らの行動で道を開かなければならないのである。

そうした彼女の言動は正妻たちには不評であった。

「随分づうづしい女ですよ。自家でもべちやくちやと、厭がらせを言つて行きましたが、吾妻さんのところでも、随分色々なことを言つたさうですよ。まるで此の家が自分の家でもあるやうに、……私が好い着物を着てゐたとか、何かが殖えてゐるとか（略）」

「どうせ貴女にしれたからは、私も公然に子供をつれて、是からちよく〳〵伺ひますなんて、私も腹が立ちました。」「えゝ、さうですわ。自分の子供を、お宅の坊ちやんや何かと同じやうにね。」夫人も言つた。

彼女は、自分の子供と妻の子供を対等に扱おうとし、それに見合って自分と妻も同等に位置づけようとする。妻には厚かましくずうずうしい余計なお世話と受け取られる彼女の言動は、嫡子を産んだ正妻に対して庶子を産んだもう一人の妻としての権利を得ようとするものである。「花が咲く」はその点で、婚姻の制度に守られた妻と磯村が、庶子とその母を排除しようとする物語なのである。

吾妻から彼女には以前金銭的な解決が示されたとき、彼女は「怒つて貰はないと言つた」が「今度はもつと大きく吹きかけてゐるらしい」。妻からすれば断ったはずなのに女が増額して要求することは理不尽であり、妻の座を脅かす点でも不本意であり、妻が「泣き出しさうな顔で口惜しさう」なのはそのためである。磯村は誰かに操られて金を要求する女は「厄介」だという。しかし、「確かに誰かついてゐる」とは正妻・嫡子の安寧を脅かす女の接近に対する妻の拒否感が生む印象であって、結末において交渉役の吾妻からそうした人物がいたとは示されない。

もちろん、彼女の二人の子の一方は海軍大佐の子供であり、彼女は大佐からも金銭をもらっており、彼女は「方々築をかけておく」ことで生活していたとするならば、複数の男達は生活のために関連づけられており、複数の家族の外側から金銭を得ることは家族制度に対する挑戦でもあり得る。

しかし、彼女は吾妻夫人の説得に応じ「子供も手放す」ことにする。家族制度の論理が通じることから吾妻は「質のわるい女」ではないと判断する。

「解らないんですよ。格別悪いと云ふ女ぢやないんだ。それだけ始末がわるい。」磯村も批判者の地位に立てたことを、愉快に感じた。

磯村は、彼女を「事の理非がわからない」(榎本隆司「注釈」)のだと今回の事件をイレギュラーな事態とし、彼女を批判するポジションを確保する。しかし、それは誰にとっての理非だろうか。

「子供を実際もつてゐるんですか。」磯村はきいた。「もつてゐますとも。連れて来たのがさうですもの。」吾妻は答へた。磯村の妻は「さうでしたか。」と言つて恍けてゐたが、実を告げなかつた彼女の気持は磯村にはわかつてゐた。

磯村は事件が終わってから子供が自分の子供なのか改めて確認し、妻は子供自体知らないふりをしてとぼける。磯村は、妻の気持ちはわかっていたという。ではどんな気持ちだろうか。榎本の注釈では妻は慰謝料・手切れ金の負担の増えるのを恐れていたとされる。さらにいえば、妻は浮気に対する怒りや、あるいは自分たち以外の、家族を侵害する存在を認めるのが嫌なのではないだろうか。

それは磯村の理非とも呼応するものとして語られる。すなわち、男の主張をなかなか聞かない点で彼女は始末に悪いのである。(3) したがって、磯村の理非によって作られた世界において、磯村は周囲との関係性で彼女を批判する共同体に入れた。このとき彼女と庶子が排除される。

しかし、既存の制度を批判する者は、「花が咲く」の物語にはもう一人いたはずである。浪人していた頃の芳太郎である。芳太郎の試験制度に対する批判は国家・学歴社会に参入できないことへの批判だが、学歴体制への批判は問題視されない。男は公的領域を問題化できるとされているからである。一方、妻や彼女は私的領域にいる者として磯村に苦しめられ犠牲になる。彼女が理非を外れた言動を行うとされるのは、それはこうした公私の二分法が女の批判を秩序を乱すものとして道理外に放逐するからなのである。

■注

(1) 秋聲の物語作法として一般的な錯時構造は出来事の語りの界面への浮上・推移を示すことで、自然とされる流れを作り上げている。

(2) 「酬い」はそれゆえ「不用意に、ふしだらな女と関係したことの報い」(榎本隆司「注釈」)と評されるが、関係した主体が磯村ならば磯村もふしだらと評されるべきであり、別の箇所では語り手に磯村は同等の「不検束」と評される。

（3）キャロル・ペイトマンは、ルソーの女のイメージでは「正義の感覚を持たず、家庭領域から離れられない女は、市民生活の正義を支える男たちの正義感覚を阻害し脆弱にするだけの存在」（『秩序を乱す女たち?』）とされたと説く。

■参考文献

White, Hayden. Figural realism : studies in the mimesis effect, Johns Hopkins University Press, 1999
キャロル・ペイトマン『秩序を乱す女たち?』（二〇一四、法政大学出版局）
ジュディス・バトラー『アンティゴネーの主張』（二〇〇二、青土社）
榎本隆司「注釈」（『日本近代文学大系21』一九七三、角川書店）
榎本隆司「補注」（『日本近代文学大系21』一九七三、角川書店）
曾根博義「主観の窓ひらく」（『徳田秋聲全集14』二〇〇〇、八木書店）
竹村和子「生存／死に挑戦する親族関係」（『アンティゴネーの主張』二〇〇二、青土社）
野口冨士男『徳田秋聲の文学』（一九七九、筑摩書房）
広津和郎「五月の創作を読む（八）」（『時事新報』一九二四・五・一三）
広津和郎「徳田秋聲論」（『八雲』一九四四・七）

年譜

一八七二年（明治四／五年）　一歳

現在の石川県金沢市横山町に、徳田雲平の三男、六番目の子として誕生。なお同日は新暦だと明治五年二月一日にあたるが、当時はまだ改暦前の明治四年一二月二三日であり、秋聲自身は出生日を後者としていた。本名・末雄。父は加賀藩の家老横山家（加賀八家の一つ）の家人で、母は雲平の四番目の妻タケ（旧姓津田で津田家も加賀藩の重臣）。腹違いの姉が二人（しづ、きん）、兄が二人（直松、順太郎）、同腹の姉（かをり）がいた。

一八七四年（明治七年）　四歳

横山町から町外れの浅野町（現小橋町）に転居。

一八七九年（明治一二年）　九歳

九月、生育が悪く一年遅れて養成小学校（現・馬場小学校）に入学。一二月、妹のフデ（筆）が誕生。

一八八〇年（明治一三年）　十歳

一月、泉鏡太郎（鏡花）と小倉正恒が入学してきて小倉と親しくなる。九月、三姉かをりが依田政知と結婚し家を出る。

一八八一年（明治一四年）　十一歳

四月、長兄直松が家督を相続し戸主となる。

一八八三年（明治一六年）　一三歳

七月、四年後期で原級留となる。初冬、父が金禄公債の利殖に失敗し、その代償に得た御歩町（現東山一丁目）の屋敷に転居。一二月、養成小学校を半年遅れで卒業。

一八八四年（明治一七年）　一四歳

一月、金沢区高等小学校（現・小将町中学校）に入学。同級に桐生政次（悠々）、上級生に佐垣帰一がいた。六月、味噌蔵町（現兼六元町）に転居。長兄直松が弁護士試験に失敗し、生活はますます苦しくなる。九月、小倉と泉が入学してくる。国府穂徳（犀東）を知る。

一八八五年（明治一八年）　一五歳

四月、直松が警察官になるため大阪へ移住。次兄順太郎は筆匠の道を諦め、横山家が開いた尾小屋鉱山の技師となる。

一八八六年（明治一九年）　一六歳

一月、石川県専門学校に入学。この頃、馬場五番丁（現東山三丁目）の次姉きんの婚家に家族で移る。その夫の太田為之に英語を習うようになる。

一八八七年（明治二〇年）　一七歳

近所の貸本屋の寺田屋（木町）や棚田（南町）に通い出す。

一八八八年（明治二一年）　一八歳

四月、前年の学制改革で開校した第四高等中学校（旧制四高の前身）の補充科に入学。同級に小倉、国府、太田四郎、八田三喜、安宅弥吉、中川忠順、中山重孝（白峰）ら、上級に鈴木大拙、西田幾多郎、藤岡作太郎、井上友一、清水澄、小幡西吉らがいた。

一八八九年（明治二二年）　一九歳

桐生悠々と親しくなりともに尾崎紅葉や幸田露伴、二葉亭四迷などを読む。夏頃、上級の佐垣帰一から小説家への道をそそのかされる。

一八九一年（明治二四年）　二一歳

二月、悠々と回覧雑誌『未開稿』を創刊。一〇月、父雲平が脳溢血で死去。同月、第四高等中学校を中退。上京を考え帰省中の直松に習作「心中女」（詳細不明）を見せる。

一八九二年（明治二五年）　二二歳

三月、悠々と上京し、翌月尾崎紅葉を訪ねるが、原稿を返送され弟子入りに失敗。同月、坪内逍遙を訪ね、その紹介状を持って博文館に行くが相手にされず。五月、復学する悠々と別れて大阪に行き、長男直松のいる西区京町堀の長安寺の二階に滞在。寺の娘の長洲（のち押田）於世野に惹かれる。『葦分船』発行所である書店大華堂に出入りする。六月、北区天神橋の母方の従姉津田すがの嫁ぎ先に移る。九月、すがの夫笹島のつてで『大阪新報』に小説を連載するが二〇回ほどで打ち切られる。冬に市役所の臨時雇いとなるがすぐに辞める。

一八九三年（明治二六年）　二三歳

一月、『葦分船』に「ふぶき」が掲載される。三月、西成郡役所へ務めるがやはり続かず。四月、金沢へ帰郷し母と妹の暮らす御歩町の借家に入る。九月末、市内南町（現尾山町）にあった自由党機関誌『北陸自由新聞』の編集に関わる。主筆渋谷虎太郎（黙庵）を知る。

一八九四年（明治二七年）　二四歳

三月、第四高等中学復学のための試験を放棄。黙庵の誘いで長岡へ行き、前年に中越倶楽部が創刊した『平等新聞』の記者になる。冬に帰省した博文館主大橋佐平を訪ねる。

一八九五年（明治二八年）　二五歳

一月、前年末に母に危篤の偽電報を打ってもらい退職をして二度目の上京。二月、北陸自由新聞の同僚窪田の斡旋で芝愛宕下の電信学校予備校に住み込む。四月、小金井権三郎の紹介状を貰って博文館を再訪し、大橋新太郎の面接を受けて住み込みで勤務。当時の主任は巌谷小波。六月、投稿した短文が『青年文』に掲載され田岡嶺雲を知る。六月、再会した泉鏡花のすすめで紅葉を再び訪ね、門下となる。田中凉葉や三島霜川を知る。

一八九六年（明治二九年）　二六歳

八月、『文芸倶楽部』に「藪かうじ」を発表し実質的な文壇登場作となる。一一月、博文館を退社。一二月、小栗風葉の提案で紅葉宅裏の崖下の家屋を借り、柳川春葉と三人で十千万堂塾と称し共同生活を始める。のち泉斜汀、凉葉、中山白峰らも加わる。

一八九七年（明治三〇年）　二七歳

二月、紅葉の推薦で「雪の暮」を『東京新聞』に連載。一一月頃、上京後、初めて帰郷。

一八九八年（明治三一年）　二八歳

七月、長田秋濤の家に泊まり込んでフランソワ・コペ「王冠」（詩劇『王冠のために』）の抄訳を手伝う。

一八九九年（明治三二年）　二九歳

二月、十千万堂塾が解散し、牛込区筑土八幡前の下宿に移る。一二月、紅葉の紹介で読売新聞社に入る。編集長は高田早苗で、三面主筆は上司小剣だった。

一九〇〇年（明治三三年）　三〇歳

八月、『読売新聞』に連載開始した「雲のゆくへ」が好評で、出世作となる。

一九〇一年（明治三四年）　三一歳

三月、長姉佐藤しづが死去。霜川とその妹たちと本郷区向ヶ岡弥生町で共同生活を始める。この頃、名古屋出身の娼妓を目当てに吉原に通い詰める。年末に霜川との生活を解消し、大阪の直松の元へ立つ。

一九〇二年（明治三五年）　三二歳

一月、長安寺の娘於世野との結婚話が持ち上がるが、彼女は直前に東京に嫁いでいた。二月、別府に旅行し、直松の妻八重の叔母宅などに滞在。四月、帰京して小石川表町の家に三島霜川と同居する。七月頃、手伝いに来ていた女性小沢さちの娘はまと関係ができ、結婚生活が始まる（実際の入籍は二年後）。

一九〇三年（明治三六年）　三三歳

六月、病床の紅葉から呼び出しがありユーゴー『ノートルダム・ド・パリ』（長田秋濤が提供した伊藤重治郎による下訳原稿）の文飾に従事する。七月、長男一穂が誕生（出生届は翌年三月）。一〇月、尾崎紅葉が死去。

一九〇五年（明治三八年）　三五歳

四月、金沢へ帰省し、母に同居を提案するが固持される。七月、長女瑞子が誕生。一二月、初の短編集『花たば』を刊行。

一九〇六年（明治三九年）　三六歳

五月、本郷区森川町一番地（現文京区本郷六丁

一九〇七年(明治四〇年)　三七歳
目)に転居。以後、この地に生涯を過ごした。
八月、一穂が入院し一時危篤となる。
六月、西園寺公望首相の駿河台自邸での会(のちの雨声会)に招かれる。以後、雨声会に数回出席。この年、「お冬もの」のモデルとなる越後出身の私娼の女性を知る。

一九〇八年(明治四一年)　三八歳
九月、次男襄二が誕生。一〇月、高浜虚子の依頼で「新世帯」を『国民新聞』に連載し、好評を得る。この頃、虚子から九段の夜能に誘われ、夏目漱石と対面する。一二月、尾島(のち小寺)菊子が門下となる。

一九〇九年(明治四二年)　三九歳
四月、「媒介者」(代作)が発禁になり、出版法違反で起訴される(一〇月に無罪の判決)。

一九一〇年(明治四三年)　四〇歳
六月、「足跡」(のち「足迹」)を『読売新聞』に連載。藤澤清造が出入りするようになる。

一九一一年(明治四四年)　四一歳
三月、次女喜代子が誕生。八月、漱石の推薦で「黴」を『東京朝日新聞』に連載。

一九一二年(明治四五年)　四二歳
九月、岡栄一郎(長兄直松の妻八重とその前夫小川為治郎の孫にあたる)が帝大に入学しやがて出入りするようになる。

一九一三年(大正二年)　四三歳
二月、三男三作が誕生。三月、「爛」を『国民新聞』に連載。

一九一四年(大正三年)　四四歳
一月、読売新聞に客員として復帰。

一九一五年(大正四年)　四五歳
一月、「あらくれ」を『読売新聞』に連載。三月、四男雅彦が誕生。五月、金沢に帰省し味噌蔵町の三姉依田かをり宅に滞在。母との最後の対面となる。九月、再び漱石の推薦で「奔流」を『東京朝日新聞』に連載。

一九一六年(大正五年)　四六歳
七月、長女瑞子が疫痢で死去。その体験を「犠牲者」(九月『中央公論』)に書く。
一〇月末、母タケの危篤の報を聞き金沢へ戻るが、臨終に間に合わず。

一九一七年(大正六年)　四七歳
二月、「誘惑」を『東京日日新聞』に連載。本作以後、通俗小説に意欲的に取り組む。

一九一八年(大正七年)　四八歳
一二月、三女百子が誕生。

一九二〇年(大正九年)　五〇歳
八月、「お冬もの」のモデルの女性と再会。一一月、田山花袋とともに生誕五十年を祝われる。

一九二一年(大正一〇年)　五一歳
七月、菊池寛らと小説家協会を設立。一二月、長兄直松が死去。この年、「お冬もの」の女性が秋聲の子という双子を連れて現れる。これをのち「花が咲く」「未解決のまゝに」に書く。

一九二三年(大正一二年)　五三歳
四月、婦女誘拐事件を起こした同郷の島田清次郎のため、弁護に奔走する。九月、姪依田富の結婚式で金沢滞在中に関東大震災が起き、苦労して東京へ戻る。

一九二四年(大正一三年)　五四歳
四月、小説家志望の山田順子(当時増川姓)が訪ねてくる。七月、次兄順太郎の見舞いで金沢に赴き、愛宕町(現東山)で茶屋を営む遠縁の清川イト(「挿話」のモデル)宅に滞在。八月、「風呂桶」を『改造』に発表。この年、林芙美子が訪ねてきたので四十円を貸し与えた。

一九二五年(大正一四年)　五五歳
一月、「挿話」を『中央公論』に発表。一一月、芥川龍之介編『近代日本文芸読本』への作品無断掲載の件で芥川に抗議し、以後しばらく折衝が続く。一二月、芥川が室生犀星を連れて訪問する。

一九二六年(大正一五年)　五六歳
一月、妻はまが脳溢血で急逝。二月、知友たちにより「二日会」が発足。女弟子の山田順子と急接近し、交際開始。以後、順子との交際を描いた「順子もの」作品を書き継ぐ。一二月、森川町の自宅を増築。

一九二七年（昭和二年）　五七歳　四月、逗子へ転居した順子が一穂の友人井本威夫と恋愛事件を起こすが秋聲の元に戻る。その後、秋に順子との結婚との報道もあったが、一二月に別離（以後も関係が断続的に続く）。

一九二九年（昭和四年）　五九歳　勝本清一郎と別れた順子が再起を図り本郷三丁目のアパートに移ってくる。順子は窪川（のち佐多）稲子の手伝いで「地上の虹」を書き、秋聲が選者の『国民新聞』の懸賞小説当選を狙うも失敗する。

一九三〇年（昭和五年）　六〇歳　二月、第二回普通選挙で石川県第一区から社会民衆党候補として出馬要請があり、金沢へ帰郷するが、次兄順太郎の反対もあり断念。三月頃、森川町の医師・亘理裕次郎を玉置真吉に紹介し、その影響で自身もダンスを始める。創作の筆をほとんど執らなくなる。

一九三一年（昭和六年）　六一歳　五月、三男三作がカリエスで死去。七月頃、小石川白山「富島屋」の芸者小林政子を知る。

一九三二年（昭和七年）　六二歳　五月、「秋聲会」発足。のち機関誌「あらくれ」を刊行する。八月、次姉太田きんが死去。金沢に赴く。

一九三三年（昭和八年）　六三歳　三月、「町の踊り場」を『経済往来』に発表、川端康成の賞賛で文壇的復活を遂げる。同月、自宅裏に建てたフジハウスで泉斜汀が死去し、それをきっかけに鏡花と和解。七月、三木清らにより結成された「学芸自由同盟」の会長に就任する。冬、同棲していた政子が白山に戻り芸者屋「富田屋」を始める。

一九三四年（昭和九年）　六四歳　一月、文芸懇話会が発足し会員となる。七月、次兄順太郎の見舞いに金沢へ。

一九三五年（昭和一〇年）　六五歳　七月、「仮装人物」を『経済往来』（のち『日本評論』）に連載開始。

一九三六年（昭和一一年）　六六歳　二月、二・二六事件の日に次女喜代子が作家寺崎浩と結婚。四月、頸動脈中層炎で倒れ生死を危ぶまれるが、七月に回復して執筆再開。七月、短編集『勲章』で第二回文芸懇話会賞受賞。同月、次兄順太郎が死去。一〇月、非凡閣より『秋聲全集』刊行開始。

一九三七年（昭和一二年）　六七歳　六月、帝国芸術院会員になる。

一九三八年（昭和一三年）　六八歳　一月、自伝小説「光を追うて」を『婦人之友』に連載開始。

一九三九年（昭和一四年）　六九歳　三月、「仮装人物」で第一回菊池寛賞受賞。一〇月、長男一穂が結婚。一一月、四高の同窓会に出席。総理大臣になった阿部信行に会う。

一九四〇年（昭和一五年）　七〇歳　一〇月、三姉依田かをりが死去。

一九四一年（昭和一六年）　七一歳　六月、「縮図」を『都新聞』に連載。九月に情報局の干渉により中断。一二月、金沢を訪れ、馬場小学校で講演する。同月、次男襄二が結婚。

一九四二年（昭和一七年）　七二歳　二月、石川県文化振興会顧問として金沢に赴き、講演を行う。最後の帰郷。この時の体験を遺稿「古里の雪」に書く（未完）。五月、日本文学報国会の小説部会長に就任。同月、妹家門フデが死去。

一九四三年（昭和一八年）　七三歳　五月、三女百子が結婚。九月に入院、一〇月に退院するが、一一月一八日、永眠。

※本年譜作成にあたっては、主に『徳田秋聲全集別巻』（二〇〇六、八木書店）の松本徹作成年譜を参照し、筆者が把握している内容を適宜補った。また年齢は当時の慣習にならい数えで示した。

（大木志門）

■参考文献一覧

（「研究案内」をのぞく本文中で直接言及された書籍・研究論文等に限る）

青柳悦子、二〇〇九・三「日本近代小説の成立と語りの遠近術――『地の文』における『タ型』と『ル型』の交替システム」『文藝言語研究』

朝日新聞社百年史編修委員会（編）、一九九五『朝日新聞社社史　資料編』朝日新聞社

安藤宏、二〇一五『「私」をつくる――近代小説の試み』岩波新書

飯田祐子、一九九八『彼らの物語　日本近代文学とジェンダー』名古屋大学出版会

上田穂積、二〇〇六・三「秋聲と虚子――「新世帯」異見」『徳島文理大学文学論叢』

ウスペンスキイ、ボリス、一九八六［原著一九七〇］『構成の詩学　芸術テクストの構造と構成的形式のタイポロジー』川崎浹・大石雅彦訳、法政大学出版局

梅澤亜由美、二〇一二『私小説の技法』勉誠出版

江藤淳、一九六六「解説」『日本の文学　第一〇巻　徳田秋聲（一）』中央公論社

江藤淳、一九八一・八「『鋭敏なる描写』の文法――徳田秋聲の文体をめぐって」『海』

榎本隆司、一九七三「注釈」「補注」『日本近代文学大系二一』角川書店

大木志門、二〇〇七・三「徳田秋聲旧蔵原稿『鐘楼守』（ユーゴー作・尾崎紅葉訳）の研究」『金沢文化振興財団研究紀要』

大木志門、二〇一六『徳田秋聲の昭和――更新される自然主義』立教大学出版会

大杉重男、一九九三・九「徳田秋聲の物語言説における「時間」と「空間」の構造――『足迹』の表現史的意義」『論樹』

大田雅夫（編）、一九七三『桐生悠々自伝　思い出るまま・他』現代ジャーナリズム出版会

小口健藏・大塚正治、二〇一一『国指定重要文化財　旧岩崎邸庭園』第七版、公益財団法人東京都公園協会

金子明雄、一九九一・七「『旧主人』をめぐる〈物語の周辺〉——島崎藤村の小説表現」『立教日本文学』
金子明雄、一九九二・一一「『水彩画家』と事実をめぐる虚構の表現——島崎藤村の小説表現Ⅱ」『流通経済大学社会学部論叢』
金子明雄、一九九三・一一「沈黙する語り手——島崎藤村『春』の描写と語り」『日本文学』
金子明雄、一九九五・三「『並木』をめぐるモデル問題と〈物語の外部〉——島崎藤村の小説表現Ⅲ」『流通経済大学社会学部論叢』
金子明雄、二〇一六・五「〈文壇〉のハッピーバースデー——ディスプレイとしての花袋・秋聲誕生五十年祝賀会」『文学』
柄谷行人、一九九一・七「『日本近代文学の起源』再考Ⅱ」『批評空間』
柄谷行人、二〇〇一『増補　漱石論集成』平凡社ライブラリー
柄谷行人、二〇〇四『定本柄谷行人集一「日本近代文学の起源」』岩波書店
木佐木勝、一九九八・一〇「未発表稿　関東大震災体験記」『中央公論』
北原糸子、二〇一一・八『関東大震災の社会史』朝日新聞出版
木村東吉、一九七六・一一「『黴』の研究——客観的認識の内部構造について」『近代文学試論』
木村東吉、一九七七・一一「『黴』と『道草』——そのリアリズムの特質と自意識の様相」『近代文学試論』
キルシュネライト、イルメラ・日地谷、一九九二［原著一九八一］『私小説自己暴露の儀式』三島憲一他訳、平凡社
楠田剛士、二〇〇五・六「立候補する文学者——菊池寛の選挙戦をめぐって」『九大国文』
楠田剛士、二〇〇五・一二「文学者の選挙を読む——大正四年の総選挙——」『国語と教育』
紅野謙介、一九九五・一〇「徳田秋聲における〈テクストの外部〉——明治30年代・長篇小説から短篇小説へ」『日本近代文学』
紅野謙介、二〇〇三『投機としての文学』新曜社
紅野謙介、二〇一六「「代作」と文芸時評——複数の作者と文学の共同性」『川端康成スタディーズ』笠間書院

コプチェク、ジョアン、一九八八〔原著一九九四〕『わたしの欲望を読みなさい　ラカン理論によるフーコー批判』梶理和子他訳、青土社
ジュネット、ジェラール、一九八五〔原著一九七二〕『物語のディスクール　方法論の試み』花輪光訳、水声社
絓秀実、一九九五『日本近代文学の〈誕生〉』太田出版
鈴木登美、二〇〇〇〔原著一九九六〕『語られた自己　日本近代の私小説言説』大内和子・雲和子訳、岩波書店
園部真理、二〇〇一「玉置真吉研究――日本の社交ダンスにおけるイングリッシュ・スタイルの導入を中心に」『舞踊学』
高橋敏夫、一九八二「『新世帯』を読む――立志幻想の行方」『論考・徳田秋聲』桜楓社
高見順、一九五八『昭和文壇盛衰史』文藝春秋新社
竹村和子、二〇〇二「生存／死に挑戦する親族関係」、バトラー『アンティゴネーの主張』青土社
玉置真吉、一九六二『猪突人生』玉置真吉伝刊行会
塚本章子、二〇一〇・一二「馬場孤蝶と与謝野寛、大正四年衆議院選挙立候補――大逆事件への文壇の抵抗」『近代文学試論』
塚本章子、二〇一三・一二「馬場孤蝶・与謝野寛の衆議院選挙立候補と雑誌『第三帝国』――思想・言論の自由を求める共闘」『近代文学試論』
徳田一穂、二〇〇八『秋聲と東京回顧』日本古書通信社
内藤千珠子、二〇一五『愛国的無関心――「見えない他者」と物語の暴力』新曜社
中尾務、一九八四・三「秋聲『黴』論――笹村の固執するもの」『阪南論集　人文・自然科学編』
長田幹彦、一九五三『文豪の素顔』要書房
中丸宣明、一九九四・四「お庄の成長あるいは成長する「語り」――徳田秋聲『足迹』」『国文学　解釈と鑑賞』
中丸宣明、一九九四・六「徳田秋聲『黴』――転義の様相あるいはダブル・トゥループス」『国文学』

日本消火器工業会（編）、一九七一『社団法人　日本消火器工業会十年史』日本消火器工業会
根岸正純、一九八二・三「徳田秋聲の文体――「あらくれ」を中心に」『岐阜大学国語国文学』
野口武彦、一九九四『三人称の発見まで』筑摩書房
野口冨士男、一九六五『徳田秋聲傳』筑摩書房
野口冨士男、一九七八『私のなかの東京――わが文学散策』文藝春秋
野口冨士男、一九七九『徳田秋聲の文学』筑摩書房
長谷川達哉、一九九二・四「徳田秋聲『黴』」『国文学　解釈と鑑賞』
バトラー、ジュディス、二〇〇二〔原著二〇〇〇〕『アンティゴネーの主張　問い直される親族関係』竹村和子訳、青土社
バルト、ロラン、一九八七〔原著一九八四〕『言語のざわめき』花輪光訳、みすず書房
日高昭二、二〇〇一・三「通俗小説の修辞学――久米正雄『蛍草』精読」『人文研究』
日比嘉高、二〇〇二〔増補版二〇〇八〕『〈自己表象〉の文学史』翰林書房
平野仁啓、一九五九・四「徳田秋聲ノート」『文芸研究』
広津和郎、一九六七『続年月のあしおと』講談社（一九七四『広津和郎全集』第一二巻、中央公論社）
広津和郎、一九七四「先輩諸氏の精進」『広津和郎全集』第八巻、中央公論社
古井由吉、一九九〇『東京物語考』岩波同時代ライブラリー
ペイトマン、キャロル、二〇一四〔原著一九八九〕『秩序を乱す女たち？　政治理論とフェミニズム』山田竜作訳、法政大学出版局
White, Hayden. Figural realism: studies in the mimesis effect, Johns Hopkins University Press, 1999
松尾章一、二〇〇三『関東大震災と戒厳令』吉川弘文館
松本徹、一九八八『徳田秋聲』笠間書院
松本徹、二〇〇八・三「秋聲と花袋――『蒲団』『凋落』『生』を軸に」『花袋研究学会々誌』
村瀬紀夫、一九八九・二「徳田秋聲論――文壇雌伏期の明治三十年代」『大阪青山短期大学研究紀要』
藪内喜一郎（監修）、一九八四『写真図説　日本消防史』国書刊行会

山﨑泰、二〇一一「玉置真吉　大逆事件周辺の人々2」『牛王　熊野大学文集』
山口直孝、二〇一一『「私」を語る小説の誕生』翰林書房
山本芳明、二〇〇三・一〇「長田幹彦の位置——大正文学を長篇小説の時代として〈注釈〉する」『日本近代文学』
吉田精一、一九七一「解説」『明治文学全集68』筑摩書房
吉田精一、一九八〇『花袋・秋聲　吉田精一著作集8』桜楓社
読売新聞社社史編纂室（編）、一九五五『読売新聞八十年史』読売新聞社
頼尊清隆、一九八一『ある文芸記者の回想——戦中戦後の作家たち』冬樹社
和田敦彦、一九九一・六「『足迹』に見る《延着》の手法」『日本の文学』
和田博文（監修）・永井良和（編）、二〇〇四『コレクション・モダン都市文化　第4巻　ダンスホール』ゆまに書房
渡部直己、二〇一二『日本小説技術史』新潮社
渡辺誠、一九七六・一「『黴』と『道草』」、『文芸と批評』（のち小川武敏編『徳田秋聲と岩野泡鳴』一九九二、有精堂出版）

【基本資料】

『徳田秋聲全集』紅野敏郎・松本徹・宗像和重・田澤基久・紅野謙介・十文字隆行・小林修（編）、全四二巻・別巻、一九九七〜二〇〇六、八木書店
「徳田秋聲全集月報」（『徳田秋聲全集』附録）一〜四三号、一九九七〜二〇〇六、八木書店

索引

・「研究案内」をのぞく本文中より、主要なものに限り採録した。
・秋聲以外の作品は、括弧で作者名を補った。

事項索引

人名索引

書名・作品名索引

【執筆者紹介】（執筆順、＊印編者）

①経歴・所属　②主な著書・論文

紅野謙介（こうの　けんすけ）＊
①一九五六年生まれ。早稲田大学大学院文学研究科博士後期課程満期退学。日本大学文理学部教授。②『検閲と文学―一九二〇年代の攻防』（河出書房新社、二〇〇九年）、『物語岩波書店百年史1「教養」の誕生』（岩波書店、二〇一三年）ほか。

大木志門（おおき　しもん）＊
①一九七四年生まれ。立教大学大学院文学研究科日本文学専攻博士後期課程満期退学。博士（文学）。山梨大学大学院総合研究部教育学域准教授。②『徳田秋聲の昭和―更新される自然主義』（立教大学出版会、二〇一六年）、『下萌ゆる草・オレンジエート　山田順子作品集』（編著、龜鳴屋、二〇一二年）ほか。

大杉重男（おおすぎ　しげお）
①一九六五年生まれ。第三六回群像新人文学賞評論部門受賞。東京都立大学人文科学研究科博士課程単位取得退学。首都大学東京人文科学研究科教授。②『小説家の起源―徳田秋聲論』（講談社、二〇〇〇年）、『アンチ漱石―固有名批判』（講談社、二〇〇四年）ほか。

小林修（こばやし　おさむ）
①一九四六年生まれ。立教大学大学院文学研究科修士課程中退。実践女子大学短期大学部教授。②「代作・代筆問題と草稿―徳田秋聲の事例を中心に」（『近代文学草稿・原稿研究事典』八木書店、二〇一五年）、「幕末維新期の南摩羽峰・余滴」（『歌子』第二三号、実践女子大学短大部、二〇一五年）ほか。

梅澤亜由美（うめざわ　あゆみ）
①一九六九年生まれ。法政大学大学院人文科学研究科日本文学専攻博士課程満期退学。博士（文学）。大正大学文学部准教授。②『私小説の技法―「私」語りの百年史』（勉誠出版、二〇一二年）、『私小説ハンドブック』（共著、勉誠出版、二〇一四年）ほか。

西田谷洋（にしたや　ひろし）
①一九六六年生まれ。金沢大学大学院社会環境科学研究科修了。博士（文学）。富山大学人間発達科学部教授。②『ファンタジーのイデオロギー』（ひつじ書房、二〇一四年）、『テクストの修辞学』（翰林書房、二〇一四年）ほか。

21世紀日本文学ガイドブック❻

徳田秋聲

The Hituzi 21st Century Introductions to Literature　Tokuda Shusei
Edited by Kensuke Kono and Shimon Ohki

発行　二〇一七年二月二〇日　初版一刷
定価　二〇〇〇円＋税
編者　©紅野謙介・大木志門
発行者　松本 功
カバーイラスト　山本 翠
ブックデザイン　廣田 稔
印刷所　三美印刷株式会社
製本所　小泉製本株式会社
発行所　株式会社 ひつじ書房
〒一一二-〇〇一一
東京都文京区千石二-一-二　大和ビル二階
Tel. 03-5319-4916　Fax. 03-5319-4917
郵便振替00120-8-142852
toiawase@hituzi.co.jp　http://www.hituzi.co.jp/
ISBN978-4-89476-513-9　C1395

ひつじ研究叢書〈文学編〉4

高度経済成長期の文学

石川巧著　定価六八〇〇円＋税

ひつじ研究叢書〈文学編〉5

日本統治期台湾と帝国の〈文壇〉

――〈文学懸賞〉がつくる〈日本語文学〉

和泉司著　定価六六〇〇円＋税

ひつじ研究叢書〈文学編〉6

〈崇高〉と〈帝国〉の明治

――夏目漱石論の射程

森本隆子著　定価五八〇〇円＋税

ひつじ研究叢書〈文学編〉7

明治の翻訳ディスクール

――坪内逍遙・森田思軒・若松賤子

高橋修著　定価四六〇〇円＋税

学びのエクササイズ
文学理論
西田谷洋著　定価一四〇〇円+税

ハンドブック
日本近代文学研究の方法
日本近代文学会編　定価二六〇〇円+税

テクスト分析入門
——小説を分析的に読むための実践ガイド
松本和也編　定価二〇〇〇円+税